Re:제로
Re: Life in a different world from zero
부터 시작하는 이세계 생활

『――있을 수 없는

현재를 봐라』

──한 손님이 마녀들의 다과회에 불리고,
잔치는 천천히 종국으로 향한다.

『탐욕』, 『분노』, 『색욕』, 『나태』, 『폭식』, 『오만』,
이들이 한데 모인 다과회에서,
마침내 일곱 번째 마녀──
『질투』가 참가.

# Characters

Re: Life in a different world
from zero
The only ability I got in a different world "Returns by Death"
I die again and again to save her.

## 카밀라

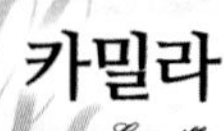

『색욕』의 마녀. 밝은 분홍빛 머리를
허리까지 기르고 느슨하게 묶었다.
눈을 내리깔기 일쑤고 겁 많은 인상을 주는 미소녀.

## 메일리

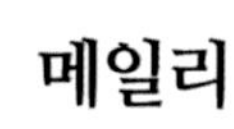

마수 사역자. 흑색 기조의 의상으로
온몸을 덮고 있다.

세크메트
Sekhmet
『나태』의 마녀.
아무렇게나 기른 적자색 머리카락이
특징적인, 나른한 인상의 미녀.

# Re: Life in a different world from zero

The only ability I got in a different world "Returns by Death"
I die again and again to save her.

## CONTENTS

제1장
『러브러브러브러브러브러브러브러브러브러브러브러브러브미』
003

제2장
『지옥이라면 알아』
047

제3장
『400년 전부터 외치는 소리』
126

제4장
『죽음의 맛』
197

제5장
『엔딩 리스트』
262

제6장
『마녀의 다과회』
317

# 부터 시작하는 이세계 생활

나가츠키 탓페이 지음
오츠카 신이치로 일러스트

표지 · 본문 일러스트

**오츠카 신이치로**

# 제1장 『러브러브러브러브러브러브러브러브러브러브러브러브미』

## 1

메아리친다. 사랑의 속삭임이.

고막에, 뇌에, 마음에, 영혼에 달콤하고 자상하게 울려 퍼진다.

"——사랑해."

그것은 흐릿한 사랑의 속삭임이었다.

그것은 남자인지 여자인지, 그마저도 불투명한 사랑의 속삭임이었다.

하지만 그것은 의심할 여지 없이 나츠키 스바루에게만 보내는 사랑의 속삭임이었다.

——스바루에게 사랑을 속삭이는 것은 눈앞에 굼실대는 검은 그림자였다.

그것은 인간의 형체를 띠고 있었다. 그것은 어둠색 드레스를 두르고 있었다. 그것은 암흑에 물든 머리카락을 길게 기르고 있었다. 그것은 칠흑에 덮인 얼굴로 바라보고 있었다.

그 그림자에 휘감긴 모든 것이 나츠키 스바루의 마음과 몸을 옭아매며 달콤하게 녹이기 시작했다.

"——사랑해."

사고가 정체된 스바루는 호흡마저 잊고, 미동도 못하며 그저 경악했다.

살갗이 얼얼하도록 농밀한 독기. 그림자에 잠긴 『성역』의 참상. 숨이 막힐 정도의 압박감은 위협에 맞닥뜨린 작은 동물처럼, 생기를 깡그리 잃은 세계에 붙들려 있다.

스바루는 이 세계를 알고 있다. 몇 번이나, 수없이 고통과 실망을 맛본 세계다.

금기를 어기고, 시간이 멎은 곳에서 펼쳐지는 마녀와의 만남——.

"——사랑해. 사랑해."

그림자는 입을 다물고 딱딱하게 굳은 스바루의 뺨에 천천히 손가락을 뻗었다.

떨쳐낼 수 없다. 움직이지 못하는 이유는 그림자가 저항을 막아서가 아니다. 움직이지 못하는 이유는 스바루의 육체가 허락하지 않아서다. 스바루의 영혼이 그림자에게 저항하기를 포기했다.

따라서 그림자의 감촉이 닿아도 스바루는 속수무책이었다.

"——사랑해. 사랑해. 사랑해."

그림자에게 적의는 없다. 해칠 뜻이 느껴지지 않는다. 그러나 스바루에게 무관심한 것이 아니다.

오히려 그 반대다.

그림자가 스바루에게 쏟는 것은 미쳐버릴 만큼 압도적인 집착이었다.

맹목적으로, 고집스럽게, 무엇 때문에 그렇게까지 하냐는 생각이 들 정도로, 결코 도망칠 수 없을 정도로 스바루를 덧칠하는, 광기 어린 사랑의 열병――. 그림자는 지금 스바루 말고 다른 모든 것에 관심이 없다.

"――사랑해. 사랑해. 사랑해. 사랑해."

아낌없이 주는 사랑의 속삭임이 두개골 속에서 왱왱 맴돌았다.

사랑이 고막을 휘저어 뇌가 사랑에 잠겨들고 마음이 사랑으로 가득 차면, 영혼이 사랑으로 흐물흐물 뭉크러졌다. 그것은 사랑의 폭력, 사랑의 살육, 사랑의 능욕이었다.

"――사랑해. 사랑해. 사랑해. 사랑해. 사랑해사랑해사랑해사랑해사랑해사랑해사랑해사랑해사랑해사랑해사랑해사랑해사랑해사랑해사랑해."

사랑이 스바루를 지배한다. 사랑이 스바루를 사로잡는다. 사랑이, 스바루의 사랑을 모조리 빼앗고――.

"――개수작 말라고, 짜샤!!"

다음 순간, 사랑을 나누는 스바루와 그림자 사이에 무시무시한 파괴가 끼어들었다.

파괴는 일직선으로 그림자에 격돌해 검게 물든 대지를 깨트렸다. 어둠색의 폭풍이 휘몰아치고 코앞에서 충격을 뒤집어쓴 스바루는 뒤로 날아갔다.

"으어어――?!"

스바루는 딱딱한 지면을 구르다가 묘소의 오래된 벽에 부딪히고서야 겨우 멈추었다. 머리를 내젓고 고개를 드니 직전까지 비정상적인 열병에 사로잡혔던 마음이 갑자기 해방됐다.

노이즈뿐이던 사고가 풀려났다. 무슨 일이 생긴 거냐고 눈을 억지로 떴다. 그때――.

"――이거 상황 최악이구만. 야, 움직일 수 있냐?"

누군가 말을 걸었다. 슬금슬금 뒷걸음치며 그림자에 맞서는 것은 금발에 마른 몸의 뒷모습이었다.

말투는 거칠고 몸에 두른 투기는 사납다. 자세를 낮추고 이를 드러내는 그 모습은 본 적이 있었다. 본 적이 있었기에 스바루는 세차게 동요했다.

그 인물이 여기서 스바루를 감싸고 나설 줄은 상상도 못해서.

"왜, 네가 날, 가필……!"

"아앙? 이 상황에서 웃기지 마라. 겸사겸사는 맞지만 안 줍고 가겠냐."

경악한 스바루의 말에 성가신 투로 응수한 청년―― 가필. 그는 눈앞의 그림자를 경계한 채로 주저앉은 스바루의 목덜미를 잡아챘다. 그리고――.

"뛴다. 모가지가 부러질지도 모르겠지만 근성으로 버텨!"

"근성으로 어떡할 문제가―― 억?!"

반론하는 중에 무릎을 튕긴 가필의 몸이 급상승한다. "끄엑!" 하고 죽는 소리를 내는 스바루와 함께 단숨에 하늘로 도주――

한 직후, 부풀어 오른 대지에서 그림자가 폭발했다.
폭발적으로 질량이 증가한 검은 그림자가 파도로 변해 뒤로 뛴 두 사람을 짓뭉개고자 육박했다. 검은 파도는 주위의 그림자를 집어삼켜 세력을 확대하면서 끔찍한 파괴를 흩뿌렸다.
그 맹위에 숲도, 집도, 마녀의 묘소마저도 구별 없이 깡그리 휘말렸다.
"혀, 깨물지 말라고!!"
이 세상의 종말 같은 광경에 스바루는 말문을 잃었다. 그러나 가필은 기죽지 않았다.
본능의 호소에 따라 가필은 아직 파도에 삼켜지지 않은 발판을 찾아서 도약했다. 그림자 때문에 질퍽대는 대지를 깨트리고 수목을 박차며 도약, 도약, 도약――.
"합! 흐앗! 으랴압――!"
파도치는 검은 그림자에 숲이 쓸려나가고, 뒤집힌 대지를 칠흑이 덧칠하며 보이는 세계 전부가 거대한 그림자의 침식에 삼켜져 침몰했다. ――그러나, 가필은 도착했다.
『성역』에 있는 촌락, 그 가장자리에 남아 있던 돌로 지은 가옥이었다. 그 지붕에 뛰어오른 순간에 가필은 스바루를 내던지고 가쁜 숨을 몰아쉬었다.
"아아, 제기랄! 까불고 앉았어, 저 자식……."
"구, 구해 줘서 고맙다……."
"뭐야? 감사하는 놈 낯짝이 아닌데. 불만이라도 있냐, 엉."
악담을 내뱉은 가필이 지붕을 기고 있는 스바루에게 이를 드러냈다. 어둠에 떠오른 사나운 표정을 올려다보며 스바루도 복잡한 심경에 얼굴을 찌푸렸다.

"불만, 같은 게 아니……라고. 단지 네가 날 구할 줄은 몰랐으니까……."

"핫! 사람을 아주 야박한 놈으로 취급하네. 『틸레오스의 장미 기사에게 요람은 불필요』하단 거냐? 마음에 안 들면 저쪽 가슴에 뛰어들고 오지그래."

"미안한데, 뛰어들 가슴은 따로 정해 뒀으니까 사양하지."

말로는 지려고 들지 않는 가필의 말에 한숨을 쉰 스바루는 자기 가슴에 슬쩍 손을 얹었다.

뛰는 심장. 이해하지 못할 상황도 그렇지만, 스바루는 다른 요인—— 가필에게 도움을 받은 사실에 심히 동요하고 있었다.

왜냐하면 스바루에게 가필은 『성역』에서 가장 큰 적이어야 했기 때문이다.

지난 루프 때 가필은 『시련』에 도전하겠다고 선언한 스바루를 감금하고, 스바루의 도주를 도운 람과 오토, 아람 마을 사람들을 그 이빨로, 발톱으로 해쳤다.

그 분노를 잊을 수 없다. 결코 용서할 수 없다. 무찔러야 마땅한 원수 중 하나로 규정했었다.

그런데 왜, 이번 루프의 가필은 스바루를 구하려고 한 것일까.

"가필, 넌 나를……."

"몇 번씩 떠들게 하지 마. 상황 안 보여? 이 어르신과 니 얘기일랑 아무래도 상관없잖냐. 지금 중요한 건 저 자식 목을 물어뜯을 방법이다. 그뿐이라고."

여전히 추궁하려고 드는 스바루를, 가필은 차분한 목소리로 내쳤다.

냉정한 음색. 그러나 스바루는 여태까지 중에서 가장 큰 공포를 느꼈다. 그리고 뒤늦게 깨달았다. 가필의, 그 녹색 눈에 깃든 붉은 불길을.

분노, 격노, 격분――. 그런 말이 가소롭게 여겨질 정도로 활활 타오르는 격정.

그 감정을 품은 가필을 본 스바루는 그제야 물어봐야 할 말을 찾아냈다.

"――가필. 람은, 다른 사람들은 어쨌어?"

"――――."

"내가 묘소에서 나왔을 때에는, 주변 일대가 그림자에 삼켜졌더군. 넌 이렇게 팔팔하고. 하지만 다른 사람들은……."

"……그림자 속이다."

부정하기를 원해서 말을 거듭한 스바루에게 선고된 것은 잔혹한 대답이었다.

숨을 집어삼킨 스바루. 가필은 분한 내색으로 목을 그르렁거리고 말을 이었다.

"난데없었지. 모조리 다. 눈치챘을 때엔 지면은 그림자에 몽땅 물들었더군. 람이 바람으로 날려 주지 않았으면 이 어르신도 삼켜졌을걸."

"……그대로, 람이 삼켜졌단 소리야? 류즈 씨랑, 오토도?"

"엉, 그래. 할멈도, 시끄런 형씨도 한꺼번에."

"에밀리아도, 말이야……?"

"────────."

떨리는 스바루의 물음에 가필은 대답하지 않았다. 그것이 대답이었다.

눈 아래에서 그림자는 수상쩍게 꿈틀대며 여전히 『성역』의 침식을 속행하고 있었다. 스바루는 숲이 낮아지는 광경에 넋을 잃고, 차원이 다른 위협에 호흡을 잊었다.

모든 것을 집어삼키는 칠흑. 그 어둠에 삼켜진 존재의 말로는 어떻게 되는가. 그냥 안에 잠들어 있다는 식의 희망은 저 광경을 목격하니 즉각 사라졌다.

그림자에 삼켜진 이들의 생존은 절망적이라고 생각됐다.

"뭐, 뭐냐고, 저건……. 왜, 이런 타이밍에……."

──『창자 사냥꾼』, 『마수 사역자』, 『대토(大兎)』, 그리고 가필.

엄습하는 위협에 저항하고자 스바루는 묘소를 뛰쳐나왔다. 에키드나의 협력도 얻어서 어떤 장애물이든 극복하고 돌파하겠다고 결심했다.

그 각오가, 이런 영문 모를 존재에 막힐 줄도 모르고.

"어째서, 이런 상황이……!"

지독한 부조리에 스바루는 소용돌이치는 그림자의 중심을 노려보았다. 목청껏 부르짖었다.

"어째서, 이곳에 온 거냐──『질투의 마녀』!!"

몇 번이고 그 이름을 들었다. 그 존재를 느낀 적도 여러 번 있었다.

전 세계에 전해지는 최악의 재앙. 스바루를 괴롭히는 원흉. 모든 악의 근원——『질투의 마녀』가 바로 에밀리아를 비롯한 모든 이들을 집어삼킨 그림자의 정체였다.

"생각해. 생각해라, 생각해, 생각하라고. 저걸 어떻게든 해야 해. 어떻게든 손을 써서 쓰러뜨리고……."

스바루는 둔한 머리를 후려치고 필사적으로 승산을 찾았다. 그림자를 물리치고 어둠에 삼켜진 『성역』을 되찾아야만——『무엇 때문에? 이미 에밀리아와 다른 사람들을 잃은 이 세계에서.』

"——아."

내면의 목소리에 얻어맞은 스바루의 목이 힘없이 울었다.

목소리는 스바루의 격정과 정반대로 지독하게 냉철한 판단을 내리고 있었다. 즉, 돌이킬 여지가 없는 사태에 직면한 세계에 집착하는 행위를 비웃으며 과감한 결단을 요구하는 냉엄한 사고다.

『이 자리를 극복해서, 그래서 어쩌려고. 이어서 가면 안 될, 이런 세계에서.』

"……자식, 안 쫓아오신다 이거냐."

"뭐……?"

사고를 지배하려던 강렬한 체념을 바로 옆에 있는 가필의 말이 치워냈다. 가필은 스바루에게 대꾸하지 않고 날카로운 녹색 시선으로 그림자를 바라보며 외쳤다.

"그러기는커녕 밖으로 가고 자빠졌어! 이만큼 했는데 이쪽은 무시하냐, 엉?!"

무시당한 굴욕에 가필이 피를 토하듯이 포효했다. 그러나 그림자는 가필을 개의치 않고 그 말마따나 『성역』 밖으로, 숲 밖으로 이동하기 시작했다.

그만큼 집착을 내비친 스바루의 존재조차 무시하고, 그림자는 『성역』 밖으로. 그 행동의 진의를 파악할 수 없어 스바루는 곤혹스러워하다가―― 한순간, 벼락에 맞은 것처럼 떨었다.

그것은 느닷없는, 근거 없이 번뜩인 발상. 하지만 틀림없다. 그렇게 단언할 수 있는 확신이 있다.

"――저택, 이야."

"앙?"

"저택이라고! 저 마녀, 로즈월의 저택으로 갈 작정이야!!"

마녀에게 사랑의 속삭임을 듣고, 그 사랑에 뇌가 유린당하고, 마음과 영혼이 겁탈당한 기억이 되살아났다.

그 행위는 스바루를 사랑하는 게 목적이 아니었다. ――그 행위는 스바루의 내면에 파고들어 스바루가 집착하는 모든 것을 찾아 이해하려 한 것이다.

――이 세계에서 스바루의 사랑이 향할 가능성을 모조리 빼앗아 독점하기 위해서.

"내버려, 둘까 보냐……. 막는다. 막아야만 해……!"

『막아서 어쩌려고.』 심드렁한 목소리로 속삭이는 말을 억지로 뿌리쳤다.

막아서 어쩌긴, 막아서, 막을 방법을 찾아내야 마땅하다. 저 마녀를 타도할 방법을 찾아내야 한다. 찾아내는 것에, 의미가 있다. 막는 것에, 의미가.

"가필! 녀석에게 공격은?! 발을 잡아두진 못해?!"

"얼간이가 이제 와서……! 잠꼬대 지껄이지 마! 여기까지 이 어르신이 몇 방을 처넣은 줄이나 알아? 그림자의 드레스를 못 뚫는다고! 흠집 하나 안 난단 말야!"

"가필이 불가능하다면……."

그 첫 공격, 불의의 기습이었을 일격도 마녀에게 피해를 줄 수 없었다.

가필의 힘을 다 써도 못 미친다면, 저 그림자의 드레스는 물리적인 공격을 무효화하는 건지도 모른다. 그렇다면 통하는 건 마법뿐. 그 제1인자는――.

"말해 두겠는데, 로즈월 자식이라면 찾아봤자 헛지랄이야. 이 숲에 남아난 건 이 어르신과 니놈, 그리고 저 전설의 마녀님 뿐이니까."

"로즈월까지? 확실해?!"

"할멈네 집도, 성당도, 싹 털렸어. 그 자식은 기대 못해. 우리 뿐이라고."

완벽한 상태와는 거리가 멀어도 로즈월은 틀림없이 강자일 터. 스바루가 품은 그 이미지를 가필이 쌀쌀맞게 잘라냈다.

로즈월조차 대적할 수 없는, 이길 방도가 떠오르지 않는 압도적인 힘.

세계의 절반을 집어삼키고 대죄의 이름을 내건 여섯 명의 마녀조차 살해한 최악의 마녀——.

"아무…… 아무 방법도 없는 건가? 저대로, 저택까지 가게 두었다간……."

저 그림자에 모조리 다 먹히고, 빼앗기고, 악랄하게 짓밟히고.

그저 절망하는 것 말고는, 스바루가 할 수 있는 일은 아무것도 없다는 말인가——.

"——잠깐."

멀어지는 마녀의 모습에 스바루는 기묘한 어색함을 느꼈다.

정말로, 아무런 장애도 없는가. 정말, 정녕코, 떠오르는 방도는 아무것도 없는가. 생각해라. 떠올려. 사색해라. 기억을 털어봐. 이 장소, 이 장소에서만 가능한 일을.

이곳은 『성역』이며, 저것이 입에서 입으로 전해지는 『질투의 마녀』가 맞다면——.

"——결계가, 있어."

"……뭐야?"

"결계다! 『성역』의, 결계에 걸리는 조건은 『질투의 마녀』도 충족할 거야! 묘소의 『시련』을 극복하지 못했어. 그리고 저 녀석은 하프엘프다!"

——『질투의 마녀』 사테라는, 은발의 하프엘프였다고 한다.

그 사실이 에밀리아가 사람들로부터 이유 없는 차별을 받게 했다. 하지만 400년 전부터 전해지는 그 특징이 바로 『질투의 마녀』를 이 숲에 옭아맬 확신이 된다.

만약 마녀가 실체 없는, 사념체 같은 존재라고 친다면 이야기가 다르겠지만——.

"——그럴 걱정은 없지."

확신 같은 중얼거림에 스바루가 눈썹을 치켜들었다. 그 반응에 가필이 이를 딱 부딪쳤다.

"마녀에게 실체는 있어. 지금 말은 『발그렌의 왼쪽 날갯죽지』였던 거 아니냐."

"……그건, 약점이란 의미가 맞지?"

"그거 말고 딴 뜻이 있겠냐? 좋아. 좋다, 좋다고. 보이기 시작했어!"

용하다는 듯 스바루의 어깨를 한 손으로 두드린 가필이 사납게 웃으며 외쳤다.

"——베일에 가린 밉상을 보고, 그 모가지를 물어뜯어 주마!"

2

——『성역』 밖을 향해서, 『질투의 마녀』는 그림자를 거느리고 당당히 돌진했다.

그 방대한 그림자의 군세를 쫓아 스바루는 나무들을—— 가필이 떠메는 모양새로 나무 위를 건너며 마녀의 진행 방향을 앞질러 가고자 시도했다.

"결계의 효과가 얼마나 있을지 모르겠지만, 조금이나마 약해져 준다면……."

가필의 발톱이 닿는다. 그리되면 『질투의 마녀』 또한 무사히 끝나지 못한다.

그것은 실제로 수화(獸化)한 가필과 맞붙은 경험이 있는 스바루가 품은 확신이다. 짐승으로 변신한 가필의 일격은 설명이 필요 없는 압도적인 폭력이었다.

이제는 그 폭력을 확실하게 부딪칠 방법만 있으면 된다. 그러기 위해서도——.

"가필, 저 녀석은 내가 유인하겠어. 그러니……."

"미끼로 쓰라는 소리를 지껄였다간 손가락 하나씩 물어뜯는다, 짜샤."

스바루의 제안을 나뭇가지 타고 숲을 뛰어넘던 가필이 깨물어 부수었다. 말을 붙일 엄두도 못 낼 그 태도에, 스바루는 한순간 머쓱해졌다가 힘차게 받아쳤다.

"농담으로 하는 소리가 아니야! 결계랑 미끼! 확률은 조금이라도 높게! 안 그래?!"

"시꺼. 말귀 어두우면 버리고 간다."

"크——! 넌 알고 있을 텐데! 내 몸에서, 저 녀석을 유인하는 독기가……."

고집에 속을 끓이며 스바루는 자신을 에워싼 독기의 존재를 스스로 언급했다. 그걸 논거로 들면 가필도 반론하지 못할 터. 하지만——.

"할멈도! 람도! 다른 놈들도, 눈앞에서 모두 먹혔는데……!"

"——."

"그런 판국에 니놈까지 저 자식에게 내주는 망신살이를 할 수 있겠냐! 『파라라그라라의 발톱 자국은 지워지지 않는다』! 절대, 저얼대 사절이다! 발톱 자국은 마녀의 심장에 새겨 줄 거라고!!"

가필은 핏발 선 눈으로 격정을 뱉어내며 완고하게 제안을 물리쳤다.

——가필의 분노. 그것은 오기다. 그것도 시시한 종류의 오기였다.

스바루 내면의 목소리, 심드렁한 부분이 그 오기를 『하잘것없다』고 지껄이는 것을 알 수 있었다. 그러나 스바루는 가필을 비웃을 수 없었다.

늦게 나온 스바루와 다르게 가필은 직접 그 눈으로 똑똑히 봤을 테니까.

——람이, 류즈가, 친한 사람들이, 그림자에 먹혀 사라지는 모습을.

하지만 그렇게 소중한 사람들을 모조리 빼앗겨도 가필은 복수를 구실로 양식을 내팽개치진 않았다. 스바루를 희생해 승리를 낚아채자는 말을 꺼내지 않았다.

그 행동이 가필의 내면에 뿌리박은, 이성과 신념이 그렇게 시킨 것이라면——.

"그런데, 왜 너는 그 사람들을 그렇게……."

그토록 잔혹하게 용감한 사람들을, 스바루를 감싼 오토를 죽였단 말인가.

빼앗기는 것의 아픔을, 잃는 것의 슬픔을, 가필 또한 알진대.

"——다 왔다."

질문의 답변을 얻지 못한 채로 두 사람은 목적지에 당도했다.

결전장으로 뽑힌 곳은 숲속에서 살짝 트인 공간이다. 머리 위로는 둥글게 숲이 뻥 뚫려 있고, 이지러진 달과 별들만이 『질투의 마녀』의 부활극을 지켜보는 자리에 섰다.

등 뒤로는 결계를, 그리고 정면에서는 굼실대는 그림자가 밀어닥치는 기척을 느꼈다. 일직선으로 다가오는 마녀. 남은 건 이를 요격할 뿐. ——그러나 문제가 있다.

"가필, 너도 결계에 걸릴 텐데. 그건 어쩔 거지?"

아인(亞人)과의 혼혈, 하프는 숲의 결계를 벗어날 수 없다. 그 점에서는 가필도 마녀와 조건이 똑같다. 마녀가 약해져도, 가필 또한 약해져서는 의미가 없다.

그 우려를 듣고, 가필은 허리 두르개에서 뭔가를 꺼냈다. 그것은——.

"……휘석? 네, 거냐?"

"조잘조잘 설명해 줄 의리는 없어. 잠자코 보기나 해. 니놈이 미끼가 될 필요도, 걱정할 필요도 없단 사실을. 막 깨어난 마녀를 곧장 재우는 모습을 말야."

파랗게 반짝이는 휘석. 이 『성역』을 둘러싼 말썽 중에 몇 번씩 목격한 빛이다.

처음에는 프레데리카가 주었으며, 가필도 같은 것을 가지고 있음을 알고, 여태까지 겪은 루프 동안에 몇 번쯤 주인을 전전하던 휘석. 그 자세한 내막은 지금도 모르지만——.

"——! 누구지?!"

풀을 밟는 희미한 발소리에 스바루는 순간적으로 뒤돌아보았다. 마녀는 아니다. 방향도 압박감도, 그것과는 너무나 다르다. 그러나 그것은 경계심을 풀 이유가 되지 않는다.

"……허?"

그런데 그 모습을 목격한 순간, 스바루의 경계심은 경악으로 덧칠됐다.

"————."

——덤불을 헤치고 두 사람 쪽에 모습을 드러낸 것은 어린 소녀였다.

본 적이 있는 소녀다. 긴 연홍빛 머리카락에 하얀 관두의만을 입은 간소한 복장. 일반인보다 살짝 귀가 길다. 그 특징 역시 본 기억이 너무나 선명했다.

그 인물은 바로 『성역』의 대표, 그림자에 먹혔을 터인 류즈였으므로.

하지만 류즈일 수는 없다. 그것은 다음 광경이 부정했다.

"이게 웬, 황당한……."

줄줄이 맨발로 풀을 밟는 인영이 덤불을 빠져나왔다. 잇따라 나타나는 그것들은 하나같이 같은 복장, 같은 표정, 같은 태도로—— 아니, 전원이 같은 모습이었다.

사방의 덤불에서 나타난 것은 20명 이상이나 되는, 류즈를 쏙 빼닮은 소녀들이었다.

"__________."

대량의, 류즈와 같은 얼굴을 가진 소녀들은 말이 없었다. 아무 말 하나 없이 표정도 바꾸지 않으며 소녀들은 줄지어 가필의 등 뒤에 어수선하게 모였다.

장관이란 말은 도저히 못하겠다. 정말이지 기괴한 악몽을 꾸는 듯한 광경이었다.

"가능하면 보이고 싶지 않았다마는."

충격이 강타한 스바루와 달리 씁쓸하게 뇌까린 가필에게 놀란 눈치는 없었다. 그에게는 놀랄 만한 광경이 아닌 것이다. 그리고 처음의 경악이 지나갈 즈음에서 스바루도 깨달았다. 이 중 한 명과 자신은 아마도 면식이 있을 거라고.

"……이곳에 와서, 느닷없이 숲으로 날아갔을 때의."

그것은 처음 『성역』을 방문했을 때, 스바루가 전이를 체험한 직후에 생긴 사건이다.

휘석이 결계에 반응해, 스바루는 돌의 힘에 의해 숲으로 날아갔다. 그렇게 에밀리아 일행과 떨어진 스바루를 묘소로 인도해 준 것이 류즈와 똑 닮은 소녀—— 람에게, 만난 사실을 숨기라는 충고를 들은, 엘프로 추정되는 소녀였다.

지금 이 순간까지 스바루는 그 소녀를 기억 한구석에 방치하고 있었다. 하지만 이렇게 생각지도 못한 재회를 맞이하고서야 비로소 그 존재를 간과한 것이 실수였음을 인식했다.

말없이 서 있는, 인형 같은 소녀—— 아니, 소녀들의 존재는 명백하게 이질적이었다.

"설마, 클론? 복제인간……? 그런 게, 있을 수 있나……?"

소녀들의 모습에 스바루의 뇌리가 그런 단어를 떠올렸다.

그 단어들은 SF를 소재로 삼은 이야기에서는 친숙하지만, 검과 마법이 지배하는 이 세계에는 너무나 어울리지 않는다. 애초에 그런 기술을, 누가 재현할 수 있단 말인가——.

"——요리조리 대가리 굴리는 차에 미안한데, 시간 됐다."

혼란에 빠진 스바루의 어깨를 가필이 밀어내고 숲을 향해 돌아섰다. 육박하는 압박감에 등의 솜털이 곤두선 스바루는 숲과 소녀들을 번갈아 쳐다보았다.

"가필! 네 작전이란 건……."

"숫자로 밀어붙여서 때려잡는 거다. 『레이드는 언제나 정면승부』라지."

가필이 가슴 앞에 두 주먹을 맞대고 단순명쾌한 작전을 제시했다. 반전은 없지만 그 때문에 반론할 여지가 없는 최적의 해답. ——단, 희생을 전제로 한 작전이다.

"이 녀석들은 신경 쓰지 마. 할멈과는 달라. 내용물이 쏙 빠졌거든. 그런데도 이 어르신의 지시에는 따르지. ——빈틈에 파고들어서 모가지를 뽑아 주겠다고."

작전에 이의를 제기할 겨를도, 소녀들—— 복제체에 관해 캐물을 시간도 없다.

"……니한테는 먼저 미안하다고 말해 두마."

다만 스바루를 전장 뒤편으로 밀어 넣기 직전에, 가필은 그 말만을 남겼다.

그 의미를 이해하지 못한 채, 전투력이 없는 스바루는 전장의 가장 뒷줄로 밀려났다. 진형은 선두에 가필, 그 뒤에 스무 명이나 되는 복제체가 줄지어 섰다. 가장 뒤쪽이 스바루다.

그렇게 진형이 고정되고서, 으스스한 정적에 호흡과 심장 소리만이 한동안 이어지다가.

——그것은 천천히, 세계를 침탈하면서 모습을 드러냈다.

눈앞에서 숲이 살해당한다. 어마어마한 양의 그림자에 먹힌 나무들이 형태를 잃는다. 물에 잠기듯이 흔적을 지우며 『나무』나 『숲』이란 존재 자체가 『그림자』에 오염된다.

그것은 존재의 모독이다. 그것은 존재의 능욕이다. 그것은, 존재의 살육이었다.

사랑으로 세계를 덧칠하는 『마녀』, 그것이 진로에 서 있는 『스바루』를 발견했다.

그리고——.

"——사랑해."

그치지 않는 혐오감. 본능이 위험하다고 세차게 경종을 울렸다. 마녀는 그저 한마디만, 가필도 류즈의 집단도 뛰어넘어서 오로지 스바루에게만 사랑을 속삭였다.

이 순간, 마녀의 흥미와 관심은 모두 스바루에게 쏠렸고——.

"——카아아아아!!"

——그 유일한 기회 앞에서, 가필이 부르짖었다.

그 직후, 대지가 터졌다. 먼지구름을 일으키며 가필이 용수철처럼 튀어나갔다.

입을 크게 벌리고 이를 드러내면서 그림자를 향해 돌진하는 가필. 그 온몸이 삽시간에 커지고, 육체의 팽창에 견디다 못한 옷이 안에서부터 찢어졌다. 온몸을 금색 털이 뒤덮고 사지가 짐승의 발톱을 갖춘 존재로 변모——. 그것은 용서하기 어려운 맹수, 대호(大虎) 가필의 현현이었다.

"——!!"

포효하는 맹호. 그 속도는 상식의 범주에서 벗어나 있었다.

흉흉한 짐승의 몸놀림에 변화는 없다. 모종의 방법으로 가필은 결계의 효과를 무효화하고 있다. 따라서 우려도 망설임도 없이, 그 이빨은 칠흑의 드레스를 물어뜯고——.

"————."

——그 순간, 도약한 대호를 마녀의 발밑에서 뻗어 나온 그림자가 휘감았다.

그림자는 대호의 사지를 묶고 기세가 꺾여 신음하는 흉수를 구속했다. 스바루의 허리만큼 굵직한 사지에 그림자가 파고들며 살점이 찢기는 소리와 피보라가 터져 나왔다.

절규가 터져 나온다. 사납게 날뛰는 그 몸을 그림자가 조르고 대호가 끔찍하게 찢겨나갔다.

"——아—."

그 자리에 뛰어든 것은, 끼어들 엄두가 안 나는 싸움에 눈을 부릅뜬 스바루가 아니라 가필이 불러 모은, 대기 중이던 류즈의 복제체들이었다.

어린 소녀들이 무감정하게 지성 없는 목소리를 내며 일제히 그림자를 향해 달리기 시작한다. 뜻밖일 만큼 재빠르게, 그림자에 사로잡힌 대호를 추월해서 멀거니 서 있는 마녀에게 접근했다.

두 팔을 벌리고 마녀를 껴안듯이 두 소녀가 뛰어들었다. 하지만 그것도 직전에 분출된 그림자가 창으로 변해 소녀의 복부를 꿰뚫어 허공에 잡아매었다.

사지가 묶인 가필과 복부가 꿰뚫린 똑같은 얼굴의 두 소녀. 그들을 같은 높이에 세우며 마치 비웃듯이 그림자가 좌우로 천천히 흔들렸다.

악랄하기 짝이 없는 취향. 그러나 그건 마녀의 여유가 범한 실책이었다.

변화의 전조는 한순간――. 하지만 발생한 변화는 그야말로 매섭고 장대했다.

"뭣――?!"

몸통이 꿰뚫린 두 류즈. 그들이 파르스름하게 빛나다가 다음 순간 빛을 뿜으며 산산이 터졌다.

조각난 육체는 빛의 입자로 변하고, 주위에 있던 그림자는 그 충격에 날아갔다. 어둠의 빛깔로 물든 세계가 한순간 숨을 되찾고, 연속적으로 빛이 작렬했다.

날아간 두 개체에 이어서 남은 복제체도 일제히 마녀에게 돌격. 자폭 공격을 감행한다.

그 존재를 핵으로 삼은 자폭 공격에 마녀의 그림자를 물리치는 효과가 있었음은 이미 증명됐다. 따라서 마녀도 육박하는 소녀들에게 주저 없이 그림자를 뻗으며 요격에 나선다.
솟구치는 그림자. 그것은 둘러싼 소녀들을 압살하고자 분열했다. 날카로운 그림자는 한 명에 다섯 개, 백에 가까운 그림자가 순식간에 미쳐 날뛰며 회피하려는 소녀들을 유린했다.
그림자는 두개골을, 몸통을, 하복부를, 꿰뚫고 찢어발기며 소녀들을 참살했다.
시간차 돌격, 다방면 동시 공격. 쥐어짠 잔재주가 모조리 정면에서 짓밟힌다. 잠시 후 류즈들이 잇따라 파르스름한 빛이 되어 폭발. ――마녀가 만들어 낸 그림자가 일시적으로 흐려지고 칠흑의 드레스로 가는 길이 억지로 열렸다. 그 순간――.
"――흐르르르르아아아아아!!"
밀어젖힌 틈새를 억지로 더 벌리고 만신창이가 된 짐승이 몸을 욱여넣었다.
복제체의 자폭 공격 동안에 그림자의 속박에서 벗어나 땅에 엎드려 있던 맹수는 파르스름한 빛이 작렬한 직후, 그 빛을 뚫고 나가듯이 돌진해 마녀에게 그 발톱을 쳐들었다.
"――――."
폭풍으로 변한 대호 앞에 마녀는 적은 수의 그림자를 묶어 벽을 세웠다. 하지만 대호는 그림자의 방벽에 팔을 휘둘러 그 앞발에 걸려 있던 사람―― 마지막 복제체를 내리치며 자신의 팔과 함께 방벽을 터트린다. 파르스름한 빛을 뚫고 이빨과 발톱이 그림자의 드레스에 박혔다.
――잡았다. 스바루도 확신할 만큼 완벽한 구성이었다.

류즈의 복제체 21체, 아낌없이 소모한 자폭 공격.

그 희생을 치르고 후려갈긴 일격에, 설사 『질투의 마녀』일지라도——.

"——사랑해."

애원하는 듯한 스바루의 확신은, 터져서 피보라로 변한 가필과 함께 부서졌다.

3

금색의 대호가 터지는 모습을, 스바루는 말없이 지켜봤다.

발톱이 마녀의 몸통을 찢고 이빨이 머리를 으스러뜨리는 순간이었다. 짐승의 살의는 인체를 쉽사리 분쇄하고, 천하의 마녀도 버틸 방도가 없었다. ——닿기만 했더라면.

가필의 생명을 앗아간 것은 사지의 상처를 통해 파고든 그림자의 칼날이었다. 첫 공격으로 가필을 구속한 그림자가 상처를 통해 체내를 내달리며 갈가리 찢어발겼다.

즉, 가필은 처음부터 죽은 몸이었던 것이다. 집요하리만큼 생명이 난도질당해서.

그 잔혹함에 말이 나오지 않았다. 가필이었던 존재는 고기 조각이 되어 검게 물든 대지에 끔찍하게 튀었다. 그마저도 금세 그림자에 삼켜져 그 존재의 흔적은 사라졌다. 류즈의 복제체도 남김없이 소멸하고, 그곳에는 마녀와 스바루밖에—— 아니.

"——사랑해."

처음부터 마녀의 안중에는 우두커니 선 스바루 말고 아무도 없었다.

참살한 가필이든, 학살한 류즈의 복제체들이든, 모르는 새에 그림자에 먹혔을 『성역』의 사람들이든, 아람 마을의 사람들이든, 람이든, 오토든, 류즈든, 로즈월이든, 파트라슈이든, 에밀리아든—— 죄다 부차적인 것이다.

"——사랑해."

"시끄러."

"사랑해사랑해사랑해사랑해사랑해사랑해사랑해사랑해."

"시끄럽다고, 하잖아……!"

마녀는 광장을 뛰어넘어서 우두커니 선 스바루 쪽으로 그림자로 엮은 길 위를 걸어갔다.

그 윤곽이 뿌옇다. 몸집도 모르겠다. 목소리도 여전히 또렷하지 않다.

그런데도 끈적거리는 열정만은, 저주스러울 만큼 스바루의 마음을 서슴없이 주물러대고 있다.

"사랑해사랑해사랑해사랑해사랑해사랑해사랑해사랑해."

움직이지 않는 스바루에게 마녀는 저주의 속삭임처럼 연거푸 사랑을 말했다.

때와 장소와 사리를 분별하지 못하는 그 작태는 스바루보다 심했다. 이토록 사랑을 속삭이는 상대가 분노 어린 표정을 짓는데도 여전히 독선적인 사랑을 억지로 들이대고 있었다.

그 사랑이 끔찍하다. 그리고 무엇보다 지금의 스바루를 격분하게 한 것은――.

"사랑해사랑해사랑해사랑해사랑해사랑해. ――스바루 군."

"――그 호칭으로 날 부르지 말라고!!"

사랑에 들뜬 달콤한 호소에 스바루는 진정으로 폭발했다.

열기를 띤 목소리가, 사랑스러운 몸짓이, 사랑에 들뜬 호칭이 스바루의 역린을 건드렸다.

"누가 너한테, 날 그렇게 부르라고 허락했지?! 웃기지 마! 웃기지 말라고!"

바로 옆에 있다는 자긍심을, 호소 하나에 담은 신뢰를, 서로 상대를 인정한 애정을.

그 호칭에 사랑을 담도록 스바루가 허락한 사람은 이 세상에 단 한 명뿐이다.

"웃기지 마! 그건 오직 한 사람의 것이야. 누구에게도…… 아니! 내가 네게 내줄 건 없어. 머리털 한 올, 세포 하나도, 아까워서 주지 않을 거다――!!"

격분한 스바루는 분노에 맡기며 가슴속에 휘몰아치는 감정을 인정사정없이 후려쳤다.

승산은 없다. 생존할 가망도 없다. 애초에 살아남을 이유도 이 세계에 없다.

그래도 멋대로 그녀와의 관계를 짓밟는 짓은 두고 볼 수 없다.

"사랑해사랑해사랑해사랑해."

사랑은, 그치지 않는다. 그래서 스바루 또한 절대로 그 사랑에 응하지 않는다.

"이 세계에서, 내가 진정 처음으로 받은 『사랑해』는…… 답이 없는 쓰레기놈이, 영웅이 되어 주겠다고 마음먹을 만큼 파워가 있다고."

부러지고 휘어져서, 도망치려던 쓰레기가 정면으로 저항하는 것을 포기하려던 미래에 한 번 더, 몇 번이든 도전해도 된다고 믿을 수 있을 만큼.

비교하는 것조차 모욕적일 만큼 마녀의 사랑과는 속에 담긴 것이 다르다.

"사랑해사랑해사랑해사랑해사랑해사랑해사랑해사랑해."

"내 마음속 첫 번째와 두 번째는 진즉에 차서 양보 못해. 네가 들어갈 틈새는 없다."

가는 말이 고와야 오는 말도 곱다――. 억양조차 없는 사랑의 나열에 스바루는 흉악하게 인상을 일그러뜨렸다.

"네 사랑 따위 구겨서 버려 주지. 너랑 비교할 바에는……."

공격 수단은 없다. 하지만 말로 공격할 수단은 있다. 남의 신경을 긁는 건 장기 중의 장기다.

무엇을 말하면, 무엇을 말해야 할지, 무엇이 제일, 이 마녀의 역린을 건드릴 수 있는지. 남의 신경을 건드리는 데에 관해서는 나설 자가 없는 스바루이므로 알고 있다.

따라서 스바루는 야멸차게 비웃고 멸시하는 눈길을 마녀에게 보냈다.

"――같은 마녀라도, 에키드나하고 다른 마녀들이 그나마 사랑할 수 있지."

"————."

내뱉은 순간, 저주의 속삭임 같은 마녀의 사랑이 처음으로 멈추었다.

그리고——.

"——오."

스바루의 시야가, 세계가 한순간에 그림자에 삼켜졌다.

4

"사랑해. 사랑해. 사랑해. 사랑해. ——사랑해 줘."

칠흑 속에서, 목소리가 들렸다.

그림자에 삼켜져 천지가 뒤집히고 휘둘리며 휘둘려서.

몸만이 아니라 머리 내용물까지 휘젓고, 나츠키 스바루가 그림자에 섞여들었다.

그런 와중에 나츠키 스바루를 눅신눅신 녹이는 그림자 속에서 속삭임이 들렸다.

"사랑해 줘. 사랑해 줘. 사랑해 줘. 사랑해 줘. 사랑해줘사랑해줘사랑해줘사랑해줘사랑해줘사랑해줘사랑해줘사랑해줘사랑해 줘사랑해 줘사랑해 줘사랑해 줘사랑해 줘사랑해 줘사랑해 줘사랑해 줘사랑해 줘사랑해 줘사랑해 줘사랑해 줘사랑해 줘사랑해 줘사랑해 줘사랑해 줘사랑해 줘사랑해 줘사랑해 줘사랑해

줘사랑해줘사랑해줘사랑해줘사랑해줘사랑해줘—— 사랑해줘."

소름이 돋는다. 쾌락에 떨린다. 공포에 질린다. 환희에 글썽인다. 분노에 피를 토한다. 쾌재를 질렀다. 감정이, 뚝 끊기고, 뛰어다니며, 정당성을 잃고, 뒤죽박죽 섞여서——.

"————."

그림자에 육체가 녹아 나츠키 스바루의 경계가 흐릿해지는 것을 알 수 있다. 왜, 알 수 있는가. 알 수 있는 건 나츠키 스바루인가, 아니면 다른 무언가인가.

"————."

그림자 속에서 속삭이는 사랑과는 다른 뭔가의 존재를 느낀다. ——아니, 느끼지 못한다. 그것은 다른 뭔가가 아니다. 스바루다. 나츠키 스바루인 것이다. 섞이고, 같이 녹아들어 한 덩어리가 되면 타인과의 경계가 사라진다. 삼켜진 모든 것이 나츠키 스바루가 된다.

온기가 있으며 설움이 있으며 미움이 있으며 자애가 있으며 낙담이 있으며 광희가 있으며 실망이 있으며 안도가 있으며 한탄이 있으며 만족이 있었다.

그렇다. 만족이 있었다. 많은 절망이, 많은 비탄이 있고, 그 안에 만족도 있었다.

그 만족 또한 스바루의 일부다. 그것이 나츠키 스바루를 충족시킨다면——.

"——?"

만족스럽게 손을 뻗었다. ——아니, 손은 없다. 몸은 아무 데도 없다. ——아니, 그렇지는 않다. 몸은 그림자에 삼켜졌음에도 여전히 그곳에 있다. 녹은 것은 마음, 녹은 것은 의식, 녹은 것은 나츠키 스바루의 영혼. 그것을 긁어모았다. 긁어모으고, 긁어모은 이유를 이해했다.

열기가, 있었다. 나츠키 스바루로 한창 돌아오는 중에 열기를 느꼈다. 그것은 덧없는 만족과는 전혀 다른 곳에 있다. 뻗으려던 팔에, 오른팔에, 손목에 있다. 그것은——.

——어둠으로 물든 세계에서도 선명하게 빛나는, 기원이 담긴 손수건이었다.

5

——의식이, 떠올랐다.

산소를 찾아서 수면을 향해, 헐떡거리듯이 어둠을 필사적으로 헤치며 위로, 위로, 그저 필사적으로.

어둠은 의식에 들러붙었다. 마치 늪에 빠진 것처럼. 그 무게에, 권태에, 마음이 침탈당할 것만 같으면서도 여전히 스바루는 필사적으로——.

발버둥 친 끝에 시야가 느닷없이 트였다. 현세에 스바루의 의식이 떠올랐다.

그림자의 세계에서 살아 돌아왔다——. 하지만 그건 결코 궁지에서 벗어난 게 아니었다.

"하, 악……. 하아…… 아?"

호흡이 서투르다. 목에 뭔가가, 그림자가 막혀 있다. 발은 땅에 닿지 않았다. 몸은 그림자에 묶여 허공에 비스듬히 기울어서 매달려 있었다. 움직일 수 없다. 움직이게 두지 않는다.

그저 오른쪽 손목에 감긴 손수건을, 매달리듯이 왼손으로 만지고 있었다.

"……페트라의, 손수건."

세계가 그림자에 뒤덮여 스바루의 시야는 어둠으로 물들어 가고 있다. 그런 칠흑 속에서도 페트라의 손수건만은 눈부시게, 어둠을 내쫓듯이 하얗게 빛나고 있었다.

페트라의 손수건에 담긴 마음이, 스바루에게 이 기적을 내려주었다——고는, 아무래도 생각하기 어렵다. 스바루를 구원한 꼼수를 부린 범인은 달리 짐작이 갔다.

——헤어질 적에 손수건을 만지고 의미심장한 말을 남긴 『탐욕의 마녀』다.

"에키드나, 이게……. 이렇게 될 줄, 알고, 있었냐……."

『보험이지, 보험.』이라는 말이라도 하고 싶은 듯한 마녀의 얼굴이 뇌리에 떠올랐다. 그 기분 탓인지 거드름피우는 마녀의 얼굴에, 지금만은 군말 없이 고마워했다.

이 빛이 없었으면 스바루는 그림자에 삼켜져 흔적도 없이 사라졌을 것이다.

그 그림자 안에서 무슨 일이 일어났는가. ——그것은 혼탁이었다. 그림자에, 스바루의 존재가 녹기 시작했다. 녹아서, 섞이려 했던 것이다. 그림자에 삼켜진 온갖 것들과.

——마녀의 그림자에 먹힌 모든 존재와, 온갖 존재와 섞일 뻔한 것이다.

눅신눅신 녹은 선배들과 하나가 될 뻔했을 때 스바루는 너무나 많은 감정에 노출됐다. 자기 것이 아닌 감정, 감각, 기억, 지식이 흘러들었다. 그것들이 자신이 이미 아는 게 당연하다는 듯이, 제 것인 듯이 육체에, 마음에, 영혼에 새겨진 것이다.

아주 아슬아슬했다. 영 점 몇 초 만에 구사일생했다. 그 그림자에 삼켜지는 건 『죽음』이 아니다. 나츠키 스바루가 다른 뭔가에 뒤섞여 한데 뭉쳐서 사라진다.

그것은 『사망귀환』으로도 돌이킬 수 없는, 있어서는 안 될 패배였다.

에키드나의 조력이 없으면 스바루는 그 그림자의 포옹에서 빠져나가지 못하고 끝장이 났을 것이다. 그 사실을 실감할 수 있기에 에누리 없이 마녀에게 감사하고 싶다.

"끄, 으, 아……."

하지만 에키드나의 조력으로 얻어낸 유예도 이만 끝이다.

푹, 푸욱. 스바루의 몸이 다시 그림자에게 삼켜졌다. 하반신부터 지면에 빠지듯이, 조금 전보다 신중하게, 조금씩 소화하듯이 마녀는 스바루를 그림자에 담갔다.

서서히 자기 자신을 상실해 간다. 그 사실에 상실감이 아니라 안도감이 있는 게 두렵다.

안도감이 있단 말이다. 삼켜지고 확산되어 사라지는 운명 끝에 기쁨이 있다.

따라서 확신할 수 있었다. 그림자에게 먹히면 죽는 것이 불가능하다. 영원히 『계속 사랑받는다』고.

"빌, 어먹을……."

빛이, 마녀가 만들어준 십여 초. 그러나 그 유예로 스바루의 생명은 구원할 수 없다.

흡수되어 사라지기 전까지 남은 약소한 시간이다. 여기에 에키드나는 무엇을 바랐는가.

"그…… 망할 마녀……!"

그 결론에 이른 순간, 스바루는 직전의 감사를 내버리고 왼손으로 빛을 쥐어뜯었다.

어둠을 쫓아 그림자에 삼켜지는 스바루를 구한 빛——. 여기에 에키드나의 바람이 있다. 에키드나의 노림수가 있다. 에키드나가, 스바루에게 맡긴 『수단』이 있었다.

이것은 동아줄이다. 스바루를 구원하는 게 아니라 『죽음』에 떨어뜨리기 위한 동아줄인 것이다.

"————."

비장한 각오를 알아차린 듯 빛은 그 형상을 바꾸어 빛나는 단검으로 변화했다.

손수건 한 장으로는 어려울 거라고, 공들인 그 마음씨에 눈물이 나올 것만 같았다.

단, 눈물은 눈물이라도 흐르는 것은 피눈물이다.
눈을 감고, 숨을 내뱉는다. ——그 기세로 빛의 단검을 자신의 목에 꽂았다.
"익——."
얼마나 날카로운지 모를 빛의 칼날이 쉽사리 숨통을 뚫었다. 치명상에 피가 역류하고 목에서 폐로 흘러들어 의식이 익사하기 시작했다.
——빛의 부적은 무기가 아니다. 에키드나는 자해를 위해 이걸 준 것이다.
십여 초의 유예는 그 때문. 깨닫기 위한, 실행하기 위한, 『사망귀환』하기 위한 것.
에키드나는 아마도 묘소 밖에 『질투의 마녀』가 나타날 것을 예측하고 있었다. 그게 무슨 이유인지는 불명확하지만, 그 대가는 스바루의 생명으로 치른다.
"——!"
스바루의 자해를 보고 『질투의 마녀』가 처음으로 사랑이 아닌 무슨 소리를 외쳤다.
그러나 자기 자신의 피에 빠져서 이미 의식을 놓고 있는 스바루는 그걸 알 수 없었다.
그저 자연스럽게, 그림자에 뒤덮인 마녀의 얼굴에 손을 뻗었다. 그러는 게 옳다고, 생각했다.
빛의 단검을 떨어뜨리고 희미하게 빛의 잔재만 남은 손가락으로 그림자의 베일을 건드렸다.

베일이 풀리고 그림자에 가려져 있던 마녀의 얼굴이 절반이나마 드러났다.

보석 같은 남보랏빛 눈. 월광처럼 빛나는 은빛 머리카락. 낯익은 사랑스러운 용모——.

그것이 비통하게 일그러지는 게 보여 놀라기보다도 가슴이 아팠다. 슬픔에 가슴이 아렸다.

넘치는 피가 목을 채워서 제대로 말을 자아낼 수 없지만.

그럼에도 눈앞의 소녀에게. 슬퍼하며 눈물 흘리는 소녀에게, 말했다.

"내가, 꼭——."

——너를, 구해 보이겠어.

말한 순간, 나츠키 스바루는 목숨을 잃었다.

6

『죽음』을 건너고 찾아드는 최초의 현실은, 씁쓸한 흙먼지 맛이었다.

"——으, 웩."

기침하고 흙내가 나는 이물질을 침과 함께 뱉어냈다. 그다음 상반신을 일으킨 스바루는 자신이 바닥에 쓰러져 있었다는 것과 그곳이 어둡고 싸늘한 공간임을 확인했다.

어렴풋이 파랗게 빛나는 돌벽. 불안할 정도의 정적. ——묘소 내부다.

“돌아, 왔, 어…….”

얼굴 앞에서 두 손을 오므리고 펴며 스바루는 바싹 마른 목소리로 『사망귀환』의 성공을 실감했다.

직전의 기억은 선명하다. 그림자에게 삼켜질 뻔해 자결한 것도. ——목의, 처절한 아픔도.

“자살한 보람은, 있었나…….”

날카로운 것이 목을 뚫는 감각. 스바루는 뚫렸던 울대뼈를 만지고 길게 숨을 몰아쉬었다.

자기 피에 빠져 죽는 고통. 멀어져 가는 의식과 상실감. 그건 여러 번 맛본 『죽음』이어도 색이 바래지 않았다. 몇 번, 몇 차례 맛보든 간에 『죽음』은 여전히 받아들이기 힘들었다.

『죽음』은 무섭다. 『죽음』은 두렵다. 아픈 것도, 힘든 것도 마찬가지. 그런데도——.

“잃은 채로…… 못 돌아오는 것보다, 훨씬 낫지……!”

돌아오기를 택했다. 그때 망설임 없이 『죽음』을 선택했다.

이로써 스바루는 더 싸울 수 있다. 항거할 수 있다. 미래를 쟁취하기 위해서 싸울 수 있다.

“그런데 죽을 수 있던 것 정도로 감동하지 말라고……. 난 아직 할 일이 있잖아.”

스바루는 해야 할 일을 다시 직시하고 심장 고동을 가라앉히며 뒤돌아보았다. 되돌아온 묘소, 스바루 바로 옆에 은발 소녀가 쓰러져 있다.

이곳은 묘소. 『사망귀환』의 출발점. ——에밀리아가, 지금도 자기 과거에 시달리고 있다.

그 가녀린 어깨를 흔들어 깨워 주어야만 한다. 괴로운 심정을 계속 느끼지 않아도 된다고, 자상하게 안아 주는 것. 그 행동이 스바루가 가장 먼저 할 일이다.

그래서 스바루는 괴롭게 허덕이는 에밀리아에게 살그머니 손을 뻗고——.

"……뭐지?"

에밀리아에 닿으려던 손가락이, 희미하게 떨고 있었다.

왜 이러나 의아해하며 손가락의 떨림을 막으려 했다. 그러나 떠는 것을 자각한 손끝은 스바루의 의지를 무시하며 오히려 더 욱더 떨고 있었다. 그뿐만이 아니다.

딱딱 기묘한 소리가 석실에 메아리쳤다. 귀에 거슬리는 소리. 떨리는 손끝. 스바루는 도대체 무슨 일이 일어난 건지 혼란스러워하다가 뒤늦게 이해했다.

소리를 내고 있는 것은 스바루의 치아였다. 맞물리지 않고 처량하게 턱이 딱딱 떨고 있었다.

마치 스바루의 공포를 비웃듯이. 손가락은 떨고 이는 딱딱 울고 있다.

——그 전율의 원인은 폭로된 그림자의 베일 너머로 보인 얼굴이었다.

"왜, 떨고 그래……. 난, 설마, 에밀리아를……."

무서워하고 있는 거냐고 말을 잇지 못했다. 누구보다 본인이 잘 알고 있었다.

『사망귀환』하기 직전에 본 마녀의 얼굴——. 그것은 에밀리아와 같은 얼굴이었다. 그때의 공포를, 마녀에 대한 두려움을, 『죽음』을 건넌 지금까지 끌고 있다.

에밀리아는 『질투의 마녀』가 아니다. 그런 당연한 사실을 영혼이 잊을 정도로.

"그딴, 가소로운 내막……. 난, 알고, 알고 있잖아……!"

뜬금없는 부활극. 그것이 무엇을 계기로 삼았는지 스바루는 모른다.

그러나 그 마녀의 형상에는 짚이는 구석이 있다. 짚이는 가능성이 있다.

마녀는 아마도 에밀리아의 육체에 빙의하는 모양새로 『성역』에 현현했을 것이다.

대죄주교 페텔기우스는 타인의 몸에 빙의하는 사정령(邪精靈)이었다. 그 미치광이를 아는 스바루는 다른 이에게 마녀가 들러붙을 가능성을 수월하게 받아들일 수 있다.

무엇보다 그렇게 생각하면 가필의 의미심장한 태도도 설명이 된다.

결계를 이용하는 작전에서 가필은 마녀에게 실체가 있음을 확신하고 있었다. 마녀와의 결전을 목전에 두고 스바루에게 『먼저 사과한다』고 말을 남긴 것도 기억에 선하다.

즉, 가필은 에밀리아가 마녀에게 빙의되는 모습을 봤던 것이다. 그렇기에 에밀리아의 생사를 명언하지 않고, 그릇이 된 그녀까지 싸잡아서 마녀를 쓰러뜨리는 행동을 스바루에게 사과했다.

설명이 된다. 설명이 됐다. 그뿐인 일이다. 그뿐인 이야기가 아닌가. 에밀리아와는 아무 관계도 없다. 그녀에게는 잘못이 없다. 무서워할 필요도――.

『――속 보이는 거짓말은 집어치워.』라고, 내면의 자신이 냉랭하게 내뱉었다.

속 보이는, 거짓말. 내면의 자신이 하는 말에 스바루는 기만을 깨달았다. 에밀리아를 두려워하지는 않는다. 그건 사실이다. 하지만 그 사실과 마녀에 대한 공포는 다른 차원에 있었다.

스바루가 품는 공포는―― 마녀가, 『사망귀환』한 스바루를 못 본 척해 줄까 하는 생각이다.

"――――."

――스바루를 『사망귀환』하게 만드는 힘은 『질투의 마녀』의 것이다.

그것이 스바루의 견해이며, 에키드나도 이 의견에 동의했다. 그리고 이 사실을 통해 알 수 있는 점은 『질투의 마녀』에게 시간을 거슬러 올라갈 힘이 있다는 사실이다.

그렇다면 스바루를 『사망귀환』하게 하는 힘을 자기 자신에게 적용해 비슷하게 시간을 거슬러 올 거라고 생각할 수는 없을까.

스바루는 그러지 않는다고도, 그럴 수 없다고도 단언할 수 없다. 그 가능성에 겁을 집어먹는다.

답은 나오지 않는다. ──대신에, 답은 눈앞에 누워 있다.
"────."
에밀리아를 건드려 그녀를 깨우면 모든 것이 분명해진다.
눈꺼풀을 연 에밀리아가 여느 때처럼 부드럽게 미소를 지어 주면 죄다 괜한 걱정이다.
하지만 만약, 그렇게 되지 않는다면──.
"──에밀, 리아."
구원을 바라고 있었는지, 구원해 주고 싶었는지, 이미 그것마저도 모르겠다.
단지 이름을 부르는 목소리와 뺨을 만진 손가락이 떨지 않았던 것만은 기적처럼 느껴졌다.
"────."
하얀 뺨이, 만진 손끝에 녹아내릴 듯한 열을 전달했다. 긴 속눈썹이 희미하게 떨고 내리깔던 눈에 빛이 깃들자, 남보랏빛 눈동자가 스바루를 비추며 몇 차례 깜빡였다.
그리고──.
"……스바, 루?"
속삭이는 목소리로 부르는 말에 스바루의 내면에 있던 묵직한 것이 녹아내렸다.
단 한마디, 그 말만 들어도 스바루는 조금 전까지 느끼던 공포를 옛것으로 치부할 수 있었다. 그토록 퍼붓던 공허한 사랑과는 죄다 다르다.
목소리가, 눈이, 태도가, 그 전부가, 스바루가 아는 에밀리아

본인이었으므로.

"여기는…… 나, 방금까지……."

길게, 길게 숨을 몰아쉰 스바루. 그 대답을 기다리지 않고 에밀리아는 천천히 상반신을 일으키고, 자그마한 곤혹감에 눈썹을 모으며 자신들이 있는 석실을 둘러보았다.

악몽에서 깨어난 바람에 이해력이 따라가지 않는다. 그러나 서서히 현실을 따라잡고.

"——아."

가냘픈 목소리. 그건 아마도 꾸던 꿈을 떠올렸기에 흘러나온 것이리라.

다음에 바로 에밀리아가 평정을 잃는 건 알고 있다. 이미 세 번이나 과거 때문에 마음에 금이 가는 에밀리아를 봤다. 그런 그녀를 다정하게 위로해 주어야만 한다.

상처를 받지 않게끔 괜찮다고 말을 걸어 주고, 그러기 위해서——.

"——스바루."

그런데, 그런 스바루의 준비에도 불구하고 에밀리아의 행동은 상상과 전혀 달랐다.

평정을 잃으려던 눈이 침착함을 되찾고, 강한 의지가 떨리려던 입술을 다물었다. 그 상태로 에밀리아는 놀라는 스바루에게 살그머니 손을 뻗으며 말했다.

"왜, 그렇게 힘든 표정이니?"

쌕, 하고 갈라진 숨결이 흘러나왔다.

놀라서 굳어버린 스바루. 그 뺨을 에밀리아의 손가락이 다정하게 훑었다. 하얀 손끝이 눈시울을 살짝 훔치고 넘치려던 눈물의 둑을 무너뜨려서, 열기가 흘러 떨어졌다.

눈물, 눈물이다. 스바루는 자신이, 폭포수처럼 흐느끼기 직전이었음을 이제 와서 알아챘다.

"아, 으, 어?"

알아채고 나자, 붕괴는 한순간이었다.

조금 전까지, 손가락과 턱이 떨리던 것과는 다른 차원의 떨림이 찾아왔다. 그것은 온몸에서 힘을 빼앗고, 무릎으로 서 있던 스바루는 자세가 무너져서 엎드릴 뻔했다.

"괜찮아, 괜찮다고. 스바루. 내가 여기에 있으니까. 분명히 있어."

앞으로 허물어지는 그 몸을, 가냘픈 감촉이 정면으로 받으며 안았다.

얇은 옷감 너머로 에밀리아의 온도를 뜨겁게 느꼈다. 머리를 내맡긴 가슴에서 잔잔한 심장 고동이 전달되고, 금이 간 마음을 안도감이 채워 가는 것을 알 수 있었다.

안도감. ——그렇다. 이건 틀림없는 안도감이었다.

에밀리아가 마녀에게 몸을 빼앗기지 않고, 여기 이렇게 그녀인 채로 남아 준 것에 대한.

그 사실에 안도하는 수단으로, 스바루의 몸은 처량하게도 눈물과 떨림을 선택했다.

"미안해. 걱정 끼쳐서. 괜찮아, 괜찮으니까……."

떨면서 웅크린 스바루를 에밀리아는 다정하게 달래며 거듭거듭 보듬듯이 말을 걸었다.

잔잔히, 잔잔히, 스바루는 그렇게 에밀리아의 위로를 받았다.

# 제2장 『지옥이라면 알아』

## 1

“그래서, 에밀리아 님이 울보 바루스를 데리고 돌아왔다고.”

“『울보 바루스』라니 왠지 동화 제목 중에 있을 듯한데…….”

흐느끼는 스바루를 에밀리아가 위로하는, 따뜻하면서도 한심한 시간이 끝났다.

곧바로 묘소를 나온 두 사람을 맞이해서 사정을 들은 람의 고마우신 말씀이 앞에 들은 그것이다. 안타깝게도 한심하다는 것을 스스로 아는 스바루는 대꾸할 기력도 없었다.

“그토록 큰소리 뻥뻥 치며 뛰쳐나간 끝에, 낮에도 그랬던 것처럼 혼절하고 구해야 할 에밀리아 님께 폐를 끼쳤단 말이지. ……왜 사니?”

“기력이 없기는 하지만, 그렇게 들볶일 이유는 없거든?!”

“그래, 람. 스바루는 날 걱정해 준 거야. 그 마음이 중요한 거라고.”

한숨지으며 어깨를 으쓱인 람은 경멸을 숨기지 않았다. 그 태도에 스바루가 이의를 제기하자 완전히 회복한 에밀리아도 힘차게 원호해 주었다.

에밀리아는 스바루의 옆에 서서 고운 눈썹을 바싹 세우고 말했다.

"모처럼 구하러 와 줬는데, 아차 실수해서 안에서 넘어지거나, 그다음 불안해서 울어버린 건 엄—청 아쉽지만……."

"에밀리아땅? 에밀리아땅? 나 또 운다고."

"그래도! 난 요즘 스바루에게 도움만 받아서……. 그 때문에 이렇게 스바루가 약한 모습을 보여 줘서 안심한 부분도 있거든."

에밀리아가 자기 가슴에 손을 짚으며 꺼낸 말에 스바루는 저도 모르게 숨을 죽였다.

에밀리아의 의견은 스바루를 너무 과대평가하고 있다. 스바루는 여태껏 몇 번이나 에밀리아에게 한심한 모습을 보였다. 이번만이 아니다. 처음 만났을 적부터 줄곧.

"에밀리아땅이 그렇게 말해 주는 건 기쁘기도 하고 창피하기도 하지만, 난 별로 에밀리아땅에게 그런 모습을 보여 주고 싶지 않은데."

"어, 왜?"

"에밀리아땅은 언제나 멋 부리고 있는 날 봐 줬으면 하기 때문이지. 내가 사실은 약하고 한심해서 답도 없는 놈이란 건, 잊어줬으면 좋겠어."

"아유. 좀 약한 모습 본 정도로, 내가 스바루를 싫어하진 않아."

허리에 손을 짚고 볼을 부풀리는 에밀리아의 주장을 스바루는 쓴웃음으로 얼버무렸다.

에밀리아의 말은 다정하지만 스바루의 허세는 그 말에 만족하는 것을 거절했다. 이건 에밀리아의 성격과도, 실망하게 만들 거란 불안과도 무관하다. ——스바루의, 오기 때문이다.

"핫, 기세가 참 등등해라. 그 오기도 대성통곡한 다음엔 설득력이 없는걸."

"언니분은 만날 그렇게 찬물을 끼얹어……."

"자자, 나츠키 씨도 그렇게 말하지 말고요. 람 씨의 태도는 걱정의 반증이에요. 내부 상황을 알 수 없어서 람 씨는 특히 안달복달했었고…… 히익!"

오토의 당당한 얼굴이 노려보는 람의 눈길 한 번에 즉각 페이드아웃. 설마 진짜로 그런 귀염성 있는 이유 때문에 언짢나 싶어 스바루는 람을 쳐다보았다.

"뭐야?"

"……아무것도 아닙니다."

하지만 날카롭게 노려보는 눈 앞에서 무력하게 퇴각. 오토와 다르게 피해가 경미한 이유는 람을 대하는 경험의 차이에서 유래한다. 어쨌든 람과 오토는 무사히 돌아온 스바루와 에밀리아를 따뜻하게 맞이해 줬다. 그리되면 남은 문제는 심플하게——.

"————."

시선을 돌린 방향. 그곳에 팔짱을 낀 금발 청년—— 가필이 있었다. 그 모습에 뺨이 뻣뻣해지는 것을 스바루는 애써 흐리멍덩한 표정 뒤에 숨겼다.

가필을 대하는 스바루의 감정은 복잡하기 짝이 없다. 마녀와의 싸움에서 일시적으로 협력한 것은 사실이다. 그 처절한 죽음은 지금도 눈에 남았다. 그것은 인정하겠다.

——하지만 그가 그 전의 세계에서 많은 사람들을 끔찍하게 죽인 것 또한 기억하고 있다.

그 기억이, 스바루가 경계심을 풀지 못하게 했다. 하물며 지금의 스바루는 『사망귀환』한 직후다. 가필이 적대하는 원인, 마녀의 독기는 이 순간이 가장 짙을 터.

도대체 그는 어떻게 움직이겠는가. 그런 긴박감에 젖은 스바루에게 가필은 이를 딱 부딪치며 말했다.

"안에 꼬라박을 땐 어떻게 되어먹을까 싶었는데, 무사히 돌아와서 안심했다. 『가프가론의 열매는 바람으로 떨어지지 않는다』는 말도 우습게 볼 건 아니구만!"

"아팟! 야, 좀, 아파! 아프다고!"

호쾌하게 웃으면서 가필은 스바루의 어깨를 거칠게 후려갈겼다.

뼈까지 저린 손바닥의 위력에 스바루는 '설마 다들 보는 앞에서 공격하나?!' 하고 전율했지만, 가필의 웃음에 그런 악의는 느껴지지 않았다. 순수하게 스바루와 에밀리아의 무사를 환영하는 태도다. 그것은 조금, 아니 꽤, 예상을 벗어난 반응이라서.

"그걸로 끝……이야?"

"아앙? 뭔데. 울보를 위로하자고 머리라도 쓰다듬어 주라는 거냐."

"네가 위로해서 누가 득을 본다고. 아니, 그게 아니라…… 아니다."

말하려던 혀를 집어넣고 스바루는 긁어 부스럼을 만들 리스크를 무릅쓰는 것을 피했다. 적어도 지금의 가필에게 적의는 없다. 그건 환영해야 마땅한 일이므로.

"너와의 관계와 내 체취, 그게 현재 고민거리라고……."

"건 또 뭐야……. 이 어르신이랑 체취를 같이 들먹이면 되게 징그럽다만."

"——그 점은, 본인의 부덕이라고 여기고 감수해 줘. 그보다 자세한 이야기는 자리를 잡고 하자고. 이런 곳에서 서서 하기도 뭐하잖아?"

"하긴. 스바루도 그렇게 울었으니 지쳤을 테고……."

"에밀리아땅!"

스바루의 의견에 찬동하면서 울보 이야기를 다시 들먹이는 에밀리아. 그녀는 스바루의 비통한 외침에 혀를 내밀며 "미안해." 하고 귀엽게 사과했다.

그 귀여움을 봐서 장난을 용서하고, 스바루는 속으로 다른 생각을 했다.

——이번 루프의 에밀리아는 여태까지와 달리 『시련』의 실패를 크게 마음에 두지 않았다.

그 변화의 계기가, 에밀리아보다 먼저 스바루가 평정을 잃었다는 사실이라는 게 한심하지만, 어쨌든 지금의 그녀는 자신의 과거를 봤음에도 아직 굳게 마음을 먹고 있다.

그 심경이 『시련』에 좋은 영향을 줄지 나쁜 영향을 줄지는 분명치 않지만——.

"——시험해 볼 가치는, 있겠지."

"나츠키 씨? 무슨 일 있으세요?"

"아무 일도 없어."

장소를 바꾸고자 걷기 시작하는 일행. 뒤에 처진 스바루를 오토가 불렀다. 그 부름에 스바루는 어깨를 으쓱이고 발 빠르게 그들을 쫓아갔다.

——에밀리아는 『시련』에 마음이 꺾이지 않고, 가필도 중립적인 태도 그대로.

『성역』을 둘러싼 사정은 반복할 때마다 다른 얼굴을 보여 줬다. 이번에도 어김없지만, 지금까지 겪은 것 중에서 가장 나은 상태로 스타트할 수 있었다는 실감은 있다.

"남은 건 이 상황에서 내가 무엇을 시험하고, 무엇을 가지고 돌아갈 수 있느냐군."

개죽음은 사절이다. 『죽음』은 유효하게 써먹어야만 한다.

모든 『죽음』에 의미가 있다. 이 세계에서, 『성역』에서 거듭해 온 『죽음』에도.

그렇기에——.

"그때 그림자 속에서 가지고 돌아온 것에도, 의미가 있어."

희미하게 통증을 호소하는 머리. 그 한구석에 다른 이와 섞일 뻔한 기억의 소용돌이가 남긴 자취가 있다.

——그것을 밝히는 것이 마녀와의 만남, 그 『죽음』의 의미가

분명하다.

2

묘소를 떠난 일행이 향한 곳은 지금까지와 마찬가지로 임시 숙소인 류즈의 집이었다.

응접실에서 주고받는 대화──『시련』에 관한 화제에 큰 변화는 없다. 단지 여태까지와 다르게 에밀리아가 이 회의에 적극적으로 참가한 것은 큰 변화였다.

지난 루프 때까지 에밀리아는 사명감과 과거에 대한 공포 사이에 끼어 옴짝달싹 못하다가 뻔히 보이는 무리를 거듭하며 초췌해지는 상황이 이어졌었다. 그러나 이번에는 다르다.

"오늘 일은 정말 미안해. 모두를 걱정하게 하고, 스바루에게도 엄―청 폐를 끼쳐버려서…… 하지만 꼭 해야만 하는 일은 똑바로 보인 것 같아."

회의 마지막에, 그렇게 결의를 표명한 에밀리아의 말에 모두가 어떻게 생각했는지 모른다. 단지 스바루는 자랑스러워서 손뼉을 치고 싶은 기분이었다. 실제로 박수했다.

그런 다음에 그날의 회의를 종료하고, 내일을 대비해 해산하는 흐름이 된다.

"에밀리아땅, 오늘은 몸 따뜻하게 하고 편히 쉬어. 만약 잠이 안 오면 내가 누울 때부터 일어날 때까지 곁에 있겠는데……."

"으응, 완전 괜찮아. 그런 것보다 제대로 쉬어야 하는 건 스바루도 마찬가지거든? 오늘은 낮이랑 밤 해서 두 번이나 묘소에서 쓰러졌었으니까."

"아, 그렇지. 응, 맞는 말이야. 나도 조심할게."

침실로 배웅한 에밀리아의 지적에 스바루는 머리를 긁으면서 애매하게 웃었다.

이번 루프 때 나타난 에밀리아의 변화를 보고, 스바루는 묘소에서 일어난 일—— 즉, 『시련』을 받은 사실과 첫 번째 『시련』을 극복한 사실을 주위에 밝히지 않았다.

자신이 실패한 『시련』을 스바루가 극복했다고, 그 사실을 안 에밀리아가 불필요한 자책감을 품는 것을 염려했기 때문이다. 그리고 이번 루프의, 마음을 굳게 유지한 에밀리아라면 두 번째 도전은 다른 결과가 나올지도 모른다. 그런 기대가 있었다.

가령 똑같은 결과가 나와도 그리될 거라고 알 수 있는 것은 수확이다. 시험할 가치는 있다.

——무엇보다 이번 루프의 스바루는 묘소 공략에 별로 무게를 두고 있지 않다.

묘소에 도전하면 『시련』 속에서 에키드나와 재회할 수 있다. 그건 틀림없이 구원이기는 하나 지금의 스바루에게는 그녀와 재회할 만한 자격이 없다.

새로운 정보든 성과든, 죄다 준비 부족——. 이 상황에서 에키드나와 만나 봤자 그건 스바루의 어리광밖에 안 된다. 어리광만 피울 뿐인 관계는, 사절이다.

따라서 스바루는 마녀와 재회하기에 마땅한, 『뭔가』를 만들

필요가 있다. 그러기 위해서도 지금의 스바루가 가장 우선시해야 할 사항은 머릿속에서 존재를 주장하는 『기억』의 증명이다.

"람, 할 말이 좀 있는데, 지금 괜찮겠어?"

"음흉해라."

"남들이 듣고 오해할 결론이 너무 빨리 나와!"

에밀리아와 헤어진 다음, 스바루는 응접실을 치우는 람에게 말을 걸었다.

류즈의 집에 묵는 사람은 에밀리아와 로즈월, 그리고 둘의 시중을 드는 람까지 해서 세 명이다. 본래 스바루는 대성당에서 아람 마을의 사람들과 밤을 보내지만——.

"오늘은 그 전에 약속이 있지. 묘소에 도전하기 전에 한 약속, 기억해?"

"당연하지. 하지만 바루스가 기억하는 게 뜻밖인걸. 묘소에선 정신이 없었을 텐데."

말 속에 『안에서 울었다 쓰러졌다 해서』라는 내용을 숨긴 발언에 스바루는 두 손을 들었다. 『울보 바루스』 사건은 실컷 놀림당한 다음이다. 지금은 그보다도 달리 할 말이 있었다.

"그래서, 약속……. 로즈월 님께서 이야기할 시간을 마련해주신다는 얘기 말인데."

"그 약속, 일신상의 사정으로 뒤로 미루고 싶어. 대신에, 람에게 부탁이 있거든."

"음흉해라."

"촘촘하게 토막 개그를 반복하시네!"

경멸 어린 눈초리로 람이 탄식했다. 약속의 파기까지는 아니지만 스바루의 이기적인 요청에 켕기는 게 있다는 태도다. 그럼에도 그녀는 어깨를 으쓱이더니 말했다.

"——좋아. 로즈월 님께도 바루스에게 편의를 봐 주라는 분부를 들었으니. 비열한 속셈이 있으면 바루스만 후회할걸."

"이렇게 말하면 뭐한데, 난 널 음흉한 눈으로 본 적은 별로 없거든?!"

"그러네. 바루스가 람에게 보내는 건 욕정이 아니라, 더 알쏭달쏭한 시선이니까."

느닷없는 그 말에 스바루는 곤혹스러웠다. 그러나 금세 그 진의를 깨달았다. 그리고 그건 스바루로서는 사각에서 얻어터진 것과 동등한 충격이었다.

람의 지적은 스바루가 람을 넘어서 『누군가』를 보고 있었다고, 말하는 거니까.

그리되지 않도록 세심하게 주의할 작정이었는데——.

"얼굴이 참 한심하구나. 불쾌한 시선이 아니라서 잠자코 있었는데."

스바루의 동요에 람의 눈이 가늘어졌다. 거기에는 기막힌 감정도 비웃는 감정도 없으며, 눈에 보이지 않을 만큼 묽어진 우려의 감정이 있었다. 그게 되레 스바루 가슴에 꽂혔다.

겉모습은 판박이. 그 내용물은 딴판. 그런데도 마음씨만은 역시 자매 공통이어서.

"————."

본심으로는 렘에 대해 람에게 모조리 털어놓고 싶다고 생각 중이다.

그녀에게는 끔찍하게 사랑하는 여동생이 있으며, 깨지 않는 잠에 든 소녀가 저택에 있다고 전하고 싶다. 스바루가 두 사람에게 품는 마음을, 두 사람과의 추억을 마냥 이야기하고 싶다.

――그렇게 한 끝에, 람이 렘을 희생하려고 했던 세계를 스바루는 알고 있다.

그 순간의 실망과 낙담이, 스바루에게 그 이야기를 하지 못하게 막았다.

람이 렘을, 언니가 동생을, 그녀가 그녀를 내버리는 세계 따위, 정신이 돌아버릴 것만 같다.

"……람에게, 뭘 부탁하고 싶었어?"

"우, 어?"

"입을 다물고 얼빠진 표정 짓는 거 그만둬. 딱히 바루스의 기를 죽이려는 게 목적이 아니야. 람은 로즈월 님의 지시를 완수하고 싶어. 그러기 위해 바루스의 이야기를 들을 뿐이지."

"그거, 고맙수다……. 음, 어, 실은 가필에 관해 부탁이 있어."

웬일로 자비로운 람의 후의에 기대어 스바루는 간신히 본론으로 들어갔다. 화제에 오른 그 이름에 람은 살짝 눈썹을 모았다.

"가프랑, 무슨 일 있었어?"

"――앞으로 있을지도 모른다고 해야지. 앞으로 내가 암약할 때 그놈이 초를 칠 가능성이 있거든. 그러니까 네가 그놈을 붙들어 주면……."

"그 틈에 뒤에서 퍽 친단 말이지."

"그런 짓을 해 봤자 나가떨어지고 끝나지 않을까……."

실제로 가필의 힘은 일반인 영역인 스바루가 대적할 수 있는 차원이 아니다. 그 사실은 첫 대면, 수화 상태, 마녀와의 전투까지 세 번이나 싸우는 모습을 보면 충분히 알 수 있다.

람에게 매료된 상태를 포함해도 결과는 똑같을 것이다. 이에는 람도 같은 의견인 모양이었다.

"가프가 람에게 사족을 못 쓰는 건 사실이지만, 그거랑 이거와는 다른 얘기야. 가프가 턱없이 강하다는 사실을 설명할 필요는 없겠지."

"그래. 폭력 사태가 되면 스치기만 해도 훅 가지."

"그 말대로 스치기만 하고 보지도 않을걸. 가프 주제에 건방진 일이야."

말투와 정반대로 가필 이야기를 하는 람의 눈은 왠지 온화했다. 연홍빛 눈에 떠오르는 감정. 그 정체는 읽을 수 없고, 읽으려는 노력 또한 팽개쳤다.

가필은 장애물이다. 넘어서야 할 벽이다. 그 이상 떠안을 여유는 없다. 그것은 적이라고 규정했다. 그것을 해결할 최적의 해답이 람이라고, 믿고 맡기면 그만이다.

"……꺼림칙한 눈을 하는구나, 바루스."

그러나 스바루의 그 침묵에 기분 탓인지 시선의 온도를 낮춘 람이 중얼거렸다.

"여기에 와서…… 아니, 묘소에서 무엇을 봤는지 모르겠지만, 그건 아마 좋지 못한 것이야. 람 너머로, 『누군가』를 보고 있던 시선과는 비교도 되지 않는 악질일걸."

"……묘한 억측은 관둬. 난 묘소에선 자고 있었을 뿐이야. 꿈자리는, 불편했지만 말이지."

꿈―― 뇌리에 떠오르는 것은 백발의 마녀, 에키드나와의 만남이다.

에키드나와의 대화는 불과 세 번. 그것만으로 그녀의 모든 것을 알았다고는 말하지 않겠지만, 그 존재는 스바루에게 예상외로 컸다.

몇 없는 기회 중에 마음을 구원받았고, 앞으로 나아갈 힘을 받았으며, 목숨까지 구조받았다.

『사망귀환』을 털어놓고 대화할 수 있는 존재―― 그것만으로도 얼마나 구원받았단 말인가.

"――――."

잠시 스바루의 검은 눈과 람의 연홍빛 눈이 서로 응시했다.

마녀에게 구원받은 것을 비난당한 느낌이 들어서 스바루는 시선으로 그 지적을 부정했다. 그 의사가 통했는지는 분명치 않지만 람은 불현듯 눈을 피했다.

"……가프는 잡아둘게. 얼른 흉계 꾸미러 가."

"그래, 부탁한다. ……미안하다. 네가 잘못하진 않은 건 나도 알아."

거북한 분위기를 얼버무리듯 덧붙인 스바루는 대답을 기다리지 않고 방을 나섰다.

건물 밖으로 나오자 『성역』을 지나는 미지근한 바람이 스바루의 앞머리를 간질이고 갔다. 밤바람에 섞인 풀냄새를 맡으면서 스바루는 천천히 발길을 숲 쪽으로 돌렸다. 촌락의 화톳불은 이미 꺼져 있었지만, 달빛 덕분에 발걸음은 헤매지 않았다.

그대로 한동안 걸으니 문득 류즈 댁 쪽에서 손피리 같은 소리가 들렸다.

"……설마, 저걸로 가필을 불러내고 있는 걸까."

손피리 분 사람을 람이라고 가정하고, 그걸로 호출당한 가필을 상상했다. 그건 사육자와 애완동물의 관계이지 단연코 남녀 관계는 아닌 것처럼 느껴졌다.

어쨌든 람이 가필의 발을 잡아주는 건 고맙다. 지금은 그와 그녀의 관계를 우려하는 것보다 우선해야 할 일이 있었다.

——그것을 확인하기 위해서, 스바루는 길 없는 길을 따라 숲 속 깊이 나아갔다.

3

『기억』이 욱신대는 아픔이 거세지는 것을, 스바루는 깊이 호흡하며 버티고 있었다.

어금니를 깨물고 이마에 비지땀을 흘리며 억지로 들어 올린 시야에 『기억』과 경치를 조합했다. 우거진 넝쿨과 나뭇가지를 팔로 치우고 짐승도 싫어할 심록 속을 깊이, 더 깊이 나아가고 있다.

육신대는 『기억』—— 그것은 그림자에 먹혀 존재가 녹아들던 혼탁함 속에서 본 한 줄기 빛이었다.

혼탁. 그것은 혼탁이라고 부를 수밖에 없는 상황이었다. 그림자에 존재가 뒤섞여서 어둠에 녹은 스바루는 그곳에서 많은 『의식』과 혼합됐다. 아마도 그것은 마녀의 그림자에 삼켜진 희생자들의 의식일 것이다. 스바루가 이탈한 건 그것들과 한 덩어리로 뭉치기 직전이었다.

그 뒤에는 분전도 헛되이 목숨을 잃었지만, 중요한 것은 스바루의 생사가 아니다. ——그림자의 포옹으로 다른 이의 『기억』과 접촉하고 그 일부를 가지고 돌아온 것이야말로 중요하다.

『기억』은 뚝뚝 끊긴 조각으로, 잘못된 해석이나 헛짚은 추측도 뒤섞여 있다. 이건 다수의 사람들이 한데 섞인 바람에 나온 폐해지만 그럼에도 돌아오는 것은 한없이 컸다.

스바루의 생명 하나와는 걸맞지 않을 정도로 많은 걸 가지고 올 수 있었으니까.

"이제 할 일은, 그 『기억』을 확인하는 것. ……자세한 사정은 아무래도 뿌옇지만."

주변 경치는 초록 일색으로, 목적지인 숲에 숨겨진 시설—— 스바루가 두 번 예기치 못하게 다다른 그 하얀 건물은 좀처럼 발견되지 않았다.

첫 번째는 가필에게 감금되어서, 두 번째는 휘석의 힘을 통한 전이로 다다른 장소. 그 건물의 정체는 스바루로선 알 수 없다. 그저 『기억』이 호소하고 있었다.

그곳에, 『성역』의 비밀 중 일부가 있다고. 그 호소를 믿으며 계속 걷던 가운데——.

"——찾았다."

숲 깊은 곳에서 스바루는 해묵은 하얀 건물을 발견하고 이마의 땀을 닦았다.

심록 속에 호젓하게 서 있는 건물은 그 기이한 분위기가 사람의 출입을 거부했다. ——아니, 거부하는 것은 사람만이 아니다. 동물이든 벌레든, 빠짐없이.

그 증거로, 건물을 발견한 순간 스바루는 코를 찌르는 고약한 냄새에 얼굴을 찌푸렸다.

"으극…… 이 냄새도, 건재하냐."

소매로 입가를 가려 자극적인 냄새를 흡입하는 걸 조금이나마 피했다. 후각에 의지하는 동물 퇴치는 매우 유효하다. 실제로 목적이 있는 사람 말고는 이 건물에 들어갈 생각이 들 리 없다.

"하지만 난 들어간다. ……호랑이굴에 들어가야 호랑이를 잡을 수 있는 법이지."

스바루는 천천히, 신중하게 건물 입구로 접근했다. 돌로 지은 건물은 세월이야 묵었지만 묘소와 똑같아서 허물어질 걱정은 없어 보였다. 문이 없는, 출입이 자유로운 입구를 통해 안을 살피고 인기척이 없음을 확인한 다음 침입을 개시했다.

옥내는 어두컴컴하지만 천장에 난 균열에서 달빛이 비쳤다. 그에 의존해 시야를 확보한 스바루는 벽과 바닥을 꼼꼼히 조사하며 안으로 들어갔다.

감금 중과 그다음의 전이. 스바루가 이곳에 온 것은 그렇게 두 번이지만, 양쪽 기회 모두 건물을 조사하고 다닐 여유는 없어서 이곳의 조사는 뒤로 미루고 있었다. 그렇게 뒤로 미뤘던 일을 후회한 적이 많다. 그것도 지금이기에 후회할 수 있는 일이지만——.

"여기, 벽의 홈……. 이게, 『기억』의…… 읙?!"

눈꺼풀 속에 불똥이 튀어 스바루는 눈물을 머금으면서 『기억』과 일치하는 것을 확신했다.

둘러본 시설의 가장 안쪽에, 도중에 있던 방과 비교해서 두 배는 더 큰 방이 있었다. 이곳이 바로 스바루가 감금 중에 잡혀 있던 방이다. 그 방의 안쪽, 표백된 것처럼 부자연스러운 하얀색을 유지하는 벽에 기묘한 홈을 발견했다. 홈은 명백하게 의도적으로 만들어진 것으로, 조심조심 확인하자 스바루는 무언가를 놓은 곳처럼 느껴졌다.

——아니, 느낀 게 아니다. 『기억』은 알고 있었다. 이곳에, 휘석이 놓이는 것이라고.

"놓으면, 어떻게 되지?"

품속에서 꺼낸 물건은 프레데리카가 준 파란 휘석이었다. 두 번의 전이에 관계된 휘석인 만큼, 스바루는 신중한 손짓으로 돌을 홈에 놓았다.

이것으로 무슨 일이 일어나는가, 아니면 아무것도 일어나지 않는가——. 그렇게 생각한 직후였다.

"윽——?!"

휘석에서 손을 뗀 순간, 빛이 넘쳐났다. 눈부신 파란색에 스바루는 숨을 죽이고 순간적으로 얼굴을 팔로 가렸다. 그리고 천천히 빛에 시력을 집중했다.

"……이봐, 이봐."

저도 모르게 목소리가 튀어나왔다. 홈을 중심으로 발생한 파란 빛, 그것이 서서히 약해졌다. 그 빛이 사라진 곳에 있는――아니 없어진 것은, 있어야 할 하얀 벽이었다.

홈이 있던 벽이 사라지고 그 안쪽에 숨겨진 또 하나의 방 입구가 생겨났다. 그리고 그 비밀의 방에 있는 것을 보고 스바루는 말을 잃었다.

방의 중심, 그곳에는 한 아름은 되는 거대한 크리스털이 당당히 자리를 잡고 있었다.

――그 아름다운 파란 빛 내부에, 몸을 웅크린 소녀를 가두어 놓은 크리스털이.

"이, 건……."

스바루는 휘청휘청 위태로운 발걸음으로 방에 들어가 크리스털에 접근했다.

눈길을 빼앗겼다. 그만큼 그 광경에는 비현실적인 아름다움이 있었다.

파랗게 훤히 비치는 크리스털에 소녀는 비장할 만큼 아름답게 전시되어 있었다. 그 인상은 얼음에 가깝지만, 녹으면 해방되는 얼음과 달리 크리스털은 깨지지 않는 한 영원하다. 그리고 이 크리스털을 깨는 행위는 소녀의 생명을 깨는 짓이다.

잔혹한 미술품. 그 요체가 되는 수정 속 소녀――. 그 얼굴을, 본 기억이 있다.

"……류즈 씨인가?"

크리스털 안에 길게 펼쳐진 연홍빛 머리카락. 아직 어린 몸을 감싸는 단출한 원피스. 무릎을 세우고 앉은 자세로 몸을 접고 속눈썹이 긴 눈을 감은 모습은 잠자고 있는 것 같다.

이건 틀림없이 『성역』의 대표자인 류즈 빌마다.

정확히는 류즈와 쏙 빼닮은 소녀라고 해야 할까.

"크리스털만이 아니야. 이 방의 분위기도, 대체 뭐지……?"

금속 받침대에 지탱된 크리스털은 은은한 빛을 내며 방 전체를 흐릿하게 비추고 있다. 어둠에 익숙해지던 스바루의 눈은 그 희박한 빛으로 충분히 방의 전경을 살필 수 있었다.

그 광경에 스바루는 기묘한 실험시설 같다는 느낌을 받았다.

물론 기계 기술과는 인연이 없는 세계다. 이곳도 예외가 아니어서 실내에 호들갑스러운 설비는 눈에 띄지 않았다. 그런데 스바루는 이곳을 보고 정확하게 『실험시설』이란 인상이 들었다.

그건 어쩌면 스바루가 아니라 『기억』에서 유래한 인상이었을지도 모른다.

그리고 그 답은 아마도――.

"――여기에 오면 얻을 수 있다. 그런 느낌은 들었는데, 맞아?"

"……글쎄다. 스 도령이 바라는 답을 내가 가지고 있을지 자신이 없구먼."

"그 변명은 여기에 온 시점에서 안 통하잖아."

고개를 뒤로 돌린 스바루는 입구에 나타난 인물의 말에 쓴웃음을 지었다. 그 반응에 왠지 지친 얼굴로 미소 짓는 것은 낯익은 얼굴── 그것이, 둘이 늘어섰다.

한쪽은 지팡이를 짚고 말을 나눈 류즈 빌마. 그리고 다른 한 명은──.

"낮에 전이했을 때, 날 안내해 준 애……야?"

"──────."

스바루에게 대답하지 않고 무언과 무표정을 관철한 것은 류즈와 판박이인 소녀였다.

류즈와 다르게 지팡이를 들고 있지 않고 그 의상은 하얀 관두의 한 벌로 심플해서, 스바루를 묘소로 안내한 소녀와도 공통됐다. 단, 같은 소녀라고는 단정할 수 없다.

스바루의 추측을 뒷받침하듯이 류즈는 고개를 가로저었다.

"아마도 다를 게야. 이 아이는 이곳에 감시역으로 세운 개체일세. 숲에서 스 도령과 만난 건 다른……『성역』의 눈 중 일부에 불과하이."

"그『성역』의 눈이란…… 감시망 같은 건가. 류즈 씨의 집단이, 숲을 여러 명이서 망보고 있다. 그래서 이곳에서 일어난 일은 훤히 다 샌단 뜻이군."

확신을 가진 스바루의 말에 류즈는 희미하게 눈썹을 치켜들었다가 끄덕였다.

『성역』의 눈──. 그 표현에 스바루는 이전 루프에서 품은 의문의 답을 얻었다.

지지난 루프 때 일어난 일이다. 이 시설의 감금에서 벗어나 『성역』에서 탈출하는 계획—— 람과 오토가 세운 계획을 가필은 무슨 수를 썼는지 간파했었다.

그 답이 바로 여러 류즈를 이용한 『성역』의 감시망이었다.

"설마 여기 오고 반나절 된 스 도령에게 들킬 줄은 몰랐으이. 나도 여기 산 지 제법 됐지만, 이만큼 놀란 적은 썩 없지."

"나 혼자 잘한 건 아니야. 여기에 올 수 있었던 건 『기억』 덕분이지."

"기억이라니 또 묘한 답이구먼. 도대체, 누구의 기억인고?"

"글쎄, 누구 것일까. ——아마 이곳을 아는 누군가의 『기억』일걸."

미심쩍게 눈썹을 모은 류즈에게 스바루는 『기억』의 내막을 털어놓지는 않았다. 그것은 심술이 아니라 이보다 더 밝히는 건 위험하다고 판단했기 때문이다.

이 『기억』은 『질투의 마녀』가 펼친 그림자의 포옹으로 얻은 정보다. 그 출처를 밝히는 것은 마녀의 금기에 저촉될 가능성이 매우 크다. 따라서 류즈에게는 말할 수 없다.

그러나 이곳에 오면 진전이 있을 거라고, 『기억』을 믿고 스바루가 행동한 것은 별개다.

이곳에 오면 『기억』이 말하는 류즈의 비밀에 접근할 수 있다고 믿고 있었다.

"실제로 나란 떡밥에 류즈 씨가 걸려 줬지. 아주 무모한 것도 아니었지?"

"도박을 했구먼그래. 가 도령에게 들켜서 혼쭐이 날 거란 생각은 안 했는가?"

"생각했으니까, 람더러 붙들어 달라고 부탁하고 왔어. 지금쯤 가필은 좋아하는 사람에게 호출을 받아서 실실대고 있을걸. 난 그 틈에 류즈 씨랑 데이트하고."

"데트가 뭔지는 모르겠네만…… 지금의 스 도령에게는 거스를 수 없구먼. 나든 이 아이든, 스 도령 마음대로 하게나."

"그렇게까지 양보해 줘도 감당할 수 없는뎁쇼! 일단 이야기를 듣고 싶을 뿐이야. 가능하면 앞으로 협력도 부탁하고 싶은데……."

상황이 상황이다. 형편에 따라서는 가필과의 적대도 충분히 염두에 둘 수 있다.

사실 류즈가 가필과 의견이 얼마나 일치하는지 모른다. 과도한 기대와 신뢰를 보내는 건 위험하다고 간주해야 마땅했다.

"――그런 염려는 필요 없네. 말하지 않았는가. 스 도령의 말에는 거스를 수 없다고."

그러나 스바루의 걱정에 류즈는 타이르듯이 거듭 말했다.

그 말에 서린 무게에 스바루는 진정으로 곤혹스러웠다. 그 당혹감 서린 스바루에게 류즈는 흐릿하게 웃어 보이고, 바로 옆에서 있는 자신과 같은 얼굴의 소녀를 곁눈질하며 말했다.

"탐욕의 사도에게는 거스르지 못해. ――그것이, 류즈 메이엘의 복제체인 우리에게 부과된 계약이니 말일세."

그렇게, 왠지 체념을 섞은 힘없는 웃음과 함께 말했다.

4

시설에서 나온 스바루가 안내받은 곳은 『성역』에서도 고립된 장소에 있는 외딴집이었다.

촌락에 돌아갈 수도 없고, 그렇다고 자극적인 냄새가 자욱한 곳에서 대화를 지속하는 것도 망설이던 스바루로서는 안성맞춤인 장소였다. 얘기가 너무 쉽게 풀리는 느낌은 들지만——.

"의심이 많은 아이로고. 그런 성격으론 마음고생 하다 일찍 죽는다."

"그거 의외로 농담이 못 되고, 의심이 많든 적든 안 될 때는 안 되더라고."

방 안을 진지하게 둘러보는 스바루를 보면서 류즈는 쓴웃음과 함께 한숨을 쉬었다. 그리고 그녀는 지팡이를 놓고 대신에 차를 타는 포트를 손에 들었다.

"대충 앉게나. 지금 차를 탈 테니."

"차 정도는 내가 타 줄까? 람에게 배워서 조금은 자신이 있거든?"

"그래 줬으면 하는 마음은 굴뚝같지만, 지금은 그럴 수도 없으니 말일세."

눈웃음을 짓는 류즈가 보는 것은 침대에 앉은 스바루와, 스바루의 체육복을 손끝으로 잡고 놓으려 하지 않는 류즈와 쏙 빼닮은 소녀였다.

복제체. 류즈 본인이 그렇게 부른 소녀를 스바루는 어떻게 부를지 헤맨 끝에――.

"유난히 따른다……는 것하곤 다르겠지. 피코는 내가 못 도망가게 할 작정인가?"

"호칭이야 어쨌든, 악의는 없으이. 그건 사도의 특전이라고 여기고 받아들이게나. 몰래 장난질 치려던 벌을 받았다고 해도 상관없네."

"장난질이라고 하니, 내 과감한 도전의 진실성이 단숨에 흐려지는데……."

노인네 행세하는 류즈의 충언에 스바루는 불만스러운 표정을 지었다. 그런 스바루에게 류즈는 김이 오르는 컵을 건네고 나서 의자에 앉아 마주 보았다.

"뜨겁네. 후—후— 불어주는 편이 좋겠는가?"

"애도 아니고. 허겁지겁 입 댔다가 홀랑 데거나 하진 않아."

"신변 가까운 곳에 성격 급한 고양이 혀가 있으니, 주의 주는 버릇이 붙어서."

야유하는 듯한 말은 고양이 혀 최유력 후보인 가필을 가리키는 것이리라.

류즈의 말마따나 꽤 뜨겁게 탄 차에 입을 대어 마른 혀를 축이고 한숨 돌렸다. 생각해보면 이렇게 수분을 섭취하는 건 『사망귀환』한 이래, 요컨대 묘소에서 깨어난 뒤로 처음이다. 생각 외로 목이 수분을 원하던 모양이다.

그렇게 차를 조속히 비우고, 스바루는 소리 내며 컵을 테이블에 놓고는 말했다.

"그래서 말이야. 성격 급하니 마니 얘기한 직후라 뭐하지만, 곧장 본론으로 들어가도 될까?"

"성마르기도 하지. 허나 그걸 거부할 이유도 자격도 내게는 없다. 마음대로 하게."

"고분고분해서 고마워. ……그 고분고분한 태도의 이유 같은, 탐욕의 사도란 건 대체 뭐야?"

질의응답의 처음으로, 스바루는 가장 새로운 의문에 대해 솔직하게 치고 들어갔다.

처음 들은 직후의 단어지만 듣기만 해도 변변치 못한 예감이 드는 말이다. 여하튼 그 말은 『탐욕의 마녀』와의 관계를 너무나 강하게 암시하고 있다.

"————."

그 물음에 류즈는 눈을 감고 골똘히 생각에 잠겼다. 대화 처음부터 요구를 거부했다는 것은 아니다. 그 침묵은 단지 그녀 나름대로 갈등하는 표현이다.

이윽고 류즈는 외견에 어울리지 않는 원숙한 한숨을 내쉬고 말했다.

"……스 도령은, 이 땅이 누구 손으로 만들어진 곳인지 알고 있을 테지?"

"누구 손이라니, 그거야 로즈월네 집안……이, 아니었지."

반사적으로 대꾸하려다, 스바루는 답이 다름을 깨닫고 말 도중에 고개를 가로저었다.

이 『성역』의 관리는 대대로 메이더스 가문이, 그리고 지금은 로즈월이 물려받은 역할일 것이다. 그러나 관리자와 창설자는 별개의 존재라는 이야기는 들었다.

"이곳을 만든 것은 『탐욕의 마녀』…… 에키드나라고 했지."

"그래. 이곳은 그 마녀가 만든 땅, 그 마녀의 목적을 달성하기 위한 장소, 그 마녀가 그린 꿈을 이루는, 실험장일세."

"실험장……. 가필도 비슷한 말은 했었어."

그것은 『성역』의 촌락에 스바루 일행이 도착했을 때, 가필이 던진 말이다.

그는 이곳을 갈 곳 없는 실험장, 『탐욕의 마녀』의 묘지라고 불렀다. 그때는 마녀라는 말을 중요시해서 실험장에 관해서는 흘려듣고 말았지만, 그 시설에 품은 인상과 크리스털을 본 지금, 그 말을 잊을 수는 없다.

"이곳이 마녀의…… 에키드나의 실험장이라면, 도대체 뭘 실험했었다는 거야?"

"실험 내용이라. 그에 관해서는 그 성공사례가 이렇게 스 도령 앞에 있지 않은가?"

입술 끝을 일그러뜨리며 류즈가 연극조로 두 팔을 펼쳤다. 그 태도에 스바루는 숨을 죽이다가 류즈의 발언── 그 진의를 알아채고 류즈와 피코에게 눈길을 보냈다.

"이곳에서 시행되고 있던 실험. 그 결과가 류즈 씨와, 이 아이란 뜻인가."

"──마수정(魔水晶) 안에, 나와 똑 닮은 아이가 있었겠지?"

"……그래, 판박이더라. 류즈 씨와 피코, 그 아이까지 무슨 세

쌍둥이 자매라도 돼?"

"이 얼굴을 한 존재를 자매 취급하자면 세쌍둥이로는 약간 수가 모자라군."

"약간인가."

"약간일세."

다소 농담하는 말투로 류즈는 진상을 미묘하게 흐렸다. 하지만 그 류즈가 얼버무린 부분—— 스무 명 이상의 복제체에 관해서 스바루는 이미 목격해서 알고 있다.

물론 이곳에서 그 사실을 지적하는 행위에 이득은 없다. 중요한 것은 그 시설과 복제체 사이에 있는 관계, 『성역』에서 시행되던 실험의 자세한 내용이다.

"그 크리스털…… 마수정이랬던가. 그 안에 있던 애와 류즈 씨의 관계는?"

스바루는 크리스털을 마수정이라고 바꿔 말하고, 핵심을 향해 망설임 없이 치고 들어갔다. 그 물음에 류즈는 말 없는 소녀 쪽으로 눈길을 돌렸다.

"그 질문의 답은 나만의 문제가 아니야. 저 아이도 나와 같은 처지이니."

"마수정 안에 있는 아이도 포함해서겠지."

"아닐세. 그 아이만은 달라. 그 아이만은 예외, 그 아이만은 진짜인 게야."

들은 내용을 선뜻 이해하지 못해 스바루는 의아하게 눈썹을 모았다.

"진짜? 진짜라면, 그건 무슨……."

"서둘지 말게, 서둘지 마. 늙은이 얘기는 기억에 잠기는 작업이야. 단단히 자세 잡고 따라와야지."

"이제 와서 갑자기 말투 말고 다른 걸로 노인네 어필하지 마. 옆에 있는 피코의 무미무취 상태로 봐서, 그 할망구 행세가 취미라는 사실은 훤히 드러났거든."

"흠……. 그건 그거대로 서글픈 오해로구먼. 나로서는 지금의 나를 형성하는 모든 건 중요한, 획득한 개성이니 말일세."

"획득한, 개성?"

그냥 넘길 수 없는 내용이 계속됐다. 스바루는 필사적으로 머리를 굴리며 붙잡고 늘어지려 하지만, 류즈는 스바루의 고심에 상관치 않으며 "그러함세." 하고 이야기 진도를 뺐다.

"무미무취……. 스 도령 말마따나 그 아이의 알맹이는 비었으이. 그리고 나도 본디는 마찬가지. 지금의 나는 세월을 들여 빈 그릇에 알맹이를 채워 만들어낸 존재에 불과해."

"잠깐잠깐잠깐! 이야기 전개가 아직 빨라! 만들어냈다? 빈 채로? 중요한 부분이 휙 넘어갔다고. 아까 말한, 마수정의 아이만이 진짜란 것도 설명이 부족해!"

"그 마수정에 있는 아이야말로, 진짜, 최초의 류즈. ——류즈 메이엘."

이름을 듣고 스바루가 숨을 집어삼켰다. 그 망설임에 류즈는 한 번 끄덕이고는 말을 이었다.

"그 아이야말로 진짜 류즈일세. 그 외의, 나를 포함한 모든 류즈는 류즈 메이엘의 복제체…… 가짜라는 뜻이 되지.”

가짜. 류즈는 본인을, 본인들을 그렇게 명언했다.

그 설명에 스바루는 순간적으로 다음 말을 잇지 못했다. 지금의 설명은 다수의 류즈를 목격했을 때부터 스바루 마음속에 막연히 있었던 가설 그 자체다. 그 가설에서 눈을 피한 이유는 스바루가 그 사실을 믿고 싶지 않았다는 것 말고는 없다.

『지인』이 클론이라는 사실에 대한 생리적인 혐오. 상식에서 오는 편견으로 말미암아.

“가짜인 걸 알아서, 날 보는 눈이 바뀌었는고?”

“……모르겠어. 그렇지 않다고 말하고 싶은 기분이기는 했어. 그런데…… 막상 본인 앞에서 단언할 수 있느냐고 하면.”

이곳이 이세계인 이상, 류즈를 클론이라고 부르는 건 적절하지 못하다. 그 탄생 방식도 스바루의 상상과는 아마 근본부터 다를 것이다. 그리고 복제체인 것이 사실이어도 생명에 귀천은 없다. 없어야 한다. ——그렇다고, 머리로는 알고 있는데도.

“태연한 얼굴로 끄덕여 줄 수 있는 자신감이 없어. 그러니 함부로 말은 못하겠어.”

“스 도령은 착하구먼. 그리고 무르고, 풋내나고…… 본바탕이 너무 정직한 것 같으이.”

결코 반가운 대답은 아니었을 것이다. 하지만 류즈는 스바루의 대답에 만족한 듯이 끄덕였다. 그 몸짓에 가책을 느끼고 스바루는 바로 옆에 앉아있는 소녀를 쳐다보았다.

편의상 피코라고 이름을 붙인 소녀는 무감동한 눈으로 방을 바라보고 있다. 스바루의 옷자락을 잡은 채로 마치 인형처럼.

——인형에게는 있을 수 없는, 체온이 있는데.

"체온이 있는 것처럼 느끼는 건, 어디까지나 가짜 육체의 기능에 불과하네."

"가짜 육체라니…… 여기에 똑똑히 있잖아. 만질 수도 있어."

"그릇이 되는 육체를 무에서 창조하는 행위는 쉽지 않네. 나와 그 애가 어떤 원리로 이러고 있을 수 있는지, 스 도령은 상상 못하겠나?"

시험하는 말투에 바로 답을 보채려는 마음을 자제하며 스바루는 골똘히 생각했다. 류즈의 진지한 자세에 어울리는 태도로 마주 대한다. 그러기 위해 가지고 있는 지식을 총동원해서.

"혹시, 마나……인가? 그걸로, 정령처럼 몸을 만들고 있어?"

문득 친근한 존재인 새끼고양이 대정령의 존재가 그 가능성을 떠올리게 했다.

평소에는 결정석(結晶石) 안에 있는 팩은, 실체화할 때에 마나로 육체를 형성하고 있었다. 실체도, 체온도 있는 가짜 몸. 이 방법을 응용하면 같은 행위가 가능한 것은 아닌가.

스바루의 그 착상에 류즈는 감탄한 분위기로 손뼉을 쳤다.

"훌륭해. 용케 떠올린 게야. 누구한테 들은 것도 아닐진대."

"답이 나오게끔 꼬박꼬박 힌트는 줬으니까. 그 밖에는 주변에 우연히 정령이 있었으니 깨달았을 뿐이고. ……그래서, 정답이라고 여겨도 될까?"

"거진 다 정답일세. 우리 복제체의 육체는 술식으로 만든, 의

사적인 오드를 핵으로 삼고 있네. 그 핵이 마나를 둘러 실체화 한 것이 이 몸이라는 게지."

"오드라고 하면, 대기 중에 떠도는 마나와 다르게 그 녀석 몸에 원래 있는 힘이랬던가."

"오드는 살아 있는 모든 존재에 깃들지. 따라서 영혼의 증명이 곧 오드라고도 하고."

앳된 목소리에 어울리지 않는 묵직함과 함께 선고된 내용에 스바루는 무심결에 숨을 집어삼켰다.

영혼의 증명이라고도 하는 오드. 그것을 술식으로 만들어내는 소행. 이는 바야흐로――.

"쉽사리 말하는데, 그거, 생명을 만든다는 거잖아."

"물론 상당히 특수한 조건이 모여야 비로소 가능한 현상이긴 하지. 안타깝네만 내 머리로는 자세한 내용은 이해 못했으이. ――다만 그 술식의 구축이 바로 마녀가 탐구한 결과, 실험으로 얻은 성과라고 여겨도 무방하겠지."

"터무니없는, 얘기인데. ……그 녀석, 실은 엄청났었군."

생명의 창조. 이는 신에 필적하는 소행이라고 할 수 있다. 이를 달성한 것에 대한 옳고 그름은 빼고, 이를 실현한 능력은 상찬하기에 마땅하리라. ――그렇다. 그 능력은 칭찬할 수 있다.

그러나 그 사실과, 생명의 창조라는 금기로 여겨지는 소행에 대한 인상은 별개다.

"그 녀석은, 무엇 때문에 그런 실험을 했는가. 다음 주제는, 그거로군."

"흠."

"분명히 말해서 난 마법에 관해선 문외한이야. 그래서 에키드나가 해낸 일이 얼마나 대단한지 완전히 이해는 못해. 그런데도 엄청나단 건 알 수 있지."

팔짱을 끼고 이야기를 듣는 류즈. 스바루는 말을 이었다.

"그런 엄청난 짓을 한 의욕은 어디서 나왔지? 동기는 뭐고? 에키드나는 왜 류즈…… 류즈 메이엘의 복제체를 만들려고 한 거야?"

가장 큰 수수께끼는 『성역』에서 류즈 메이엘이라는 소녀의 위치다.

지금의 『성역』에서 대표임을 자청하는 것이 눈앞에 있는 류즈 빌마. 그 성을 오리지널과 다르게 붙인 존재다. 그녀가 오랜 시간을 이곳에서 지내왔음은 지금까지 나눈 대화로 알고 있다. 그렇다면 류즈 메이엘이란. 그녀와 마녀의 관계란——.

"가능성으로서, 얼추 떠오르는 게 있는데."

"호오, 들려주겠는가."

"이 방면 이야기의 정석이자 최유력——. 어떤 이유로 목숨을 잃은 류즈 메이엘이란 아이를, 복제체라는 형태로 되살리려 한다는 설이지."

잃어버린 생명을 되찾는다. 그것은 현실에서나 비현실에서나 끝없이 모색하고 있는 영원한 난제다.

그 난제에, 클론 기술로 죽은 자를 재현해서 대체품을 만들어 낸다는 발상은 창작물에선 흔해빠진 해결법이라고 할 수 있다.

그리고 대부분 그 시도는 『육체는 되찾을 수 있어도 영혼을 되찾을 수 없다』는 실패를 맞이할 때가 많다.

"류즈 씨 얘기와 피코의 상태를 봐서, 이곳에서 시행한 실험도 같은 실패를 겪었을 가능성이 커 보여. 겉모습은 똑 닮아도 알맹이는 재현할 수 없단 느낌으로."

그럼에도 여전히 포기하지 못하고 복제체를 만들어내고 있는 거라면, 그건 정녕 광기 어린 소행이다. 스물을 넘는 실패를 거듭하며 영혼이 되살아날 가능성을 빌고 또 빈다.

다만 스바루만은 그 행동을 망집이라고 단언할 수 없었다.

누군가의 생명을 되찾고 싶다고 발버둥 치는 행위를, 그렇게 바라는 행위를 잘못이라고는 여길 수 없다. 지금도 최선의 미래를 원해 뛰어다니는 스바루만은, 절대로——.

"류즈 씨는 그 녀석을 탓할 자격이 있겠지만 말이야."

"만들어 달라고 부탁한 적은 없다고? 그런 풋내 나는 호소를 하기에는 나는 좀 지나치게 오래 살았네. ……그리고 스 도령은 마녀에게 지나친 환상을 품고 있는 것 같구먼."

"마녀에게, 지나치게 환상을 품고 있다?"

생각도 못한 말투에 스바루는 눈이 동그래졌다. 그런 스바루의 말에 류즈는 "꿈이 많은 게지." 하고 살짝 쓸쓸함이 느껴지는 웃음과 함께 느릿느릿 고개를 가로저었다.

"이런 실험을 해서까지, 마녀는 류즈 메이엘을 되찾으려고 했다. 그렇다면 마녀에게 이 소녀는 둘도 없는 존재였을 터……라고, 생각하는 거렷다?"

"그야……. 그치만 그 밖에 무슨 답이 있는데."

실제로 다른 답이 떠오르지 않는다. 영혼의 창조, 그런 술식을 모색해서까지 마녀는 소녀를 되찾으려고 했다. 그만큼 소녀가 소중했다. ──그것 말고 어떤 답이 있겠는가.

스바루의 그 결론에 류즈는 여전히 고개를 가로저었다. 애처롭게, 메마른 웃음과 함께.

"류즈 메이엘은 그냥 마을 처자일세. 그 내력이야 약간 특별하긴 했지만…… 마녀와 친밀하던 것도, 혈연관계도 아니야. 류즈 메이엘과 마녀는 한없이 타인이며, 말을 나눈 기회도 손에 꼽힐 수준이겠지."

"────."

"그런데 스 도령. 스 도령은 아까, 이 땅에서 시행한 실험은 실패했다고 추측했으렷다."

"──? 어, 어어."

이야기를 중단하고 약간 이전의 내용으로 되돌아가자 스바루는 당황했다. 하지만 류즈는 그런 스바루의 당황에 서슴없이 추가타를 가했다.

"이 땅의 실험은 실패하지 않았네. 말하지 않았는가. ──나는, 성공사례라고."

"류즈 씨가, 성공사례……? 아니, 잠깐! 그건 이상해!"

휘말리려다가 스바루는 손바닥을 내밀며 그 말을 부정했다.

류즈의 말은 이상하다. 그녀는 분명히 이렇게 설명했다.

"자신은 텅 빈 상태로 태어났다고. 피코와 비슷하게 태어나서, 지금의 자신을 형성했단 얘기였을 텐데. 그런데 어째서 그게 성공인 거야?"

"욘석, 나라도 면전에서 그런 말을 들으면 상처 받는다고?"

"농담으로 말 흘리지 마! 나는 진지하게…… 진지하게 묻고 있어!"

배려가 모자란 발언이었던 것은 인정한다. 하지만 그 때문에 제자리걸음하고 싶은 상황이 아니다.

스바루의 말과 기세에 류즈는 쓴웃음과 살짝 짓고, 자신의 가슴을 슥 만졌다.

지금까지 들은 설명에 따르면 그 희박한 가슴속에 심장의 고동은 없을 것이다. 그러나 옆에 있는 피코로부터 열기는 전해진다. 그 열기는, 어디서 나오는 것일까.

그것이 영혼의 증명, 생명의 창조, 에키드나가 만들어낸 실험의 성과——.

"——텅 빈, 나와 그 아이가 마녀가 한 실험의 성공사례. 그 말에 거짓은 없네."

앞선 내용을 반복하는 류즈에게 스바루는 조급해지는 마음을 가라앉히며 끄덕였다.

류즈 메이엘—— 오리지널인 그녀의 재현이 아니라, 마녀의 목적은 텅 빈 상태로 태어나는 인형이라고 류즈는 이야기한다. 그것에 무슨 의미가 있나.

"그때, 마녀에게 덤벼들던 애들은 피코와 똑같았어."

가필의 지시에 따라 방대한 그림자를 두른 마녀에게 복제체들은 희생을 두려워하지 않으며 뛰어들었다. 그걸 만들고 싶었는가. 그저 명령에 따를 뿐인, 인형을.

그런 것이 소원인가. 그 백발의 마녀가, 하고 싶었던 일이라는 뜻인가.

"호기심이라고 하면야 그뿐이지만, 이런 짓을 해서 뭘 알 수 있다고. 이런 건, 아무나 납치한 상대를 세뇌라도 하는 편이 손쉬울 텐데. 설마, 만들 수 있다고 생각했으니 만들고 싶었다는, 그런 매드한 동기는 아니겠지……."

그렇다고 말하면 그뿐인 이야기다. 그러나 그렇지 않다고 왠지 확신이 있다.

에키드나는 빈 그릇을, 아무 내용물로 없는 용기를, 무(無)에서 유(有)를 창조해서, 무엇을――.

"――아."

순간, 단편적인 가능성의 접합, 그 너머로 보인 것이 있었다.

그 생각은 너무나 황당무계해 보여서, 한 번은 고개를 내저으며 잊으려고 했다. 하지만 한 번 발생한 그 발상은 스바루의 뇌를 직접 움켜잡으며 놓아주질 않았다.

호기심의 화신, 『탐욕의 마녀』. 그 이름에 어울리는 합리적인 목적. 내용물이 없는 텅 빈 그릇을 창조한 이유. 빈 그릇은 무엇을 위해서――.

"――당연히, 내용물을 채우기 위해서지."

빈 그릇이 완성형이라면, 그 목적은 『뭔가』를 부어서 채우는 것이다.

그 그릇에 채워지는 것은 무엇인가. 이 세상의 모든 것을 알고 싶다고, 끝없는 지식욕 때문에 마녀라고 불린 소녀는 무엇을 바라는가.

빈 류즈 메이엘에, 마녀가 부을 『뭔가』란——.

"——붓는 것은 인격, 기억, 지식…… 즉, 영혼."

추측에 급속한 목마름을 느낀 스바루. 그런 스바루를 대신해 류즈가 말을 이었다.

파란 눈을 가늘게 뜨고 앳된 노파는 먼 곳을 보는 눈길을, 바로 옆의 자신의 분신에게—— 분신이 아니다. 자신의, 자매 같은 관계의 인형에게 보내며 말했다.

"류즈 메이엘의 육체에, 마녀 자신을 부어 채운다. 그것은 다시 말해——"

"——일종의, 불로불사지."

——그 결론이 바로 이 『성역』에서 시행되던 실험의 정체였다.

5

불로불사. 그것은 동서고금 온갖 이야기에 등장하는, 생명이 도달하는 한 가지 이상(理想)이다.

영원히 늙지 않고 쇠하지 않으며, 윤회전생에 섞이지 않고 『자기』를 세계에 잡아매어 둔다. 그건 생명의 섭리를 거역함을 알면서도 여전히 많은 이들을 홀린 생명의 도달점——.

다만 그 말의 거창함과 정반대로 몹시 진부한 어감인 것 또한 사실이었다.

"불로불사라니……. 의외로 마녀도 속된 생각을 다 하는군. 불로불사란 것은 뭐랄까 좀 더…… 자신의 생명에 집착하는 소인배가 목표로 두는 이미지인데."

"생명을 아까워하는 것을 소인배라고 생각할지는 개개인의 감각이겠네만, 적어도 마녀는 자기 생명을 경시하지는 않았던 모양이야. 당연하듯 죽음을 두려워하고, 그걸 물리칠 수단을 모색했네. 대부분 그런 바람은 웃음거리밖에 못 되네만……."

"에키드나에게는 그것을 실현할 능력이 있었다. 그 결과, 생각이 미친 게 이건가."

옆에 앉아있는 피코를 내려다보며 스바루는 뭐라고 말 못할 답답한 심정을 느꼈다. 그 눈길에도 피코의 반응은 없다. 말없이 그저 지시만 기다리듯이 텅 빈 표정과 함께.

"……정말로 텅 빈 거라면, 차라리 갓난애처럼 울부짖어 주는 편이 훨씬 낫군."

"그건 마녀의 바람이 아닌 모양이더구먼. 마녀가 원한 것은 어디까지나 그릇……. 나도 인격이 없었지만 지시에 따르기 위한 최소한의 지식은 처음부터 있었네. 마녀는 어느 정도 바탕이 된 소녀에게서 물려받을 기억을 취사선택할 수 있나 보더군."

텅 빈 그릇 안에 기억과 지식을 인스톨해서 보존한다.

알아듣기 쉬운 말로 표현하면 그뿐이지만, 이것은 데이터 이야기가 아니다. 한 인간의 인격이다. 기억이다. 지식이다. 영혼의, 이야기다.

"자신의 기억을, 새로운 기억에 물려준다. 그렇게 해서 몸이 스러질 때마다 새로 그릇을 만들어 물려주면 그것은 확실히 일종의 불로불사야. 하지만……."

인격이나 기억을 물려받을 수 있다면 그것은 확실히 『죽음』의 극복이라고 할 수 있을지도 모른다.

그야말로 인격을 데이터처럼 보존할 수만 있으면 무슨 착오로 그릇이 망가지더라도 다른 그릇에 새로 인스톨하는 것으로 부활할 수 있다.

복제 가능한 인격과, 복제 가능한 육체――. 에키드나의 불로불사는 이론상 성립되는 것이다.

그렇게 에키드나가 목적한 불로불사의 방법을 해명하다가, 깨달았다.

"아아, 그런가. ……그렇게 된 거였던가."

"스 도령?"

문득 이해가 되는 감각이 가슴속에 내려앉아, 스바루는 메마른 웃음을 띠었다.

그 웃음에 류즈가 눈썹을 찌푸렸지만, 스바루는 그녀에게 아무 대답도 하지 않았다. 이야기해 봤자 헛수고니까. 지금의 스바루의 속내는 아무도 이해하지 못한다.

――그야말로 에키드나 말고는, 절대로.

"이제야 알았어. ……네가 내게 허물이 없던 이유를, 겨우."

눈꺼풀 속에서 미소 짓는 에키드나에게 스바루는 감탄한 듯이 슬쩍 뇌까렸다.

에키드나의 목적. 자신의 생명을 이어받을 복제체를 준비하고 거기에 인격과 지식―― 영혼을 옮겨서 실현하는 불로불사.

그건 다시 말해, 생명에 『다음』을 준비하는 술법이다.

"――그게, 내 『사망귀환』이랑 얼마나 다르단 거야."

처음 봤을 적부터 에키드나는 스바루에게 매우 호의적이었다.

친밀하게, 성심성의껏 말하며, 거리를 좁혀서, 신뢰를 얻겠다고 태도로 표현해 주었다.

그 진의를 지금이라면 이해하겠다. 그건 마녀의 기쁨이다. 동류를 발견한 환희였던 것이다.

"그때의, 네 기분을 알겠어. ……나는, 나도, 눈물이 날 만큼 기쁘더라."

『사망귀환』을 털어놓을 수 있었을 때, 스바루는 구원받았다. 정말로, 세상이 다르게 보였다.

필시 그 감각은 스바루를 처음 맞이한 그녀도 마찬가지. 그렇기에 에키드나는.

"――――."

그 사실을 일단 이해했으니 그녀의 소행을 혐오할 리가 없다. 오히려 친근감이 솟았다. 마녀에게 품는 스바루의 감정. 그건 역시 동류와 만난 감사였다.

불로불사를 바란 에키드나와, 미래를 얻기 위해서 『죽음』을 거듭하는 스바루.

양쪽 다 하나뿐이어야 할 『생명』에 반역하는 입장임은 마찬가지다.

그렇다면, 말이다. ——그렇다면, 진짜 의미로 스바루를 이해해 줄 존재는, 스바루 또한 이해할 수 있는 존재는, 에키드나 말고 존재하지 않는 게 아닌가.

"……류즈 씨의 입장은, 알겠어. 에키드나가 뭘 하려고 했었는지도, 그래. 그걸 감안하고 묻고 싶은데…… 에키드나의 목적은, 성공한 거야?"

"목적이라 함은, 다시 말해……."

"그릇의 준비는 이렇게 해냈지. 남은 건 거기에 자신을 덮어쓰는 것뿐이야. 그 덮어쓰기란 건 성공한 거야? 아니, 더 직설적으로 말하면……."

——에키드나는 이 세상 어딘가에 지금도 살아 있는 것일까.

말이 어중간하게 끊긴 건 혀에 저릿한 망설임을 느꼈기 때문이다. 하지만 그 심중을 알아챈 것처럼 류즈는 고개를 흔들었다. 느릿느릿, 고개를 가로로.

"마녀로서는 원통하겠네만, 계획은 실패……. 에키드나는 물려주지 못했네."

"왜, 왜지? 인격의 인스톨…… 새기는 것에 실패한 거야?"

"완전한 실패는 아닐세. 허나 마녀의 의도는 불완전한 형태로밖에 이뤄지지 않았지."

"불완전한 형태라면……."

"단순한 얘기야. ……붓는 물의 양이 많으면 넘치는 게 당연한 법. 일부가 넘쳤으면 그건 원래 존재와는 이미 별개의 존재일 테지."

스바루는 그릇이라는 단어의 어감에 눈을 깜빡이다가 류즈를, 그리고 피코를 쳐다보았다.

"그릇에서 내용물이 넘치는 건, 몸의 크기 문제가 아니겠지?"

"영혼의 용량이라고 해야 할지도 모르겠군. 사람에게는 저마다 그 영혼에 걸맞은 용기가 있네. 『탐욕의 마녀』를 받아들이기에 류즈 메이엘의 그릇은 부족했던 게야."

"그거…… 하기 전에, 알지 못한 거야?"

"나 역시 마녀의 생각 전부는 모름세. 단지 마녀가 그릇으로 택한 류즈 메이엘은, 마녀의 소망에 못 따랐네. 그 결과 의도는 빗나가고…… 심각한 실패작이 탄생했단 말이지."

못 배기겠다고 류즈는 피곤한 얼굴로 어깨를 으쓱였다. 스바루도 그 말에는 동감이다.

에키드나는 마무리 부분에서, 마녀로서 있을 수 없는 실수를 했다. 당사자를 아는 스바루에게는 옳거니 딱 할 만한 실수라고 여겨졌지만——.

"그래서 계획은 실패……. 하지만 복제체는 그 뒤에도 증가한 거지?"

"……본디 복제체는 저 시설의 마수정에, 일정 마나가 축적됨으로써 발생하네. 마녀는 그 구조를, 마수정에 넣은 걸세."

"마수정 자체에…… 아니 그럼 복제체는 자동적으로 만들어지는 구조란 뜻이야?"

"그 결과 마녀의 사후에도 시설만은 남아서 지금도 복제체는 늘어나고 있네. ……마나로 이뤄진 몸이라 사는 데에 자원이 필요하지 않은 게 그나마 위안이로고."

그렇게 말한 류즈가 먹고 마시지 않는다고 표명한 입으로 소리를 내며 차를 홀짝였다.

"……차는, 마시고 있는 것 같은데."

"이건 내 취미라네. 오래 사는 중에 획득한 개성의 일종이야."

스바루의 힘없는 딴죽에 류즈가 작게 목을 그렁거리며 웃었다. 그 웃음에 살짝 위안을 받으면서 스바루는 장탄식을 내뱉고 의문을 입에 담았다.

"그, 실패했다는 최초의 복제체는? 영혼이 다는 못 들어가도 일부는 마녀의 기억을 물려받은 거지? 어중간해도 마녀스럽게는 됐던 거 아닌가?"

"그릇에 넘칠 때까지 물을 부었을 때, 그 넘친 부분을 선택할 수는 없잖나? 일상생활에 지장을 일으키지 않는, 사소한 기억이 넘친다면 또 몰라도 인격에 중대한 영향을 주는 부분이 넘쳤으면 그건 이미 손을 못 쓰이."

에두른 류즈의 설명에 스바루는 실패작이 된 최초의 복제체를 생각했다. 즉, 그건 마녀의 예상과는 거리가 먼 『뭔가』가 되고 말아서——.

"그 복제체는 완전한 인격파탄자에, 어정쩡하게 『탐욕의 마녀』의 힘을 물려받은 탓에 대단한 소동이 난 모양일세. 처분하는 데에 선선대의 로즈 양이 고생했다더군."

"처분……. 그렇군."

"물론 한 번의 실패로 포기할 수 있으면 처음부터 불로불사 같은 걸 목표로 삼을 리 없지. 마녀는 그 실패를 반성해서 다음은 영혼의 총량을 변화시킬 수 없느냐는 생각을 한 것 같더구먼."

"그 발상이 영혼에서 나오는 게 엄청나네."

그건 곧 데이터를 이동하기 위해 압축하자는 발상이다. 어느 정도 PC 등의 데이터 용량의 개념으로 치환할 수 있는 스바루니까 이해할 수 있지만, 이 사실을 모른 채로, 더구나 『영혼』에서 같은 발상에 이른 에키드나는 확실히 걸물이다.

"하지만 이야기 흐름으로 보아, 그것도 실패……한 거군."

"하지 않았네. 마녀는 제때 못 끝냈어. 그 전에, 『질투의 마녀』에 삼켜진 게야."

전해 들은 최후, 마녀 에키드나가 품은 대망이 스러진 경위에 한숨이 흘러나왔다.

대죄의 이름을 내세운 여섯 마녀. 그녀들의 전말은 스바루도 아는 바다. 꿈의 성에서 일시적인 만남을 이룬 마녀들은 이미 일곱 번째 마녀에게 멸망당한 영혼의 잔재에 불과하다.

어쩌면 그렇게 영혼만으로 남아 있는 게 에키드나의 오기일지도 모른다.

"그리고 에키드나를 잃은 뒤의 『성역』은 로즈월네 집안이 관리하고 있다. 류즈 씨도 그 때문에 여기서 살고 있다……고 보면, 돼?"

"로즈 도령에 관해서는 그렇겠네만, 내가 여기서 사는 건 계약의 속박이 있기 때문일세."

계약, 그 한마디에 스바루는 눈썹을 치켜들고 과민반응했다.

여기에 온 이래로 그 말과 유사한 단어에는 좋은 추억이 없다. 계약, 서약, 맹약, 죄다 말이다.

그런 스바루의 눈치를 알아채지 못하고 류즈는 깊은 한숨을 쉬었다.

"난 복제체로서, 최초의 네 개체 중 한 명일세. 우리는 계속 늘어나는 복제체와 『성역』을 관리하기 위해서 지식과 인격을 부여받았어. 지금도 그 소임을 속행하고 있지."

"태어났을 때부터 역할과 인격을 부여받았단 말이야?"

"개성은 후천적으로 키웠지만 처음에는 애를 먹었지. 기억은 없는데 역할만은 있어. 하루하루를 사는 실감을 처음 얻은 건, 글쎄, 생후 몇 년 지났을 무렵이었을는지."

왠지 씁쓸한 어감인 건 여태껏 보내온 세월을 떠올렸기 때문이리라.

류즈가 걸은 여정의 길이와 고통은 그녀 본인밖에 알 수 없다. 에키드나의 죽음 이후로 400년—— 그건 스바루로선 상상도 못할 세월이었다.

"마음 씀씀이는 고맙네만 그렇게 안타까운 표정은 말게나. 내 딴에는 이 소임을 의의 깊게 여기고 있으이. 사정은 다양하네만 이곳이 있는 덕분에 구원받은 동포는 많이 있어. 유지해 온 보람은 확실히 있네."

그렇게 말한 류즈의 미소에 스바루는 목이 메는 기분을 맛보았다.

구원받은 동포. 그것은 차별이나 편견에 시달려 한 곳에 머무르지 못한 아인족, 이 『성역』에서 사는 사람들을 가리킨다. 마녀의 의도가 어쨌든 그들에게 이곳은 안주의 땅, 겨우 찾은 고향인 것이리라.

——하지만 그 안주의 땅도 며칠 뒤에는 마수의 이빨에 끔찍하게 뜯어 먹힌다.

"————."

무슨 수를 내야만 한다. 그것은 스바루가, 스바루만이 할 수 있는 일이다.

스바루가 해야 하는, 구원해야만 하는 많은 생명이 이곳에 있으므로.

"슬슬 얘기할 건 다 했으려나. 생각보다 이야기가 길어지고 말았구먼."

"류즈 씨의 고생담을 다 들으려면 시간이 부족하겠지만…… 근데 그러고 보니 아직 중요한 이야기를 못 들었는걸."

완전히 식어버린 차를 홀짝이는 류즈를 보며 스바루는 손가락을 하나 세웠다.

최후의 질문. 그것은 최초의 질문이자 답변이 뒤로 밀린 의문이기도 했다.

"이야기가 좀 훌쩍 넘어가는 바람에 잊을 뻔했지만, 탐욕의 사도에 대해서 들려줘."

"아아, 그랬었지. 나로선 너무 당연하기 짝이 없어서 깨닫지 못했으이."

"부탁하자고. 그걸 몰라선, 이 아이가 따르는 이유를 알 수 없어서 조마조마해."

피코를 곁눈질한다. 그녀는 처음부터 끝까지 일관적으로 무언과 무반응을 유지한 채로 스바루 옆에서 떨어지지 않았다.

——그 답이 『탐욕의 사도』라는 단어에 있다.

"대답해 줘, 류즈 씨. 얼버무리는 건 필요 없어. 있는 그대로."

"그렇지……. 탐욕의 사도란 간단히 말하면 우리 류즈 메이엘의 복제체에 대한 지휘권을 가진 존재를 말하네. 양쪽 다 마녀 에키드나의 주구라고 하면 비슷한 입장이네만…… 지휘권이 있는 만큼 스 도령이 더 상전이겠지."

"잠깐잠깐잠깐! 못 들은 척할 수 없는 말이 나왔어! 에키드나의 주구는 또 뭐야!"

"——? 자각이 없다니 이상한 이야기로고. 그렇게 마수정 앞에 이를 수 있던 건 스 도령에게 자격이 있다고 인정받았기 때문일진대."

갸우뚱하며 류즈는 진심으로 이상하다는 표정을 짓고 있다. 그 반응에 스바루는 입을 뻐끔거리며 몇 초 보내다가 곤혹감을 가라앉힌 다음 말했다.

"……처음에, 말했잖아. 내가 저곳을 발견한 건 남이 전한 기억에 의존한 거야. 그걸로 수긍해 줄 수밖에 없어. 마녀와는…… 에키드나와는 관계없어."

금기에 저촉할 가능성을 두려워하며 스바루는 도중에서 말을 가렸다. 그 설명에 류즈는 생각에 잠기며 앳된 미간에 주름을 잡고서 "으—음." 하고 신음했다.

"허나 난 스 도령의 말에 강제력을 느끼고 있네. 그건 틀림없이 스 도령이 사도가 된 증거야. 묘소에서 마녀에게 인정받아 사도의 증거를 받지 않았는가?"

"묘소에서 에키드나에게 뭔가 받았다……?"

에키드나와의 만남을 떠올리지만 거기서 짚이는 것은 찾아낼 수 없었다.

사도로서 인정받은 말도, 모종의 임명이나 의식을 받은 기억도 전무하다. 그 꿈에서 스바루가 받은 것은 다소의 지식과 안도감과 공포 체험. 그리고――.

"……설마, 드나 차를 말하는 건 아니겠지?"

"드나 차?"

"마녀가, 차로 교묘하게 위장한 체액을 두 번 먹여서……."

"마녀의 일부를 흡수했다. 농담이고 뭐고, 그거겠구먼."

"그 자식, 진짜로 뭐 그딴 걸 먹이고 앉은 거야!!"

분개해서 저도 모르게 일어난 스바루를 류즈가 "자자, 참게." 하고 달랬다. 그녀는 노발대발하는 스바루에게 웃음을 던지고 말했다.

"그렇다고는 해도 그 덕분에 이런 상황일세. 나쁜 일만도 아니었잖은가?"

"나 몰래 수작을 부린 게 화딱지 나는 거야! 남의 몸에다 뭔 짓거리를 하는 거야. 가뜩이나 마녀 관계로 이래저래 복잡한데, 탐욕이니 질투니 겹쳐가지고……."

스바루에게 무단으로 『사망귀환』의 힘을 준 『질투의 마녀』도 그렇고, 맘대로 자신의 사도로 끌어들인 『탐욕의 마녀』도 그렇고, 마녀란 족속은 자기 편한 대로 구는 패거리인가.

그와 함께 『분노』와 『오만』과 『폭식』이 떠올라 곧바로 체념에 사로잡혔다.

"마녀는 자기 멋대로……. 나, 이해했어. 남은 두 사람에게 기대하는 것도 가망이 없겠지……."

"아무튼 스 도령은 이 『성역』에서 류즈 메이엘의 복제체에 대한 지휘권을 얻었네. 나조차 자유롭게 거느릴 수 있어. 그맘때 남아에겐 못 배기지?"

"그맘때 남아지만, 상대가 그맘때 여자의 겉모습에 이르지 못해서……."

특수한 취향을 가진 사람에게는 군침이 돌 권리도 스바루로서는 돼지 목에 진주다. 그렇다고는 해도 그건 용도를 개인적인 욕구에 한정했을 때의 이야기고, 스바루의 목적에는 확실히 도움이 되는 보배다.

그리고 이 보배를 얻은 것으로 분명하게 알 수 있는 사실도 있었다.

"——이 지휘권이 사도의 증거라면, 나 말고도 『성역』에는 탐욕의 사도가 있는 거군."

질문에 류즈는 침묵했다. 그러나 답은 그녀의 표정이 설명하고 있었다. 무엇보다 스바루는 이 답을 이미 자신의 눈으로 봤던 것이다.

스무 명 이상의 류즈의 복제체에 지시를 내리고, 마녀와의 전투에 이용한 『사도』를.

"가필이지. 그놈도 탐욕의 사도 자격을 가지고 있을 테지. 그리고 내 상상이 옳으면 사도의 자격은 에키드나와 만나야 얻을 수 있어."

그리고 이미 고인이 된 마녀와 만날 방법은, 이 세상에 단 하나밖에 없다.

"가필은, 묘소에 들어간 적이 있어. 『시련』을 받은 적이 있는 거야. ……받는 것뿐이라면 가능하단 말은 류즈 씨도 했었지. 그러니, 그놈은 사도인 거야."

가필이 『시련』에 임한다. 그 정경은 쉽게 상상할 수 있다. 아마 그는 무턱대고, 자신만만하고 의기양양하게 묘소에 뛰어 들어가서 『성역』의 해방을 빌었을 것이다.

——거기서 가필은 『시련』을, 자신의 과거를 봤을까.

그 결과, 그가 무슨 생각을 했는지는 알 수 없다. 하지만 현실적으로 『성역』의 결계는 풀리지 않았다. 『시련』에 임한 가필의 도전은 역시 실패했다.

그런데 그는 탐욕의 사도가 됐다. 『시련』을 받은 다음에 꿈의 성에 초대받아 에키드나와 모종의 대화를 하고, 계약을 맺었을 터. 거기서 어떤 계약을 했는가.

가필의 목적을 유추하면 떠오르는 것은 일관적으로 『성역』의 수호다. 그 점만은 기존의 어떤 루프에서도 모순되지 않는다.

그러나 한번 그 생각에서 벗어나면 그 자신의 언행에는 루프 때마다 모순이 발생하고 있다.

그『차이』는 어디에 있는가. 뭐가 원인으로, 가필의 행동은 꼬이기 시작하는가. 그 사실과, 사도인 점과의 관계는—— 아니, 지나치게 생각하지 마라.

가필 때문에 너무 고심해선 안 된다. 그럴 여유는 없다.

그놈은, 가필은 적이다. ——적이면, 되는 거다.

"류즈 씨, 지휘권에 관해선 다른 사도에게 전해지기도 해?"

"눈에 보이는 변화는 없으니 말일세. 강제력을 느끼는 우리 자신은 몰라도 가 도령에겐 아무것도 전해지지 않을 게야. 나도 구태여 얘기할 맘은 없네."

"그럼 굳이 그 부분을 구속하게 해 줘. 가필이 물어도 대답하지 않겠다고."

"————."

스바루의 지시에 류즈의 눈이 가늘어졌다. 그 행동에 가슴이 묘하게 욱신거렸다. 뒤늦게 그것이 죄책감—— 다른 사람의 의지를 무시하고 강제적으로 따르게 하는 행위에 대한 기피감임을 깨달았다.

별로 익숙해지고 싶은 행위가 아니다. 그러나 지금 이 순간만은 그 느낌을 무시했다.

"자세한 얘기는 할 수 없지만, 이게 전원에게 최선이 될 지름길이야. 나랑 류즈 씨와의 관계는 비밀. 피코네도 하던 대로 움직여 주고. ……가필에게, 우리가 내통한 게 들키지 않게끔."

"가족이 딴 남자하고 통했다고 알면, 가 도령이 잠자코 있지 않을 테니 말이지."

"표현에 악의가 있는 데다가, 내 업이 너무 깊군……."

비꼬는 말인지 푸념인지, 류즈의 반응에 스바루는 힘이 빠지면서도 그 말을 무겁게 받았다.

——잊지 마라. 기억해라. 무엇을 면죄부로 삼을지라도, 이곳이 사라질 세계일지라도.

——나츠키 스바루가 범한 죄를, 나츠키 스바루만은 잊어서는 안 된다고.

"스 도령?"

"……아니, 엄청 도움이 됐어. 일단 묻고 싶은 건 OK야. 다음에 또 협력해 줄 일이 있을 것 같은데, 그때는 잘 부탁해."

"거역할 수 없으니 말일세. 마음대로 하게나. 가 도령 퇴치 장치든 죽부인이든."

"꼬박꼬박 내가 욕구불만인 것처럼 대하지 말아 줄래?! 영 적응할 수 없다고!"

류즈의 놀림에 스바루는 그렇게 응수하고, 옆의 피코에게 지시를 내렸다. 몇 초간 무슨 말을 해야 될지 고민했지만——.

"여태껏 하던 대로 『성역』의 눈으로서 활동해 줘. 용무가 있을 때는 말을 걸겠어."

"————."

끄덕이지도 않고 지시를 받은 피코는 재빠르게 일어나 잔달음질로 집을 나가버렸다. 지시를 받아 물을 만난 물고기——라기에는 정력적이지 못한 표정이었지만.

"류즈 씨와 밀담하고 싶을 때는 이 은신처를 이용하면 돼?"

"집을 로즈 도령 일행에게 빌려준 동안 나는 여기서 묵고 있었으니까. 아침과 밤은 대체로 여기에 있네. 이따금 써 주지 않으면 집주인이 없는 집은 낡는 법이지."

허리를 두드리며 대답한 류즈의 말에 스바루는 의젓하게 끄덕이면서 가볍게 방을 둘러보았다. 처음에 따라왔을 때도 생각했지만, 이렇다 할 특징이 없는 평범한 가옥이다.

단지 굳이 다른 집과의 차이가 있다고 친다면, 벽에 걸린 두 개의 방패—— 갈고 닦인 은빛의 원반이, 남다르게 자기 존재를 드러내며 회화처럼 장식되어 있다는 점일까.

"가 도령과 프레데리카의 옛날 놀이도구라네."

"……방패로 노는 애들이라. 문화가 다른데."

스바루의 눈길이 간 곳을 보고 그렇게 말해 준 류즈에게 쓴웃음 지었다. 방패로 노는 광경을 상상하기는 어렵다. 가필과 프레데리카의 어린 시절, 그 또한 마찬가지였다.

"고마워, 류즈 씨. 앞으로도 잘 부탁……한단 건, 지휘권 명령이 아니다?"

"나도 그렇게까지 심술궂은 말은 안 하이. 『성역』의 대표는 앞으로도 협력하겠네. 걱정할 것 없어."

떠날 때 묘하게 에두른 표현을 듣고 스바루는 갸우뚱했다. 하지만 반응을 더 보이지는 않고, 손을 들고서 집을 나섰다.

그렇게 떠나기 직전, 스바루는 불현듯 뒤돌아보았다.

"그러고 보니 오리지널의 성은 메이엘인데, 류즈 씨는 빌마라는 성을 댔었지? 그건, 어디서 왔어?"

그 질문에 배웅하러 나온 류즈는 희미하게 웃었다.

그것은 애잔하고 건드리면 허물어질 것만 같을 만큼 맥없는 웃음으로 보였다.

"류즈라고 이름을 대는 건 심어진 역할이네. 따라서 우리의 개성은 다른 곳에서 찾아낼 수밖에 없어. 취미, 기호, 그리고 이름……. 이보게, 스 도령."

"……응?"

"싫지만 않다면, 똑같은 질문을 내게 다시 해 주지 않겠는가? ――내일 이후에, 다시."

애잔하고 맥없는 미소를 띤 류즈의 부탁에 스바루는 침묵했다.

그러나 그 간청에 수긍하는 데 오랜 시간이 걸리지는 않았다.

6

류즈와 헤어진 스바루는 밤이 깊어진 촌락을 홀로 걷고 있었다.

목적지는 대성당―― 피난을 온 아람 마을 사람들에게 개방된 장소로, 스바루도 기본적으로 거기서 묵고 있다. 거의 혼숙 같은 모양새지만 마을 사람들은 불평불만 없이 따라 주고 있어서, 그 야무진 태도에 많이 도움받고 있었다.

"무슨 수를 써서든, 다들 무사히 마을로 돌려보내야지……."

중얼거리는 스바루의 뇌리에서 낯익은 사람들의 웃음이 한순간에 피로 물든다. 짐승의 발톱으로, 이빨로 끔찍하게 살해당하는 그들의 모습―― 그것은 머잖아 찾아올 미래다.

범인이 가필인가 대토인가, 그 차이는 『죽음』의 위안거리가 못 된다.

다만 마을 사람을 『성역』에서 해방하는 것만으로 족하다면 수단은 있다. 에밀리아가 『시련』을 받겠다는 확약을 조건으로, 그들의 해방을 청하고 나서면 된다. 그건 거절당하지 않는다.

"그리고, 이곳에 있으면…… 또 당찮은 짓을 할지도 몰라."

이전 루프에서 마을 사람들은 람을 도와 스바루를 구하기 위해서 죽도록 애썼다. 그것은 말 그대로―― 아니, 말 이상의 비극이 되어 돌이킬 수 없는 비극을 낳은 것이다.

그런 경험은 다시는 하고 싶지 않다. 그리고 그렇게 되어서는 안 된다. 절대로.

따라서 아람 마을의 사람들은 『성역』에서 온건히 해방되어 주어야겠다. 그러기 위한 교섭은 로즈월에게 제시하면 가능하다. 이 문제는 이미 클리어됐다.

그 외의 문제는, 다음 대처해야 할 문제는――.

"――스바루? 이런 곳에서 뭐 하니?"

"와학!"

갑자기 옆에서 날아온 목소리에 스바루는 심하게 놀랐다. 너무 골똘히 생각하다가 인기척을 전혀 깨닫지 못했다. 그런 스바루의 반응에 말을 건 사람도 놀란 기색으로 말했다.

"그렇게 팔딱팔딱 놀라면 엄―청 깜짝 놀라잖아."

"파, 팔딱팔딱이라니 요즘 못 듣는 말일세……."

놀라서 살짝 화난 기색으로 입술을 삐죽이는 소녀―― 에밀리아의 말에 스바루는 가까스로 평소 같은 너스레로 대답했다.
그 대답에 에밀리아는 허리에 손을 짚고는 말했다.

"아유, 스바루도 참 말로는 안 진다니까. 괜히 걱정했어."

"걱정할 짓은 안 했으니 괜찮아. ……그런데 에밀리아땅의 걱정은 기쁘니 나를 생각해 줄 거면 얼마든지 해 줘. 꿈에서라도 만나러 갈게."

"미안. 무슨 말 하는지 좀 못 알아듣겠어."

금세 기분을 회복한 스바루는 혀를 놀리며 에밀리아에게 걸어갔다.

이지러진 달이 밝히는 에밀리아의 복색은 헤어졌을 때와 달라서 얇은 잠옷 한 벌 차림이었다. 과장 없이 달밤의 요정 같은 신비한 분위기에 스바루는 뺨이 뜨거워졌다.

"마치 요정님 같구나, 에밀리아땅."

"아, 못 됐어. 그렇게 남을 나쁘게 말하고. 나라도 화내거든."

"요정은 칭찬할 맘으로 한 소리인데!"

"——? 그치만 요정이면 사정령의 일종이잖아? 칭찬이라니 안 속아."

"무, 문화의 차이에 가로막힌 유혹의 말……."

스바루의 변명에 귀도 기울이지 않고, 에밀리아는 고개를 홱 돌리며 삐친 기색을 보였다. 그리고 그녀는 낙담하는 스바루를 힐끔 보고 못 말리겠다며 길게 한숨을 쉬었다.

"그래그래, 농담은 이제 끝. ……스바루는, 이런 시간까지 뭐 하고 있었어?"

"그건 내가 할 말이야. 에밀리아땅이야말로 밤새지 말고 쉬라고 말했는데 이렇게 밤에 나돌고…… 팩이 있었으면 미용에 안 좋다고 뿔났을걸."

"그건, 음, 저기…… 응, 변명 못하겠다."

질문에 질문을 겹쳐서 스바루는 오늘 밤의 정보를 에밀리아에게 숨겼다. 류즈의 내력이나 마녀에 관해 그녀가 알 필요는 없다. 쓸데없이 무거운 짐이 될 뿐이다.

단지 에밀리아의 밤 나들이는 자연스레 마음에 걸렸다. 그런 의문에 그녀는 눈을 내리깔고 말했다.

"저기 있지. 스바루에게 그렇게 말해 놓고 창피하지만 그 뒤로 전혀 잠이 안 와서……. 그 때문에 밤바람을 쐬러 산책하고 있었어. 마음을 좀 가라앉히고 싶어서."

"……역시, 『시련』이 불안해서?"

"그게 아니야. ……으응, 역시 그런 것 같아. 하지만 나 자신도 분명히 알진 못해서. 그걸 찾아내고 싶어서 걸어 다녔다고 할까. 사실은 여기에……."

거기서 말을 끊고 눈썹 끝을 내린 에밀리아가 자그맣게 자조하는 미소를 지었다.

끊긴 말의 뒷부분은 듣지 않아도 스바루는 알 수 있었다. 아마도 에밀리아는 이렇게 말하고 싶었던 것이다. ──사실은 여기에 팩이 있어 줬더라면, 하고.

"……결국, 난 아무리 잘해도 대타란 말이지."

"뭐?"

"아니야, 에밀리아땅……. 에밀리아는 훌륭해. 사실은 도망치고 싶단 마음을 먹어도 될 거야. 그런데도 꺾이지 않고 맞설 수 있는 걸, 난 존경해."

한 번밖에 없는 기회에, 도망치려는 유혹에 지지 않고 에밀리아는 계속 도전한다. 성과는 좋지 못할지도 모른다. 하지만 스바루는 힘껏 사명을 다하려고 하는 그 모습을 지켜봤었다.

그렇기에 이것은 스바루의 거짓 없는 본심이다.

에밀리아를, 람을, 오토를, 페트라를, 마을 사람들을 존경한다.

팩을, 로즈월을, 류즈를, 프레데리카를 비슷하게 생각할 수 있으면 좋겠다.

그러기 위해 가필과 엘자와 마수 사역자, 대토라는 장애물을 뛰어넘어야 한다.

"가, 갑자기 왜 그래? 갑자기 그런 말하면…… 놀라, 잖니."

"갑자기 말하는 게 아니야. 사실은 늘 하는 생각인데, 그게 겨우 말로 나왔을 뿐이지. 더 로맨틱하게 말했으면 좋았겠지만 달밤이란 이유로 여기선 참을래."

스바루의 말을 듣고 에밀리아가 남보랏빛 눈을 끔뻑였다. 그 모습에 스바루는 미소 짓고 밤하늘을 껴안듯이 두 팔을 벌렸다.

"내 말이 얼마나 힘이 될지는 모르겠는데, 내 마음은 말로 표현할게. 에밀리아라면 괜찮아. 잘할 수 있어. 난, 네 편이야."

"스바루……."

"뭐 내 말이 진짜 대상과 비교해서 1할이나마 보탬이 되어 준다면 좋겠지만."

정말로 지탱해 줬으면 하는 가족의 말. 얼마나 그걸 대신할 수 있을지 모른다. 그런데도 에밀리아는 스바루의 말에 가슴에 있는 결정석을 꼭 움켜쥐었다.

"……응, 고마워. 정말로, 엄—청, 용기를 얻었어."

"조금은 에밀리아땅에게 보탬이 됐어?"

"조금이라니, 이상한 말 하지 마. 스바루는 늘 도와주고 있는걸. ……오늘도, 난 실패해서, 그랬는데."

"하지만 내일은 꼭 다를 거야. 그럴 거지?"

한쪽 눈을 감아서 윙크한 스바루의 말에 에밀리아는 숨결과 함께 눈을 감았다. 그렇게 몇 초 동안 에밀리아는 침묵을 지키고 나서 끄덕였다.

"——응, 힘낼게. 그러니 응원해 줘."

"암, 당연하지."

부드럽게 미소 지은 에밀리아의 말에 스바루는 엄지를 세우고 이를 빛냈다.

그 응답에 에밀리아의 웃음이 짙어지고, 두 사람은 잠시 함께 웃다가 촌락 쪽으로 걷기 시작했다. 느긋하고 차분한 시간을 보내다가 갈림길에 접어들었다.

스바루는 왼쪽에 있는 대성당, 에밀리아는 오른쪽에 있는 류즈의 집——. 오늘 밤은 여기서 작별이다.

"그럼 에밀리아땅은 이번에야말로 꼭 쉬도록 해. 네 미모의 손실은 세상의 손실이니까."

"그 말투, 팩 같아. 스바루야말로 밤 새우면 키가 안 자라거든."

"나도 슬슬 성장기 끝날 무렵이니 그 걱정은 필요 없을걸!"

쓴웃음 짓고 서로 손을 흔들며 두 사람은 그 자리에서 헤어졌다. 사실은 에밀리아를 바래다주고 싶지만 람의 가필 저지 공작이 얼마나 계속됐을지 알 수가 없다. 까딱하다 가필이랑 얼굴을 맞댔다가는 상황이 귀찮아지기 때문에, 지금은 눈물을 머금고 늑대의 흑심을 포기했다.

——그리고 이 이상 더 에밀리아와 같이 있으면 결심이 무뎌질 것만 같으니까.

"……다들, 잘 자고 있나 보군."

밤길을 지나 보이기 시작한 대성당에 스바루는 신중하게 발을 들이고 있었다.

건물 안, 예배당과 비슷한 분위기의 홀에는 희미한 촛불만이 빛을 내고, 잡다한 공간에서 마을 사람들이 고른 숨소리를 내고 있다. 광장에 드러누운 사람은 대부분 마을 남자들이다. 여성과 아이, 그리고 노인에게는 건물의 침실—— 검소하기 짝이 없는 방이지만, 그곳이 배당됐다.

대우에 대한 불만보다 자신들의 양식에 따라 행동한다. 그 행동이 가능한 그들에게 스바루는 경의를 표했다. 동행했다가 그 덤터기를 쓴 행상인 몇 명에게는 미안하지만.

"그런 판국인데, 나까지 특별 대접 받아선 고개를 못 드니까."

스바루는 자는 사람들을 배려해서 신중하게 홀 안쪽으로 이동한다. 그곳은 스바루를 위해 비운 공간으로, 처음에는 마을 사람의 후의로 깔개와 이불, 베개까지 호사스레 준비될 뻔한 곳이다.

아무리 그래도 그건 못 받는다고, 침상의 대우는 모두와 똑같이 해 달라며 굳게 사양했지만.

"——나츠키 씨, 돌아온 거예요?"

"워워워, 미안. 깨워버렸다……는, 아닌 것 같군."

소리 낮춘 말에 뒤돌아보니 침상 바로 옆에는 도드라진 이불——이 아니라, 이불을 뒤집어쓴 오토가 있었다. 이불 속에서 라그마이트 광석의 빛에 의존해 책을 읽고 있었던 것 같다.

"돌아오는 게 늦어서 걱정했었다고요. 깜빡 실수로 숲에서 미아가 되어 조난한 줄로만."

"그럴 리 있겠냐. ……설마, 내가 돌아오기를 기다리던 건 아니겠지."

"그거야말로 설마죠. 전 이곳에 있는 행상인들의, 이곳에 있는 동안의 기회 손실을 메꾸는 것에 관해 변경백에게 얼마나 청구하는 게 적정한지 계산하고 있었을 뿐이에요. 생각보다 늦어지는 바람에 슬슬 쉬자고 생각하던 차였죠."

말하면서 오토는 수중의 책을 접더니 빛을 내는 광석을 가죽 주머니에 넣었다. 그걸로 희박한 조명은 사라지고 그 표정도 영 선명치 못해졌다.

단지 얼굴이 보이지 않아도 그것이 형편없는 거짓말임은 왠지 모르게 파악할 수 있었다.

"넌 과보호하는 엄마냐……."

"하다못해 아버지라고나 해 주세요……. 아니, 무슨 소리인지 통 모르겠지만 말이죠."

엉성하게 얼버무리고서 이불을 뒤집어쓴 오토가 스바루에게 등을 돌렸다. 더 이상 말하면 들통이 날 거라고 생각했을까, 아직 드러나지 않았다고 생각 중이라면 참 딱하다.

그 뒷모습에 스바루는 한숨을 내뱉고 자기 잠자리에서 깔개에 누웠다. 이불을 끌어당겨서 가슴까지 끌어 올리니 의외로 금세 졸음이 다가왔다.

너무 오래 잘 생각은 없다. 그런데도 몸은 생각 외로 휴식을 바라고 있었던 모양이다.

"나츠키 씨, 여러모로 힘들 거라고는 생각하지만 무슨 일이 있으면 이야기는 들을게요."

"……이 녀석 잠꼬대 이상하게 하네. 징그러워."

"그거, 걱정해 주는 사람에게 할 대답이래요?!"

기세대로 언성을 높였다가 오토는 곧장 자기가 자기 입을 손바닥으로 막은 기색이다. 다행히 주위의 수면도 지금 일격으로 깨진 분위기는 없었다.

"얌전히 자고나 있으라고. 네 딴죽 때문에 마을 사람들이 폭발하면 못 배긴다."

"저기, 전 농담으로 하는 소리가……."

"알아, 알아. 안다니까. ——그러니까, 네게는 말 못해."

후반부, 그 부분만은 입 속에서만 꺼질 듯한 속삭임이었다.

그 말을 끝으로 아무 말도 안 하는 스바루에게 오토는 불만을 드러내면서도 입을 다물었다. 곧 졸음에 패배한다. 그 전에 스바루는 옆에 있는 오토의 기척에 한숨지었다.

오토의 제의를 의심하지는 않는다. 스바루가 부탁하면 오토는 꼭 협력해 줄 것이다. 정말로, 상인의 적성이 없을 정도로 사람 좋은 인간인 것이다.

그런 인성 때문에 죽어버리는 모습을 보았다. 그러니 절대로 그에게는 기댈 수 없다.

에밀리아에게도, 오토에게도, 아람 마을의 사람들에게도 도움을 받아선 안 된다.

스바루가, 이 생명을 걸고 구하는 것이다.

## 7

대성당에서 잠들고 몇 시간. 스바루는 새벽을 맞이하려는『성역』에 있었다.

졸음기가 남은 머리를 내젓고 스바루는 의식에 각성을 촉구했다. 아주 짧은 잠이어도 뇌와 몸의 피로는 조금은 누그러졌다. 이거면 일단 낙룡할 염려는 없으리라.

"뭐, 그 점은 최종적으론 네 질주 테크닉에 의존하겠다마는."

그렇게 말한 스바루는 곁에 서 있는 칠흑의 애룡── 파트라슈에게 손을 뻗었다. 어제 이후로 다시 만난 파트라슈는 기특하게 스바루에게 코끝을 들이댔다. 그 애교 있는 몸짓에 스바루는 미소 짓고 간지러운 감각과 함께 그 머리를 쓰다듬어 주었다.

"잠자리 일어나고 갑작스럽지만 일 좀 부탁하자. ──도로 저택까지 잠깐 달려가자고."

스바루의 그 부탁에 파트라슈는 목을 그르렁대며 응답했다. 그 소리가 스바루에게는 『어쩔 수 없군.』 하고 말하는 것처럼 들려서 애룡의 너그러운 도량에 한결같이 감사했다.

——새벽녘, 남의 눈을 피하듯이 스바루는 『성역』을 떠나려 하고 있다.

목적은 로즈월 저택의 공략. 그것이 이번에 스바루가 묘소보다 우선하자고 결정한 방침이었다.

엄밀히는 저택에서 일어나는 사태의 파악과 대처법의 확립을 목적으로 둔 귀환이다. 현재, 스바루는 저택에서 일어나는 사건에 관해 『성역』에서 일어나는 사태 이상으로 무지한 상황이다.

이래서는 아무도 구하지 못한다. 따라서 스바루는 알기 위해서 저택으로 간다. 그리고——.

"사정을 알 수 있으면 에키드나에게도 기댈 수 있어. 지금으로선 아직 상담할 재료도 부족해."

무지와 무력을 한탄하는 건 행동한 다음이다. 스바루는 아직 한탄할 자격도 없다.

마녀에게 상담하려 해도 준비가 부족하다. 다만 희망이 전혀 없는 건 아니다.

"베아트리스는, 마녀교가 아니야. ……그것만은, 확실해."

그 근거는 지지난 루프 때 로즈월이 스바루에게 한 이야기다.

베아트리스가 손에 든 복음서, 로즈월의 말로는 『예지의 서』라고 불리는 마서(魔書)의 열화품이라고 하지만, 그 책과 마녀교는 관계가 없다는 확인을 들었다.

베아트리스와 마녀교는 무관계. 그렇다면 그녀는 적이 아니다. 베아트리스는, 구할 수 있다.

그 사실은, 스바루에게 희망이었다. 물론 베아트리스의 태도에는 부자연스러운 점이 많이 있다. 하지만 가장 중요한 점은 확보했다. 지금은 그것으로 족하다.

"베아트리스랑, 그 밖에는 렘과 페트라를 구할 방법이 있으면, 저택은 클리어야."

손목에 감은 손수건을 만지며 스바루는 자신의 목적을 뚜렷하게 말로 표현했다.

저택의 문제에 대한 대처법을 알 수 있으면 묘소의 공략에 주력해서 『성역』을 해방할 수 있다. 쌍방의 공략법이 확립된다면, 이 고난의 이중구조도 돌파할 수 있을 터다.

그러기 위해서 스바루 본인이 몇 번 희생이 될지는 완전히 미지수지만——.

"——그것이, 나의, 나만의 가치니까."

뺨을 손가락으로 튕기고, 스바루는 자기 각오를 말로 표현해 가슴속에 새겼다.

저택으로 귀환. 이틀째 새벽에 출발하는 이번은 가장 빠른 타이밍이다. 지난번 루프를 웃도는 속도로 저택에 돌아가 페트라 일행에게 피난을 촉구한다. 우선 그 일부터 시작한다.

그 출발 전에 스바루는 유일한 미련——. 류즈의 집 입구, 그 문 아래에 편지를 밀어 넣었다. 내용은 에밀리아 앞으로 보내는 것으로, 걱정하지 말라는 취지를 남겨 두었다.

"재시작을 전제로 한 세계이지만, 이런 건 이성적으로 생각할 게 아니니까 말이지……."

이번 루프에서 스바루는 저택에 돌아가는 것을 『성역』의 누구에게도 털어놓지 않았다. 그러나 편지에는 그에 관해서도 남겨 에밀리아 쪽이 주위에 전달하도록 의도했다.

마을 사람들의 해방도, 람과 오토의 동행도 가능성에서 싹둑 잘라내고, 이번 루프 때는 스바루 단독으로 저택에 돌아간다. 그러는 편이 결과에 대해 답도 심플해지리라.

그런데도 편지를 남기는 이유는 불필요한 돌발 상황을 막기 위해서다. 스바루가 갑자기 행방을 감추면 『성역』의 적잖은 혼란을 피할 수 없다. 저택에 누군가를 심부름꾼으로 보내는 등, 원하지 않는 변화가 생기는 상황은 가급적 피하고 싶다. ——그것이, 표면상의 이유다.

그 허울을 걷어내면 본심은 몹시 단순하다. 에밀리아를 슬프게 하고 싶지 않다. 그뿐이다.

사라질 세계, 내버리고 가버릴 세계라고 해도 스바루는 에밀리아가 슬픈 표정을 짓게 하고 싶지 않다. 그 이유만으로 스바루는 이렇게 편지를 남기고 간다.

정말 가장 좋은 행동은 스바루가 이곳에 남는 것. 어젯밤의, 그녀의 웃음이 뇌리에 스친다.

"——가자, 파트라슈. 기다리게 해서 미안해."

고개를 저어 미련을 끊고 스바루는 애룡에 올라탔다. 고삐를 잡고 말을 거니 파트라슈가 작게 울고 그 고개를 『성역』 밖으로 돌렸다.

달음질. 금세 『바람막이의 가호』가 전개되어 지룡의 진동도 바람의 저항도 스바루는 느끼지 못한다. 바람을 추월하는 속도로 파트라슈는 새벽녘의 숲을 달려 나갔다.

『클레말디의 헤매는 숲』도 이 총명하기 짝이 없는 지룡 앞에서는 소용이 없다. 헤매는 숲에서 헤매는 시늉도 없이 질주는 이어진다. 이 상태라면, 한 시간만 지나면 숲을 나가서——.

"——안 됐지만 말이다. 『의심스러운 벨베는 즙부터 다르다』고 하거든."

머리 위, 난데없이 떨어진 목소리에 스바루는 순간적으로 고삐를 당겼다.

그 행동에 파트라슈가 흙먼지를 피우며 억지로 급정지. 멈춰 선 지룡은 정면에 착지하고 떡 버티고 선 사람 그림자를 향해 경계심을 훨훨 드러내며 울부짖었다.

그 적의에도 상대는 오히려 즐겁게 이를 드러내고 말했다.

"핫! 아침 댓바람부터 기운도 차셔. 진짜로 배짱 두둑한 지룡이잖아."

"……파트라슈는 남자를 보는 눈 말고는 완벽한 레이디라서."

"열심히 귀여워해 주라고. ——니는 지룡과 달라서 단순한 바보 자식이지만 말이다."

사나운 패기가 넘치고 한 걸음 지면을 내디딜 때마다 숲이 흔들리는 착각이 일었다. 모습을 드러낸 청년—— 가필은 그만한 위압감을 들이대고 있었다.

그 가시 돋친 위압감에 스바루는 침을 삼키고 두 손을 내세워 보였다.

"……나랑 너 사이에 오해가 있다고 본다. 그걸 풀어야 할 것 같은데."

"오해애? 그딴 게 있었냐. 니는 꼬리 말고 야반도주하는 참이잖아. 이만저만 매정한 놈도 아니지. 그게 아니면……."

한 박자 띄우고 이를 세게 딱 부딪친 가필은 뜸을 들이다가 입을 벌렸다.

"――마녀 냄새가 나는 니놈은, 흉계를 위해서 나가는 차는 아니고? 엉."

콧잔등에 주름을 잡으면서 적의를 휠휠 드러내고 그렇게 내뱉는 가필.

그 주장에 스바루는 한 번 눈을 감고 흥분하는 파트라슈의 목을 쓰다듬어 주고는, 일단 그와 같은 눈높이로 내려섰다. 마녀의 냄새―― 독기 어린 화제에 스바루는 역시 가필과의 반목은 그게 원인이냐고 한숨지었다. 그러나 동시에 기묘한 위화감도 있었다.

그 구체적이지 못한 위화감을 구체화하기 위해서 스바루는 모호한 와중에도 말을 마련했다.

"방금, 네가 말한 마녀의 냄새 말인데, 그거 꽤 이런저런 녀석에게 지적받거든."

"……허엉, 그러시냐. 다른 놈들 맘을 모르겠다. 이만큼 구린데 말야."

"체취야 어쨌든, 내 행동을 보고 판단해 줬기 때문이겠지. 너도 그래 주면 고맙겠는걸. 적어도 묘소를 나온 직후에는 못 본 척해 준 거잖아?"

"────."

침묵한 가필에게, 스바루는 품던 위화감이 구체화되는 것을 느꼈다.

위화감의 정체── 그것은 가필이 독기를 지적하는 타이밍이다. 왜, 묘소를 나온 직후가 아니라 지금인가. 단순히 남의 눈을 피해서 행동하는 스바루를 알아차린 거로 독기와 의심이 결부되어 적의로 변해 분출됐을 가능성도 있지만──.

"──그렇다면 그렇다고, 말해 주면 성의껏 사과하겠는데."

"────."

스바루의 의문을 듣고 명백하게 가필을 둘러싼 분위기가 변화했다. 배후의 파트라슈가 희미하게 으르렁대는 건 위험을 감지한 지룡의 본능이 낳은 것일까.

그 본능이 없어도 알 수 있을 정도로 가필은 위험한 기세로 짜증을 내고 있었다.

"거북한 질문을 받았다. 얼굴에 그렇게 써 있다고, 가필."

"……하지 마. 그 이상, 이 어르신의 성질을 돋우지 마라."

"그럴 수도 없는데. 가는 날이 장날이지. 네가 안 나왔으면 방치했겠지만 나온 이상은 기회를 살리겠어. ──가필, 네 안색의 답을 맞춰 보자고."

가필의 목소리가 낮아지고 대신에 표정에 깃든 귀기는 열기를 더해 간다. 그 모습을 보면서 스바루는 손가락을 세 개 세웠다. 그리고——.

"네 수틀린 기분에 관해 내 짚이는 곳은 세 군데. 하나는 독기지만…… 이건 좀 의심을 품고 있어. 네 코가 진짜라면, 어제 행동이 사리에 안 맞아."

첫 번째 지적, 이것은 독기에 관한 의심. 가필의 뺨이 희미하게 실룩거렸다.

"두 번째는, 새벽에 떠나는 날 찾아낸 거로군. 확실히 수상해……. 하지만 이것도 이상하지. 날 악착같이 쫓아다닌 거라도 아닌 한, 숫제 감시하는 눈이라도 있었던 것 같잖아."

두 번째 지적, 이것은 이미 류즈에게 들은 블러프. 가필의 동공이 가늘어졌다.

"그리고 마지막 세 번째는 1번과 2번 답과도 연결되지. 내가 숲에서 본, 류즈 씨와 쏙 빼닮은 여자애 말이야. 그 애는——우."

세 번째 지적, 이것은 분명히, 가필의 신경을 긁는 것을 노려서—— 그 발언 도중, 스바루는 자신이 보는 세상이 거꾸로 뒤집힌 것을 이해하고.

"——꾸억!"

그 직후, 등부터 딱딱한 것에 찧어서 비명과 산소를 폐에서 쥐어 짜냈다.

등에 느껴지는 것은 몹시 울퉁불퉁한 감촉—— 굵은 나무둥치에 힘으로 처박혔다. 배의 중심을 때린 손바닥에, 땅에 발이 닿지 않게끔 들린 상태로.

그 행동을 해낸 가필은 괴롭게 신음하는 스바루를 코앞에서 노려보며 말했다.

"——그걸 어디서 봤어? 엉."

"어디고, 뭐고…… 숲, 안에서…… 무방비하게, 있었다고."

"그딴 일은 있을 수 없어. 납작해지고 싶지 않으면 수작 집어치워."

꾸욱. 압박하는 힘이 증가하고, 스바루는 내장이 졸리는 고통에 침을 흘렸다. 버둥거려봤자 꿈쩍도 하지 않았다.

"움직이지 마시지, 지룡. 소중한 주인님이 찌부러진다."

괴로워하는 스바루를 구하려고 움직이려던 파트라슈를 가필이 견제했다. 그 위협에 지룡은 분한 듯이 으르렁대고 빈틈을 살피고자 자세를 낮추었다.

생각해보면 초면부터 궁합이 안 좋은 두 명—— 한 명과 한 마리였다. 그것은 이전 루프에서 가필이 파트라슈의 사인(死因)이 된 걸로도 명백하다.

모르는 건 당사자뿐이고—— 그렇게 생각하니 고통도 조금은 누그러지는 기분이었다.

"……새끼, 뭐야? 왜 지금 히죽거리고 앉았어?"

"그……거야, 생각난 게, 있어서……지. 미안, 하다……."

"——너, 정신머리가 돌았구만."

"으어?! 너, 뭔 짓을……."

가필이 낮게 중얼거리고 갑자기 스바루에게서 손을 뗐다. 대비도 못하고 지면에 나뒹군 스바루는 금세 무슨 일인가 싶어 가필을 노려보다가―― 깨달았다.
가필의 눈에, 혐오와 희미한 공포 같은 게 깃들어 있다는 사실을.
"가필, 너……."
"아가리 닥쳐, 미친놈. 어처구니없군. 너, 날 시험해 봤지?"
"――――."
입을 다문 스바루는 목에 손을 대고 가볍게 기침했다. 바로 옆으로 파트라슈가 달려오는 기척. 그 틈에 가필이 크게 뒤로 물러났다.
거리가 멀어진다. 그것은 육체적으로도, 정신적으로도 크게 벌린 거리였다.
"너, 지금 자기가 죽을지도 모른다고 알고 있었잖냐. 기가 막혀서. 지 목숨 판돈 삼고 멀쩡한 낯짝으로 실실거려? 너, 미쳤다고!"
"그렇게까지 말하면 상처 받는다. ……딱히, 태연하게 한 짓은 아니라고."
가필의 말투에 스바루는 힘없이 웃고 머리를 긁었다.
그의 주장은 한편으로는 옳고, 한편으로는 틀렸다. 실제로 스바루의 손은 떨고 있으며 위장은 경련하는 것처럼 통증을 호소하고 있다. 태연하다는 것은 큰 착각이다.
다만 목숨을 거는 상황임을 알면서 가필을 자극한 것도 사실이었다.
――가필이, 뭐에 화내고 뭐가 기폭제가 되는지를 확인한다.

그것은 저택을 우선하겠다고 결정한 이번 루프 때는 보류하려고 한 조사였다. 하지만 이왕 찾아온 기회, 이용하지 않을 수는 없다. 결과적으로 죽을 뻔한 것은 의심할 여지가 없지만——.

"——내 목숨만으로 족하다면, 결과적으론 합당하거든."

치르는 희생이 스바루의 마음만으로 충분하다면 그건 얼마나 수지가 맞단 말인가. 이토록 싼 값에 최선의 결말로 가는 조각이 손에 들어온다면 얼마든지 목숨을 걸 수 있다.

그 각오가 가필에게도 전해진 것이리라. 그는 진정 꺼림칙한 표정으로 이를 갈고 말했다.

"니놈이랑 같은 눈을 하고 앉은 놈을 알고 있다. 이 어르신은 그놈이 아주 싫어. 원래라면 지금 당장 니놈 대갈통을 터트려버리고 싶을 정도야."

"그건, 피차 곤란한 결과가 될걸. 가능하면 너그러운 마음으로 못 본 척해 줘."

"여기서 니놈을 못 본 척했다가, 우리에게 나쁜 짓 안 할 거란 보증은……."

"——난 에밀리아를 배신 안 해. 『성역』도, 나쁜 쪽으로 몰진 않고. 믿어라."

몸의 흙을 털면서 스바루는 가필의 의심에 그렇게 단언했다.

이것은 한 가지 내기였다. 가필이 망설임을 억누르고 스바루를 처리하겠다고 결심하면 당장에라도 생명은 빼앗긴다. 그러나 스바루의 안목으로는 아직 유예가 있다.

"————."

가필에게는 망설임이 있었다. 경계를 넘어서면 그가 그 이빨을 가차 없이 들이대는 것은 사실. 하지만 그 경계선을 이번 루프에서는 아직 넘지 않았다.

따라서 가필은 이빨을, 발톱을 거둘지 말지 망설이다가——.

"——못 본 척해 준다. 그런 의미라고, 생각해도 되는 거야?"

"우쭐대지 마시지. 이 어르신의 마음이 바뀌기 전에 꺼져."

팔을 내리고 길을 터주듯이 옆으로 비킨 가필이 내뱉었다. 그 태도에 파트라슈는 낮게 으르렁댔지만, 스바루는 그걸 손바닥으로 제지했다.

내기에 이겼다고도 할 수 있고, 졌다고도 할 수 있다. 어느 쪽이든 간에 이번에는 가필의 경계선을 넘지 않고 끝났다. 그런 뜻 같다.

"못 본 척해 주는 김에 아까 내 질문에 대답해 줄 마음은?"

"우쭐대지 말라고 이 어르신이 말씀하셨다. 『글루겔에게 두 말은 불허』잖냐고."

"그러냐. 그럼 뭐, 별수 없군."

언짢은 대답에 스바루는 어깨를 으쓱이고 선선히 물러났다. 그다음 파트라슈에게 올라탄 스바루를 가필은 미심쩍게 올려다보고 있다.

"넌 얘기하고 싶지 않다. 그리고 난 네게서 억지로 캐낼 방법이 없고. 눈물의 호소에 내기하는 것도 불리하니, 이번은 보류. 넌 뒤로 미뤘어."

"이번……? 뒤로 미뤄……? 도대체, 뭔 이야기를……."

"그렇게 이상해하지 말라고, 가필. 네가 뭔가를 숨기고 있는 건 알아. 하지만 난 그걸 반드시 밝혀낸다. 기필코. 그것이, 필요한 일이기 때문이야."

담담한 스바루의 선언에 가필이 눈을 부릅떴다. 그 시선과 스바루의 시선이 교차했다. 그러나 이번엔 그 날카로운 눈초리에 겁먹지는 않는다.

스바루와 가필이 가진 안력의 세기가, 둘의 입장이 역전됐다. 폭력으로 압도했을 터인 가필이, 스바루의 끝 모를 각오에 밀리고 있다.

그 사실을 인정하는 것을 거부하듯 가필은 한 번 세게 이를 딱 부딪쳤다.

"……입 닥쳐라. 이 어르신이 지금 널 닥치게 하면 『기필코』고 『반드시』고 사라질 거라고."

"미안한데, 그거야말로 『기필코』고 『반드시』야. 내가 포기하지 않는 한, 숨기고 있다고 눈치챈 비밀은 이미 비밀이 아니야. 원망할 거면 자신의 경솔함을 원망하시지."

거듭되는 스바루의 말. 그 의미를 알지 못해 가필은 곤혹감에 휩쓸렸다.

그는 그 『경솔』의 의미를 알 수 없다. 그것은 지금의 그가 아니라 이전의 『그』가 저지른 경솔인 것이다. 그리고 그것은 미래의 『그』이며, 이미 찾아올 리 없는 『그』이기도 하다.

——보고 있는 현실이 다르다. 보이는, 가능성의 수가 다르다. 그것은, 단절이었다.

"날 막을 맘은, 아직 남아 있냐, 가필."

"나, 나는……."

"있다면 있는 대로 멀리 돌아갈 뿐이지. 시간낭비니까, 없는 편이 달가워."

여기서 생명을 빼앗기면 다시 어젯밤의 묘소부터 행동을 재시작해야만 한다. 이번 회차와 같은 조건으로 만드는 건 애를 먹을 것 같다. ——못 할 리는 없겠지만.

"니놈은…… 너는! 이곳을, 어떻게 하고 싶은 거야! 우리에게, 뭘 원해!"

막을 맘이 없다면 볼 일 없다고 스바루가 파트라슈에게 명령해서 선회하려던 차였다. 가필의 노성, 어딘가 비장한 그 소리가 숲에 울리자 스바루는 한숨지었다.

"내 목적은 말했을 텐데. 에밀리아를 돕는 것. 『성역』에 해를 끼칠 생각은 없어. ……내가 먼저 너희에게 뭘 할 생각은 없다."

스바루의 목적은 위해를 끼치는 것이 아니라 구원의 손길을 내미는 것이다.

에밀리아 일행은 물론 그 안에 류즈와 『성역』의 주민들도 포함되어 있다. 거기에 가필을 끼워 주는 것에도 인색하지 않다. 단——.

"——거기에 다다를 때까지, 아마 몇 번이나 싫은 경험을 시키겠지. 그에 관해선 미리 사과해 두마. 미안하다."

"모르겠어, 모르겠다 모르겠어 모르겠어……. 모르겠다고!"

이해할 수 없는 존재를 가필이 거절했다. 그 태도에 스바루는 체념을 품었다.

이해해 주면 좋겠다고는 생각한다. 그렇지만 이해받을 수 있다고는 생각지 않으니까.

그 체념을 섞은 탄식이 가필의 분노에 불을 지펴서 폭발시켰다——.

"위에서 깔아보고 니가 뭐라도 돼?! 누가, 니놈한테 뭐 좀 해 달라고 부탁했단 건데! 쓸데없는 짓을……. 이곳에 대해서도, 할멈들에 대해서도, 아무것도 모르면서!!"

"모르는 걸 알아 간다. 내가 이러는 건 그 때문이라고 생각 중인데 말이야."

"허울 좋은 소리만, 번지르르한 말만 늘어놓는 네가 뭘 할 줄 안다고! 실실 웃으며 꿈같은 소리만 나불대고, 듣기 좋은 말로 얼버무리는 사기꾼 새끼가!"

"————."

"아픈 것도 힘든 것도 모르는 놈이, 다 아는 척하고 지껄이지 말라고!!"

아는 척하는 스바루를 잡아 죽이겠단 듯이 가필은 분노 그대로 절규했다.

동트는 밤의 끝에, 가필의 매도가 빨려 들어갔다. 그 멀찍이 울리는 말의 칼날에 스바루는 고삐를 움켜쥐었다. 파트라슈가 방향을 바꾸어 걷기 시작했다.

가필을 남기고 『성역』에 등을 돌려 스바루는 숲 밖으로 나아간다.

——위에서 깔아보며, 다 아는 척하고, 아무것도 모르면서 쓸데없는 짓을.

과연, 가필의 말이 맞다. 필시 죄다 스바루가 잘못하고 있는 것이다.

그렇지만 딱 한 가지는 말할 수가 있다.

"……안다고."

"———."

"지옥이라면 알아. ——벌써, 몇 번이나 봐 왔다."

이 세상에 지옥이 있다면, 그것은 여태까지 스바루가 수도 없이 본 세계다.

거듭거듭 찾아온 세계의 종말에서 스바루는 눈을 돌리고 싶어질 만한 지옥을 몇 번이고 그 눈에 새기고, 그 몸으로 맛보고, 그 마음으로 통감했다.

그렇기 때문에 가필에게 말해 줄 수 있다.

안심하게 할 수 있도록, 힘차게. 용기를 줄 수 있도록, 웃음만 남기고——.

"——지옥은 나 혼자 알면 돼. 그러니까 내가 있는 거야."

# 제3장 『400년 전부터 외치는 소리』

## 1

저택의 문을 넘어 앞뜰을 지나간 스바루는 머리 위에 있는 태양을 쳐다보았다.

그 위치는 살짝 서쪽으로 기울었다. 시간은 오후로 접어들 무렵일까.

『성역』에서 출발하고 약 반나절. 겨우 도착한 로즈월 저택의 위용을 앞두고 스바루는 가볍게 숨을 내쉬었다. 우선은 무사히 돌아올 수 있던 것에 대한 안도감에.

"그러니까, 그렇게 어이없다는 표정 하지 말라고."

"……어이없어 하는 건 아니랍니다. 단지 귀가가 너무나 일러서 놀랐을 뿐이어요."

그렇게 말하고 녹색 눈이 동그래진 사람은 금발에 장신의 여성—— 프레데리카다. 손님을 응대하러 나온 그녀는 현관에 서 있는 스바루의 모습에 잠시 얼떨떨해하고 있었다. 그녀가 봤을 때는 고작 하루 만에 복귀한 상대다. 놀랄 만도 할 것이다.

——단, 스바루로서는 그 하루가, 격동의 시간을 거듭하고 거

듭한 것이었지만.

“이 복귀에는 이유가 있어. ……네게도 관계가 있는 얘기야.”

“……그래서, 혼자서만 돌아오신 건가요? 에밀리아 님도 동반치 않으시고.”

“에밀리아가 『성역』을 못 떠나는 이유는, 너도 아는 바잖아? 연기할 필요는 없어. 난 그럭저럭 네가 생각하는 이상 건져서 돌아왔을걸.”

프레데리카에게 퍼지는 긴장감. 스바루는 그 긴장을 풀 생각으로 두 손을 들었다. 쓸모없는 말다툼은 하고 싶지 않다. 이미 이전 루프에서 프레데리카 자신에 대한 의심은 풀렸다.

그녀는 저택의 습격에도, 『성역』에서 일어난 괴변에도 적극적인 관계는 없다고.

다만 휘석을 에밀리아에게 건네준 것, 결계에 관해서 몇 가지 거짓 정보를 가르친 것. 그리고 그것이 누군가에게 명령 받아서 한 일인지 실토하지 않는 것.

——그 가슴에 숨긴 비밀사항은 절대로 밝혀내야만 하는 일이었지만.

“……그리 생각하자니 난 남매 모두 비밀을 까발린다고 맹세한 건가. 엄청 징그러운 놈이군.”

“혼잣말이시어요? 제 가슴을 빤히 쳐다보고…… 아, 안 된답니다……?”

“관심이 없다고는 말 안 하겠지만, 잘못 짚었거든? 좌우지간 이야기를…….”

"——어라?! 스바루?!"

발칙한 시선 위치에 프레데리카가 가슴을 가리고 몸을 꼬았다. 그건 오해라고 스바루가 주장하는 말과 동시에, 높고 들뜬 목소리가 울렸다. 활달한 발소리와 함께 두 사람 쪽으로 달려온 사람은 작고 예쁜 메이드복 소녀—— 페트라였다.

"와아! 엄청 일찍 돌아오셨네요!"

프레데리카 옆에 서서 스바루를 올려다보는 페트라는 눈을 빛내며 귀환을 기뻐해 주고 있었다. 그 반응에 스바루는 팔짱을 끼고 프레데리카에게 눈길을 돌렸다.

"자, 보라고. 이게 메이드로서의 마땅한 모습이 아닐까."

"페트라는 특별하지요. 제게는 이런 애교가 없는걸요……. 아아, 귀여워라."

"——? 스바루…… 님도, 프레데리카 언니도, 왜 그래요?"

둘의 대화에 못 따라가는 페트라가 이상하다는 듯이 갸우뚱했다. 그 모습에 프레데리카가 흡족해하는 모습을 본체만체하며 스바루는 안도감에 가슴을 쓸어내리고 있었다.

페트라와 프레데리카. 이렇게 무사한 두 사람과 재회할 수 있어 정말로 다행이었다.

특히 페트라와의 재회에는 눈시울이 뜨거워졌다. ——스바루에게 페트라와의 기억은 그 저택에서의 참극 도중, 팔만 남은 소녀의 모습에 통곡한 것이 마지막이므로.

"……스바루 님?"

"아니, 페트라를 보고 있으면 마음이 편해지는구나 싶어서.

솔직히 페트라의 얼굴을 볼 수 있어 진짜 진짜로 안심했어. 생각해보면 이번에 내가 아무것도 신경 안 쓰고 얘기할 수 있는 건 페트라밖에 없으니까."

말끄러미 올려다보는 페트라에게 스바루는 웃음을 건네며 손을 뻗었다. 그대로 불그스름한 갈색머리를 빗듯이 쓰다듬자 그녀는 그 행동을 기쁘게 받아들여 주었다.

"스바루 님, 그 부러…… 흐뭇한 교류는 뒤로 미루시고. 무슨 하실 말씀이 있다고 하시지 않았나요?"

"슬쩍 속마음이 섞여 있었는데, 말귀가 빠르면 나도 달갑지. ……휴게실이면 될까?"

"바로 차를 마련하겠습니다. 페트라, 안내를."

"네, 프레데리카 언니. 스바루 님, 이쪽이에요."

척척 역할을 분담해서 프레데리카는 주방, 페트라는 스바루의 손을 끌고 앞장섰다.

"————."

한순간, 저택 안을 걷기 시작하자마자 렘의 방으로 가고 싶은 욕구가 스바루 속에 움텄다.

그러나 스바루는 그 충동을 사명감을 이유로 찍어 눌렀다. 지금, 렘과 만나고 싶은 욕구를 우선했다간 중요한 뭔가가 부러져 버릴 것만 같았다.

그래서 지금은 렘을 의식 안쪽에 숨겼다. 소중히, 소중히——.

"……그러고 보니, 페트라에게 꼭 해야 하는 말이 있었지."

"——? 뭔데요?"

"부적, 고맙다. 도움이 됐어. 아마, 페트라의 의도와는 좀 다른 모양새지만."

앞장서서 간다기보다는 평범하게 나란히 걷는 페트라에게 스바루는 오른쪽 손목에 감은 손수건을 내보이며 감사를 전했다. 이 손수건에는 정말로, 기대 이상으로 도움을 받고 말았다.

마녀와의 다과회에서는 대가가 되고, 『질투의 마녀』와 마주했을 때에는 무기가――.

"진짜로? 나, 스바루에게 도움이 됐어?"

"아아, 구사일생…… 미묘하게 정확하진 않지만, 그런 느낌으로 도움 됐어."

"――?――? 그래도 다행이다! 저 무척 기뻐요!"

당최 분명치 못한 스바루의 답변도 선선히 수긍하고 페트라는 화사한 얼굴로 웃으면서 스바루의 마음에 평안을 줬다.

――이 웃음도, 스바루가 지켜야 할 것 중 하나라고, 그렇게 마음에 굳게 맹세하게 할 정도로.

## 2

정면 현관으로 돌아와서 스바루를 바라보는 페트라는 언짢게 볼을 부풀리고 있었다.

불과 약 한 시간 전, 스바루가 지키겠다고 맹세했을 터인 웃음은 흔적도 안 남았다. 붉은 뺨과 촉촉한 눈이 온 힘을 다해 불만을 호소해서 스바루는 켕기는 기분을 맛보고 있었다.

"페트라, 언제까지 뚱하게 있을 거예요. 스바루 님께서 곤란해하고 계시잖아요."

"그치만, 그치만요. 프레데리카 언니이……."

"그치만이 아니어요. 스바루 님 말씀은 당신도 들었을 터. 그런데 떼를 쓰는 건 메이드로서…… 아니, 메이드 이전의 문제지요. 알잖아요?"

"으으~."

프레데리카에게 꾸중을 듣고 억울한 듯 고개를 숙이는 페트라. 정론에 설득된 페트라는 가엾지만 여기서 스바루가 참견해봤자 불에다 기름을 끼얹을 뿐이다. 미안하다고는 생각하면서도 이 자리는 양보 못할 일선이라고 스바루도 마음을 독하게 먹을 도리밖에 없었다.

휴게실에서 스바루는 지금까지 겪은 루프의 경험에 따라 둘에게 어느 제안을 꺼냈다.

그 내용이 바로 페트라가 언짢은 원인이다. 그 제안이란——.

"——저택을 비우고, 일시적으로 마을에 몸을 숨긴다. 그거면 되는 거로군요?"

"그래, 부탁해. 엄한 소리 해서 미안한걸."

"바로 전날에 마녀교 사태가 있었던 직후. 그걸 근거로 내세우면 반론 못하는걸요."

스바루의 제안, 그 근거에 프레데리카가 왠지 울적하게 눈을 내리깔았다.

페텔기우스가 이끄는 마녀교도가 저택과 마을을 노린 것은 불과 일주일 전 사건이다. 아직 기억에 선한 그들의 흔적은 페트라와 프레데리카를 설득하는 데 직방이었다.

——저택에서 두 사람을 퇴거시켜 엘자 패거리의 습격에서 떼어놓는 것.

그것이 이번, 저택에 가장 빠르게 돌아온 스바루가 채택한 작전이다. 설득력을 위해 두 사람에게는 적은 암살자가 아니라 마녀교의 잔당이라고 설명했다. 그 때문에 마을로 피신하는 둘의 복장은 저택의 관계자임을 숨길 수 있게끔 메이드복이 아니라 마을 처자 스타일이었다.

솔직히 페트라는 몰라도 프레데리카가 따를지는 도박이었지만——.

"——거역할 수 없겠어요. 스바루 님께서 애룡과, 소중한 여성을 맡겨 주셨으니."

"……딱히, 설득 요소로 삼을 생각으로 꺼낸 말이 아니었어. 너라서 맡길 수 있는 거야."

"어쩜, 말씀도. 스바루 님은 메이드 마음을 자극하는 게 능숙하시어요."

"저도! 저도, 그렇게 생각해요!"

폴짝폴짝 손을 들고 자기주장하는 페트라의 모습에 스바루는 쓴웃음 지은 다음, 천천히 눈길을 수중에—— 안고 있는 사랑스러운 소녀의 잠자는 얼굴로 돌렸다.

얇은 파란색 잠옷에 웃옷을 걸치고 희미한 숨소리도 내지 않으며 잠들어 있는 소녀—— 렘.

자기 방에서 자고 있는 그녀를 안아 들고 스바루는 밖으로 데리고 나왔다. 그 까닭도——.

"렘도, 페트라도 파트라슈도, 프레데리카에게 맡기겠어. 나도, 되도록 빨리 합류할 심산이니까……."

"베아트리스 님도 합류할 수 있기를 고대하겠어요. ——진심으로."

"……아아, 그렇지."

프레데리카가 입에 올린 희망, 그 말에 스바루는 덩달아 고개를 끄덕이고 볼살을 어금니로 깨물었다.

그 맹세가 정녕 달성되는 건 언제가 될까. 이번 루프일지, 아니면 더 뒷날이 될지는 스바루도 모른다. 단지 반드시 해낸다고, 그것만은 목숨 걸고 맹세할 수 있다.

그러니 지금은 확증이 없는 미래로 내보내는 것을, 그 와중에 할 수 있는 최선을 용서해 주길 바란다.

"그러니 슬슬 페트라도 기분 풀어 주지 않을래? 미움받고만 있으면 벅차거든."

"우—, 그렇다면…… 스바루, 아까 내 덕분에 살았다고 했었잖아?"

백기를 든 스바루의 말에 뚱해 있던 페트라가 문득 생각이 났다는 얼굴로 앞서 했던 말을 다시 들먹였다. 그 말에 스바루가 끄덕이자 그녀는 손가락을 척 세우고 말했다.

"그럼, 그 답례! 그 답례로 용서해 줄게. 데트 1회!"

"데이트라니, 어디서 그 소리를……. 에밀리아 때냐. 정말로 기억력 좋구나, 페트라는."

귀여운 제안에 스바루는 일전에 마수 소동의 포상이라며 에밀리아와 처음으로 데이트했던 것을 기억해냈다. 그때, 아람 마을 주변의 명소를 돌았기 때문에 마을 사람과 아이들에게는 그 모습이 훤히 들통 났었다. 그때 일을 페트라는 기억하고 있었던 모양이다.

"알았어. 그걸로 된다면, 에스코트 접수했다. 페트라의 첫 데이트 상대가 될 수 있는 것도 영광이니 힘 좀 쓸게."

"네! 약속이에요!"

활짝 얼굴을 빛내며 페트라는 언짢은 기분을 잊은 듯이 미소 지어 주었다.

그 웃음에 구원받는다. 이런 것으로 실패를 청산해 주는, 소녀의 배려에.

"그럼 전, 우리 파트라슈를 불러오겠습니다!"

등을 바짝 곧게 펴고 페트라가 기운차게 저택 뒤편으로 달려갔다. 지나치게 들뜬 것처럼 보이지만, 아마도 마음을 써 주려는 면이 더 클 것이다.

스바루에게는 아직 프레데리카와 더 나눌 말이 있다. 그걸 민감하게 알아차려 준 결과다.

"……또, 반드시 이 약속을 하자, 페트라."

멀어지는 등에다 스바루는 입 속으로만 그 말을 속삭였다.

분명 사라질 이 세계. 여기서 한 약속은 그녀에게 남지 않는다.
그렇지만 그 약속을 주고받은 것을 스바루만은 잊지 않기에.

——옳은 미래를 선택할 때가 왔을 때, 다시 같은 약속을 주고받을 수 있도록.

"착한 아이죠."

"그래. 언젠가 자랑하게 해 줘. 저 아이의 첫 데이트 상대는 나라고 말이야."

페트라를 배웅하고 그 자리에 남은 것은 스바루와 프레데리카. 품속에서 잠자는 렘을 제외하면 단둘뿐——. 대화를 나누기에는 절호의 기회라고 할 수 있을 것이다.

그 낌새를 알아채고 희미하게 몸을 굳힌 프레데리카 쪽으로 스바루가 돌아섰다. 그리고——.

"내보내기 직전에 뭐하지만, 한 가지…… 아니, 세 가지쯤 물어도 될까?"

"엄청나게 느닷없고 어마어마하게 뻔뻔하시어요. 내용에 따른답니다?"

렘을 고쳐 안고 스바루가 그렇게 말을 꺼내자 프레데리카가 눈썹을 모았다. 그녀의 녹색 눈에 떠오르는 불안 어린 빛깔, 거기에 무엇을 쏟아내야 할지 스바루는 잠시 곱씹다가 말했다.

"가필에 대해 묻고 싶어. 그 녀석은 묘소에 들어간 적이 있지. 알고 있었어?"

"——가필과, 무슨 일이 있었나요?"

"경계하라고 입이 닳도록 말한 건 너잖아. 그리고 가필과 네 관계도 알고 있어. 그러니 그건 얼버무리려고 안 해도 돼."

"고작 하루……. 실질적으로 반나절 만에. 어지간히 주인어

른의 신뢰를 얻고 계시군요."

스바루의 정보량에 눈이 휘둥그레지며 프레데리카는 혼잣말처럼 그렇게 결론 내렸다. 그녀는 스바루가 로즈월로부터 정보를 얻은 거라고 짚은 모양이지만, 구태여 그 생각은 정정하지 않았다.

하루 만에 알기에는 불가능할 정도의 정보――. 그것이 스바루만이 가진 무기이므로.

그 무기로, 스바루는 가필의 진의, 『성역』 공략에 빠트릴 수 없는 사정을 탐색했다.

사도의 자격, 『시련』에 대한 편견, 묘소에 도전하는 에밀리아에게 희미하게 내비친 동정. 가필이 뭔가 특별한 감정을 그 묘소에 품고 있음은 틀림없다.

그것이 그의, 루프 때마다 달라지는 행동의 핵심에 해당하는 부분이라면, 실마리가 된다.

"동생에게서는, 저에 대해 뭐라고 들으셨나요?"

"……별로 말하고 싶지 않은데, 기본은 험담이야. 프레데리카는 고향을 버렸다. 그래서 나갔다고, 가필은 말하더군."

"――――."

"어, 아니, 하지만 그 녀석의 경우에는 단순히 말투가 그 모양이라 그럴 가능성도……."

"아니요. 괜찮답니다. 배려 감사해요. 하지만 괜찮아요."

꿋꿋하게 고개를 내젓는 바람에 스바루는 그 이상 두둔하지 못하고 우물거렸다. 그 사이에 프레데리카는 눈을 가늘게 뜨며 약간 먼 곳을 보듯이 시선을 떼고는 말했다.

"제가 『성역』을 떠난 지도 벌써 10년이 넘었어요. 동생…… 가프와도 그 이래로 한 번도 말을 나누지 못했어요. 그래서 줄곧 도랑도 메우지 못한 채여서."

"……프레데리카가, 왜 『성역』을 나갔는지 물어봐도 될까?"

그녀가 『성역』을 에워싼 결계에 사로잡히지 않은 이유는 이미 알고 있다. 사람과 아인, 두 개의 피가 섞인 혼혈을 옭아매는 결계는 그 피의 혼합이 묽으면 효과를 발휘하지 않는다.

하프가 아니라 쿼터. 그것이 프레데리카가 『성역』을 나갈 수 있던 이유다.

"하지만 나갈 수 있는 것과 나가는 것과는 이야기가 별개지. 가필에게도 결계가 풀린 다음은 뭘 하고 싶으냐고 물어봤었지만…… 답은 없었고 말이지."

"그렇군요. ……저는, 아마도, 그걸 만들고 싶었던 거예요."

『그거』라는 추상적인 설명에 스바루는 의아한 표정을 지었다. 그 반응을 깨닫지 못하고 프레데리카는 자신의 내면, 그 심부에 있는 구체화되지 못한 답을 더듬거리며 찾듯이 말했다.

"언젠가 결계는 풀린다. 전 그걸 확신하고 있었습니다. 혹은 소망이었을지도 모르겠어요. 결계가 풀려 『성역』이 해방되면…… 이윽고 안에 있는 주민은 밖으로 나오게 되지요. 지금의 가프처럼, 뭘 하면 될지 알지 못하는 채로."

"그럼 프레데리카가 만들고 싶은 거란 그 『뭔가』라는 거야?"

"그것과 가까운 뭔가. 그것과 동등한 뭔가. 『성역』을 발붙일

곳으로 삼는 주민에게 바깥 세계에 내디딜 계기를, 용기를 대신할 뭔가. ――보금자리일까요."

이해가 갔다는 분위기로 프레데리카는 가슴에 손을 얹었다. 여태까지 구체화되지 못하던 것이 느릿하게 싹을 틔우고 꽃 피우려 하고 있다.

『성역』은 이유 없는 차별이나 배척을 당해 보금자리를 잃은 사람들의 발붙일 장소다. 그 결계가 풀릴 때, 『성역』조차도 보금자리가 아니게 됐을 때, 그들은 어디로 갈 것인가.

――프레데리카의 목적은, 그런 그들의 새로운 보금자리다.

그런 확신을 자기 마음속에 품고, 프레데리카는 녹색 눈에 진지한 빛을 드리웠다. 그리고 앞서 나온 스바루의 물음에 "묘소 얘기를 했었지요." 하고 운을 떼며 말했다.

"제가 아는 한, 가프가 묘소에 들어간 것은 딱 한 번. 『시련』을 받은 것도 그때뿐일 겁니다. ……그 뒤, 도전할 수 있었는지 없었는지까지는 모르고요."

"그때의, 결과는 어땠던 거야? 실패했을 것 같지만……."

고개를 가로저으며 프레데리카는 마땅찮은 표정을 지었다.

"저는 당시, 묘소에 뛰어들 수가 없었답니다. 단지 할머님께 가프가 돌아오지 않는다는 소식을 전해서, 묘소에 들어갈 수 있던 할머님이 가프를 데리고 돌아왔고……."

"류즈 씨가 가필을 데리고 돌아온 건가."

『성역』의 주민은 결계를 풀 수 없다. 계약으로 그렇게 얽매여 있다고 류즈는 전에 말했었다. 그 류즈가 묘소에 들어가는 건 마녀의 지시를 거역하는 거나 마찬가지다.

복제체라는 류즈의 내력을 감안하면 그건 그야말로 조물주에 대한 반항이나 다름없다.

그렇게까지 해서 구해낸 가필이, 류즈를 흠모하고 『성역』을 소중히 여기는 것도 무리가 아닌 일이었다.

하지만 그 『시련』의 결과, 가필은 탐욕의 사도가 되어 뭔가를 바랐을 터.

“돌아온 할머님은 가프가 묘소에 들어간 것은 비밀이라고 말씀하셨죠. 그리고 가프도 이후에는 묘소에 들어가겠다는 말을 꺼내는 일은 없어졌어요. 자기 손으로 『성역』을 해방해 할머님들에게 바깥세상을 보여 주겠다. 그렇게 말하던, 그 애가.”

적적해하는 프레데리카의 말에 스바루는 그녀 자신이 깨닫지 못한 진의를 이해했다.

머잖아 다가올 해방의 날에 대비해 보금자리를 만들기 위해서 『성역』을 떠난 프레데리카. 그녀는 기다리고 있었던 것이다.

——가필이, 『성역』을 해방하는 그 순간을.

옛날 동생이 품었던 희망에 일조하기 위해서 프레데리카는 바깥세상으로——.

그런데 그 희망은 중도에 꺾이고 가필은 지금의 『성역』을 지키는 데에 부심하고 있다.

그런 사정인 것인가. 그것이, 가필이 하는 행동의 진의인가. 앞이 보이지 않는 미래를 우려해 현재를 지킨다. 그 행동의 결과가, 여태까지 그와 세운 대립 구조의 진실인가.

"——스바루 님, 모자란 동생을, 부디 잘 부탁드립니다."

"……내게 말해도 소용없지 않아?"

프레데리카는 몸을 깊이 숙이며 골똘히 생각에 잠긴 스바루에게 그런 말을 꺼냈다. 그 말을 들으며 곤혹스러워하는 스바루. 하지만 프레데리카는 느릿느릿 고개를 가로젓고 미소를 지었다.

입매를 가리지 않으며 그 날카로운 이를 내비친 채로, 그런데도 넋 놓고 쳐다볼 만큼 아름답게——.

"스바루 님께 부탁하는 것이, 지금은 어울린다고 생각했어요. 저, 사람을 보는 눈에는 자신이 있답니다?"

왠지 장난기 서린 프레데리카의 말투에 스바루는 시선을 피했다. 그 기대에는 부응하고 싶다. 다만 그 기대에 부응할 만큼, 이번 루프는 완벽을 기하고 있을까.

그 확신이 없었기 때문에 스바루는 그녀와 시선을 맞추지 않고 대답도 망설였다.

"모자란 동생을, 부디 잘 부탁드립니다."

그런 스바루에게 프레데리카는 미소 지은 채로 같은 부탁을 한 번 더 거듭해서 말했다.

"스바루 님, 슬슬 렘을. 팔도 한계잖아요?"

"……응. 실은 무리깨나 하고 있었어. 떨어뜨릴 수도 없으니 필사적이었지."

그걸 대화를 끊는 표시로 삼고 프레데리카가 팔을 내밀었다. 그녀의 배려에 기대어 스바루는 화제를 전환하고자 품에 안아서 들고 있었던 렘을 슬그머니 건넸다.

잠자는 인간의 몸은 깨어 있는 인간보다 훨씬 무겁다고 들은 적이 있다. 하지만 스바루는 잠든 렘의 몸을 무겁다고 느끼지 않았다. 마치 이름과 추억을 빼앗긴 그녀를 세계가 희박하게 만들어서 지우기라도 하는 것처럼.

"————."

프레데리카의 팔에 안기는 렘. 그 앞머리를 만지고 잠자는 얼굴을 눈에 아로새겼다. 나중에 달성할 재회를 기원하고 맹세하며, 꿈꾸는 그녀에게 그 마음이 닿도록.

"——베아트리스 님을 찾아낼 방법은, 생각해 두셨어요?"

시간만 있으면 얼마든지 렘과 닿은 채로 지낼 수 있다. 그 미련을 끊어내듯이 프레데리카는 저택에 남은 스바루의, 다음 행동에 대해서도 물었다.

베아트리스, 지금은 금서고에 있을 소녀를 찾아내어 데려가기 위해.

"그 아이가 진심으로 숨을 맘이 있다면 내가 무슨 작전을 짜내도 못 찾아. 절대로 말이야."

"그럼 어쩌실 거여요? 스바루 님은 베아트리스 님과 만나실 필요가 있는데."

"말했잖아. 그 아이가 진심으로 숨을 맘이 있다면, 이라고."

스바루가 앞서 한 말을 반복하자 프레데리카는 미심쩍은 듯 눈썹 끝을 올렸다. 그런 그녀의 의문시에 스바루는 그제야 렘에게서 손가락을 떼고 저택을 뒤돌아보았다.

크고, 너무나 넓은 저택. 문의 수만큼 베아트리스가 숨을 수 있는 곳이 있다. 하지만——.

"못 찾길 바라서 숨바꼭질하는 녀석은 없어. 그 아이가 늘 발견되는 건 언젠가 찾아주길 바라면서 숨고 있기 때문이야."

그리고 아마 그것이 바로 스바루가 베아트리스에게 연결될 유일한 활로이리라.

"렘과, 페트라. 그리고 파트라슈와 너 자신을, 부탁한다."

끝으로 스바루는 프레데리카에게 새삼 그 말을 던졌다. 그 말에 프레데리카는 렘을 안은 채로 공손히 그 자리에서 묵례해 대답한 것이었다.

3

문고리를 만진 순간, 『정답』을 잡은 감각이 있어서 스바루는 쓴웃음을 지었다.

여하튼 프레데리카 일행을 배웅하고 저택에 돌아와 가볍게 몸을 굽혔다 편 뒤, 막상 베아트리스를 찾고자 걷기 시작해서 가장 처음에 고른 문이 『당첨』이었던 것이다.

현관에서 프레데리카와 주고받은 말이 사실이라면 이 숨바꼭질은 그냥 짜고 치는 판이다.

물론 숨바꼭질이 시작된 타이밍을 『언제』로 볼 지로, 이 사실을 어떻게 받아들일지도 크게 달라진다.

그렇기에 그것을 확인하기 위해서 스바루는 잠시 간격을 두고 문고리를 돌렸다——.

"——이제야, 온 것이야."

마중치고는 야박한 한마디는 확 풍기는 고서의 향에 섞여서 날아왔다.

무뚝뚝한 음성, 언짢은 어조——. 그 사실에 자연히 스바루의 어깨에 들어간 힘이 풀렸다. 직전까지 있던 불안도, 여태껏 겪은 고생도 이 순간만은 잊은 것처럼 손을 들었다.

"여, 베아코. 오랜만에 얼굴 봤건만 넌 변함없이 쬐그맣네."

"고작 사흘 만에 오랜만이라니, 네 너스레에도 변함없이 진저리가 나."

손을 든 스바루에게 응수한 것은 서가가 늘어선 금서고의 터주다. 낡은 책에 둘러싸인 방 중앙에서 목제 접사다리에 걸터앉아 턱을 괸 소녀—— 베아트리스.

스바루는 그 모습을 바라보다가 문득 '저 아이는 늘 접사다리에 앉아 있구나.' 하고 생각했다. 서고에는 책상도 의자도 있다. 그런데도 방문객을 맞이하는 베아트리스의 고정석은 항상 그곳이다.

처음 만났을 때도, 몇 번, 몇 차례, 이곳을 스바루가 방문하더라도——.

"……불쾌한 눈길을 치우는 것이야. 베티가 그런 눈초리를 받을 이유는 없어."

"눈매 얘기라면 타고난 거다. 안 좋은 건 인정하지만 갈아치울 맘은 없어. 그리고 눈매야 어쨌든…… 여기 온 이유는, 전과는 다른 걸 가져왔다고 생각해서다."

언외로, 스바루는 루프에서 알아낸 베아트리스의 정보를 거기에 암시했다. 입수한 곳은 다를지라도 『성역』에 가면 알고 싶은 걸 알 수 있다고 말한 건 그녀 본인이다.

실제로 베아트리스가 금서고에 구애되는 이유, 그것이 그녀가 가진 마서에 있다는 사실을 스바루는 알았다. 그것이 그녀의 모든 것이라고는 말 안 한다. 하지만 실마리이긴 하다.

스바루의 결의를 숨긴 그 눈초리에 베아트리스는 희미하게 뺨을 굳혔다.

"……너는, 『성역』에서, 안 것이야?"

"그게 어디까지 알았느냐는 의미인지는 모르겠지만, 조금은 말이지. 그렇다고는 해도 전부는 아니야. 부족한 부분은 내 상상력으로 메꿔 보겠다고."

"마음대로 하면 돼. ……어쨌든 간에, 얄궂은 이야기인 것이야."

한숨 한 번. 그 직후, 베아트리스의 굳은 뺨이 별안간 풀렸다.

고집으로 굳혔던 가면이 떨어지고 그 뒤에서 생겨난 것은 온화한 미소와, 덧없는 파란 눈빛―― 무심코 그 표정에 스바루의 목이 턱 막혔다.

덧없고 애잔한 아름다움에 숨을 집어삼킨 것이 아니다. 그 미소가, 너무나 쓸쓸해서――.

"오래고 오랜, 계약의 끝. ――끝의 끝을 끝내서, 베티는 이번에야말로, 정체에서 해방되는 거야. 물론."

거기서 말을 끊고 베아트리스는 장난스럽게 눈웃음치며 말을 이었다.

"그 상대가 네가 되는 건, 베티로서도 너무나 얄궂은 결말인 것이야."

4

말과 미소에 붙들릴 뻔하던 마음을, 스바루는 한 번 세게 눈을 감아서 회복했다.

"얄궂다……. 얄궂단 말이지. 다 안다는 투의 말버릇은, 그것도 소중한 책에서 배운 거냐?"

베아트리스의 미소를 보고 느낀 답답함이 어조를 살짝 공격적으로 만들었다.

힐끔 시선을 보내니, 베아트리스는 탄식과 함께 접사다리 뒤로 손길을 주고 거기서 한 권의 책—— 검은 표지의 『예지의 서』를 꺼내어 가슴에 껴안고 있었다.

소유자의 미래를 기록하고 더욱 좋은 길로 인도한다는 예언의 마서——. 완성품에는 못 미친다고 로즈월이 설명한 그것을, 베아트리스의 손가락은 붙잡고 늘어지듯 잡고 있었다.

실제로 그녀는 여태까지 책에 있는 내용대로 행동했었다고, 그런 이야기도 했었다.

스바루를 도와준 것도, 저택에서 함께 웃던 시간도, 고집스럽게 이곳을 자신의 보금자리라고 말하는 것도, 죄다 책의 내용에 따른 거라고. 그러나——.

"전부, 책의 내용에 따른 거고, 네 의지는 하나도 없다. 넌 그렇게 말하는 거지?"

"……질문이 많아. 이 책에 대해 알고 있다면 설명은 필요 없을 텐데."

"말했잖아. 부족한 부분은 상상으로 메꾸겠다고. 너도 로즈월도, 비밀이 너무 많단 말이야. 그 바람에 데리고 나가는 것도 한 고생이거든."

"데리고 나가……?"

예상을 벗어난 말을 들었다. 베아트리스의 중얼거림에 그런 어감이 있었다. 그 느낌에 스바루는 "그래." 하고 말을 받았다.

"난 너를, 이 금서고에서 데리고 나오려고 왔어. 일시적인 피난이라고 해도 되지만…… 본심을 말하자면 이곳에 돌려보내기 싫어. 건전치 못하다고, 여기는."

"무슨 말을……. 넌, 무슨 말을 하는 것이야. 데리고 나가다니, 그런 방자한 짓을……!"

"소망이 빗나갔단 얼굴인데. 내가 하는 행동은 전부 그 책에 적혀 있는 게 아니었어?"

책을 손가락으로 가리키며 스바루는 동요하는 베아트리스에게 그렇게 내뱉었다. 소녀는 그 지적에 퍼뜩 정신 차린 표정을 지으며 떨리는 손가락으로 책을 펼치고는 페이지를 넘겼다.

매달리듯이, 미래를 더듬거리듯이, 커다란 눈을 슬픔으로 채우고 페이지를 넘겼다.

"어째서……."

스바루 본인이 지적한 행동대로 따른 그녀의 태도가 심히 부아를 건드렸다. 부조리할지도 모른다. 그런데 끈적대는 분노가, 가슴속에 솟구쳤다.

그 감정은 베아트리스와의 재회를 성취한 순간의 안도감을, 눈 깜빡할 새에 덧칠했다.

"그런 책에 의지하지 마라. 너, 그런 애가 아니었잖아."

"————."

힘없는 몸짓에 스바루는 분노를 억누르며 중얼거렸다. 그동안에도 베아트리스는 필사적으로 페이지를 넘기며 그저 구원을 찾아 책을 훑어보고 있었다.

너무나도 가냘픈 소녀의 모습. 늘 자신만만하고 거만하게 접사다리에 앉아 거추장스러운 듯 스바루를 맞이하며 마지못하게나마 힘을 빌려주는 이——.

그것이, 나츠키 스바루가 믿는 금서고의 사서, 베아트리스가 아니던가.

"내가 눈앞에 있잖아. ——나랑 얘기할 때는, 책이 아니라 내 눈을 보고 얘기해!"

"——아."

앞으로 나아가 스바루는 베아트리스의 정면에 섰다. 펼친 책에 그림자가 지고 베아트리스는 그때야 비로소 스바루가 바로 옆에 서 있음을 깨달은 듯이 고개를 들었다.

스바루는 그 눈에 비친 자기 자신에게 분노를 느꼈다. 부모에게 버림받은 어린애 같은 얼굴. 그런 표정을 짓게 한 것은 스바루이며, 소녀의 행동을 속박하는 책이다.

달관한 표정도, 뾰로통한 표정도, 웃는 얼굴도, 나약하고 힘없는 얼굴도, 죄다 책에 기록되어 있는 것과 같다면, 여태까지 스바루가 만나온 소녀는 어디에 있나.

——진짜 베아트리스라는 이름의 소녀는 어떤 표정을 짓는다는 말이냐.

"이리 내——!"

"싫어……!"

팔을 뻗어 힘으로 베아트리스가 안고 있는 마서를 빼앗았다. 소녀는 한순간 저항하려 들었지만 떨리는 손에는 그것을 막을 힘이 없어, 스바루의 손은 책을 손쉽게 떼 냈다.

생각 외로 가볍다. 그 사실에도 화가 치밀었다. 이렇게나 가벼운 한 권이 베아트리스의 삶에 어두운 그림자를 드리웠던가. 그 기록에, 얼마나 힘이 있다는 말인가.

여태까지 베아트리스가 해온 행동, 언동, 감정. 그것이 얼마나, 책의 내용에 따라서——.

"——어?"

빼앗은 책을 잡고 거칠게 손가락으로 페이지를 넘겼다. 기록을 훑어보며 적혀 있는 내용을 읽는다. 그렇게 해서 베아트리스의 진의를 캐물을 작정이었다.

그런데 눈에 날아든 내용에 스바루는 몹시 놀랐다.

펼친 페이지에는 아무 내용도 없었다. 페이지를 넘긴다. 뒷면도 비었다. 페이지를 넘긴다. 넘긴다. 넘긴다. 넘긴다. 넘기고, 넘기고, 넘겨도.
한 페이지도, 문장 하나도, 한 글자도, 아무것도 적히지 않은 백지가 이어진다――.
"――벌써, 꽤 오래됐어."
놀람과 곤혹에 눈이 휘둥그레진 스바루에게 베아트리스가 혼잣말처럼 읊조렸다. 책을 빼앗긴 소녀는 두 손으로 얼굴을 가리며 표정을 스바루에게 보여 주려고 하지 않았다.
그저 갈라진 목소리와, 메마른 감정을 혀에 실어 말을 이었다.
"그 책이, 베티에게 미래를 보여 주지 않게 된 지, 벌써, 몇 년이나……."
무릎을 끌어당기고 베아트리스는 접사다리 위에 웅크리듯이 앉았다. 그 완고하게 간섭을 거부하는 자세를 보고 스바루는 애타는 감정을 참으며 이어질 말을 기다렸다.
더듬더듬 침묵 속에서 베아트리스의 고해가, 금서고의 사서로서의, 강의가 시작됐다.
이 금서고가 어떻게 존재했는지, 그 역사를 풀어내는 강의가.
"베티에게 주어진 역할은, 지식의 서고의 유지와 관리. 언젠가 올 재회의 순간까지, 이곳을 지키는 것……이야."
"지식의 서고……."
일어나서 스바루는 방 안을 가득 메운 서가 무리를 내다보았다. 몇 번씩 발길을 옮겨 비치된 책 몇 권은 훑어본 적도 있는 곳이다. 그야말로 스바루에게도 읽을 수 있는 어학 수준의 책부터, 아마도 금서 부류의 책까지 다양한 책이 수집되어 있다.

그저 방대하게, 절조가 없을 만큼 갖가지 종류의 책을 채워 넣듯이.

"지식을 쌓아두는 걸, 가장 좋아하는 사람이었어."

그리워하기도 하고, 사랑스러워하기도 하고, 애태우기도 하는 중얼거림이었다.

베아트리스가 뇌까린 그 말이, 스바루에게 어느 인물상을 떠올리게 했다.

"……어렴풋이 감은 잡고 있었지. 로즈월이, 마녀와 관계있다고 알았을 적에."

대대로 로즈월의 집안이 물려받는 『성역』의 관리. 그것은 마녀에게 받은 역할이라고, 로즈월은 그렇게 이야기했었다. 그런 그가 마녀에게 예사롭지 않을 만큼 집착한 것도 여태까지 본 행동거지를 통해 대강 눈치챘다.

그런 로즈월의 저택에 예로부터 터를 잡고 있는 정령이 있다. 로즈월과 정령 사이에는 계약이 없다. 그 또한 로즈월이 명언했다.

그렇다면 정령은 누구와의 계약으로 이 저택에 있었는가. 금서고를, 지키고 있었는가.

"베아트리스. 너는── 에키드나와 계약한 정령이로군."

"────."

대답은, 몰아쉰 숨결만으로도 충분했다. 그것만으로도 충분히 소녀의 심중은 알 수 있다.

베아트리스는 마녀 에키드나와 계약한 정령. 지식욕의 화신임을 자칭하며 이 세상의 모든 것을 알고 싶다고 원한 마녀가 가진 지식의 틀, 그 파수꾼이 베아트리스의 역할이었던 것이다.

그 역할의 보수거나, 혹은 필요한 도구로서 『예지의 서』가 소녀에게 주어졌을지도 모른다. 그렇다고 해도 그것은 이미 기능하지 않고——.

"……아까, 넌 그 책은 몇 년이나 백지인 상태라고 말했는데."

"사실이야."

"딱히 의심하진 않아. 아니, 역시 의심하고 있어. 그치만, 안 그래? 안 그럼 넌…… 그 책에 아무것도 안 적혔는데."

——스바루를 몇 번이나, 자기 의지로 도와주었다는 뜻이 되니까.

"————."

입으로는 못한 확인으로, 스바루는 이 루프에서 가장 큰 희망을 찾아냈다.

이전, 베아트리스가 마서의 소유자임을 처음 알아낸 루프에서 겪은 일이다. 여태까지 경험한 그녀의 행동은 전부 책의 내용에 따른 거였다는 말에 스바루는 충격을 받았다.

베아트리스와의 관계는 불과 2개월——. 하지만 그 2개월 동안에 스바루는 수도 없이 그녀와 말을 주고받고, 매사에 함께 임하고, 때로는 함께 웃어왔다.

그것이 전부 거짓이었다는 말을 믿고 싶지 않다고 번민했던 시간이, 백지의 마서를 본 것으로 긍정받은 기분이 들었기 때문이다.

왕도에서 배가 찢긴 스바루를 치료했을 때도, 저택에서 일어난 비극에 마음이 꺾인 스바루에게 다가왔을 때도, 저주의 원인을 규명하는 데 협력했을 때도. 베아트리스는 여러 번 스바루를 구해 주었다.

그것은 전부 책의 내용과는 무관하고, 그 뒤의 즐겁게 보내던 나날 또한――.

"너는, 책 같은 건 관계없이 나를……."

"――마지막으로, 들은 것이야."

희망에 매달리듯이 목소리에 온화한 감정을 섞은 스바루의 말을 베아트리스가 가로막았다.

그 목소리는 떨리지 않았다. 말이 가로막혀 숨을 죽인 스바루 앞에서 베아트리스가 얼굴을 가리던 손을 천천히 내리고――가면처럼 표정이 사라진 얼굴이 나타났다.

무표정. 흡사 인공물 같은 얼굴에 스바루는 오싹, 기묘한 감각에 사로잡혔다. 지금의 그녀의 인상이 왠지 류즈의 복제체――피코에게 품은 인상과 똑같이 느껴져서.

공포심에 입술을 일그러뜨린 스바루를 보며 베아트리스는 무표정한 채로 말을 이었다.

"머잖아, 서고에 『그 사람』이 나타난다. 그것을 기다리는 게, 베티의 역할이라고."

"……읏! 『그 사람』…이라고?"

별안간 고막에 날아든 단어에 스바루는 눈을 확 부릅떴다.

『그 사람』이란 여태까지 겪은 루프에서도 몇 번쯤 들은 말——로즈월로부터 베아트리스에게 전하라고 들었던, 사연이 있음 직한 단어였다.

여태까지 전할 기회를 놓쳐온 그것이, 무슨 운명인지 베아트리스 본인의 입에서 듣게 되어 스바루는 새삼 그 어감에 곤혹스러워했다.

그 곤혹을, 베아트리스는 그저 짚이는 곳이 없기 때문이라고 받아들인 것처럼 말했다.

"들었어. 『그 사람』이 올 때까지, 금서고를 계속 지키는 것. 그게 이 금서고와 베티의 역할. 베티는 『그 사람』에게 넘기기 위한 지식, 그 지킴이인 것이야."

『그 사람』이라고, 그 말을 입에 담는 베아트리스의 복잡한 감정에 가슴이 찔린다. 그것은 사랑스러워하기도 하고, 미워하기도 하고, 애타게 기다리기도 하고, 원망하다 지치기도 한, 복잡한 음성이다.

그 음색에 스바루는 스스로 『그 사람』임을 밝히라는 식으로 가볍게 말한 로즈월에게, 원망을 담은 말을 속으로 쏟아냈다.

그리고 그 이상으로, 베아트리스의 태도에 불온한 형세를 느끼지 않을 수 없었다.

"언젠가, 누군가가, 금서고에 약속을 지키러 온다. 베티는 그것을, 책에 그것이 적힐 날을 기다리며, 줄곧 『그 사람』을 기다리고 있었어."

"잠깐, 베아트리스. 좀 진정해. 나도 너도 너무 초조해하고 있어. 더 침착하게…….”

“그런데 『그 사람』은 안 와. 책도 『그 사람』을 안 가르쳐 줘. 그런 시간이 줄곧 지나서, 너무나 줄곧 변함없어서, 그래서, 그러니까…….”

다음 말을 하게 두면 안 된다. 그 확신이 있었는데, 말이 이어지지 않았다.

말을 막으려면 무슨 말을 해야 되는가. 잘못된 말을 하면 막을 수 없다. 그런 판국인데 정답을 알 수 없다. 그러니 갈라진 숨결이 흘러나올 뿐이고.

“네가 『그 사람』이 아니어도 상관없어. ──베티를 끝낼 수 있는 상대, 계약의 끝을 부르고, 이 목숨을 빼앗는 건, 너로 참아 줄 것이야.”

그것이 베아트리스가 바라는, 끝의 끝을 끝낼 수단의 애원이었다.

“────.”

슬픔에 젖은 눈에서 스바루는 눈을 뗄 수가 없었다.

고막에 스며드는 애원이 머리에 들어오질 않았다. ──아니, 들어오지 않는 것이 아니다. 뇌가 거절하며 의미가 침투하는 것을 막으려 애쓰고 있을 뿐이다.

이해는, 한다. 전해지고 만다. 눈앞의 소녀의 눈이, 목소리가, 마음이, 외치고 있다.

──오랜 계약의 끝에 있던, 끝의 끝을 끝낼 소원을.

“그렇다고…… 너는, 죽고 싶다고, 그렇게 말하는 거냐.”

"죽고 싶다는 것과는, 엄밀히 따지면 달라. 베티는 계약의 끝을 원해. 이 몸을 줄곧 속박하는 영원한 계약으로부터 해방하길 바랄 뿐인 것이야."

"그 수단이 목숨을 빼앗는 거라면, 그게 죽고 싶다는 말과 뭐가 다른데!!"

벽창호를 향해서 스바루는 목소리를 쥐어짜내 고함쳤다. 잡고 있던 마서를 바닥에 내동댕이친다. 고서는 쉽게 낱낱이 풀어져 날아갔다. 충격에 백지 페이지가 서고에 날았다.

스바루와 베아트리스 사이 허공에 나는 백지 페이지. 그것을 팔로 뿌리치고 부르짖었다.

"죽고 싶다니, 같잖은 소리 지껄이지 마! 죽고 싶다니…… 다른 누구 앞에서 말하든, 내…… 내 앞에서, 내게 말하는 것만은 용서 못해!"

죽으면, 생명은 되찾을 수 없다. 그것은 절대적이다. 그것만은 절대로 흔들리지 않는다.

나츠키 스바루만은 다르다. 그렇기에 자신만은 생명을 던지는 행위에 가치가 있다. 죽음에도 의의를 갖게 할 수 있다고, 그 근거를 제시할 수 있었다.

베아트리스는 그렇지 않다. 다른 누구든 모두 그렇지 않다. 그렇기에 절대로 용서 못한다.

"참, 이기적인 주장이구나. ――네가, 베티의 뭘 안다는 것이야."

그러나 씩씩대는 스바루에 대한 대답은 오로지 차갑고 칼날처럼 날카롭다.

치마를 털고 소녀가 접사다리에 발을 걸쳤다가 바닥에 내려섰다. 그리고 서고를 손으로 가리키며 말했다.

“베티는 여기서 오랜 세월…… 400년, 계약에 따라, 지내왔어.”

“사, 백 년…….”

또 그 문구냐며 스바루는 혀를 차고 싶은 심정에 얼굴을 찌푸렸다.

400년. 이 세계의 역사는 대부분 이 시기에 집약된다. 마녀의 시대, 붕괴의 종언과 번영의 시작, 왕국의 비호, 반마에 대한 멸시—— 모든 운명의 계기, 저주스러운 시대.

베아트리스 또한 그 시대에 생을 얻어 오늘까지 살아왔다고 한다.

“계약에 따라서 입장이 동일한 메이더스 가문에 몸을 맡기고, 마서의 기록대로 지내는 것을, 처음 몇십 년은 고통이라고도 생각지 않은 것이야.”

그 목소리에, 내용의 원대함에 스바루는 한기마저 느꼈다.

“하지만 그 동안에도 세계는 변모하지. 베티를 아는, 최초의 로즈월이 세상을 뜨고, 다음 대로 계승돼. 그 세대교체도 베티는 줄곧 봐 왔어.”

담담한 소녀의 말투. 그것이 도리어 베아트리스가 지내온 무기질적인 시간의 경과와, 그에 닳아가는 모습을 여실히 반영하고 있다.

“언젠가 올, 『그 사람』을 기다리는 나날……. 하지만 불안은 없었던 것이야. 왜냐면 베티의 손에는 책이 있어. 믿고 기다리다 보면, 페이지의 가필이 있으면, 반드시.”

“하지만, 그건…….”

바닥에 흩어진 마서의 잔해. 백지에 그려진 것이, 베아트리스에게 잔혹했었다고 스바루는 깨우쳤다. 이 백색은 베아트리스에게 절망의 기록이다.

그녀에게 희망의 상징이었을 『예지의 서』는, 어느덧──.

“매일, 몇 번씩 몇 번씩, 기록이 안 바뀌었는지…… 확인하는 시간이 괴로웠어.”

“──────.”

“마지막 페이지에 가필되는 것을 몇 번씩 꿈으로 꿨어. 얼굴도 모르는, 알지도 못하는 『그 사람』이 문을 열고 소임을 완수한 축복을 받는 것을 빌고 또 빈 것이야.”

“……베아트리스.”

“누군가가 문에 손을 댈 때마다 베티의 마음은 배신당했지.”

문을 열고 금서고에 발을 디디는 누군가가 『그 사람』이 아니라는 사실에.

기대를 배신한 그 『누군가』 중에는 필시 스바루도 들어가 있다. 몇 번이나 실망을 거듭한 베아트리스. 그녀가 품은 상처 속에 스바루가 입힌 상처가 있다.

──서슴없이, 버릇없이, 무신경하게, 피가 배는 것을 몇 번이나 헤집고 아물게 놔두지 않았던 상처가.

"그런 시간을 보내는 중에, 알아챈 거야. ……아니지. 진즉에 알아채고 있었을까?"

"뭘, 말이야."

소녀의 상처를 알고, 그 상처를 입히는 행위에 가담했음을 알고, 목소리가 떨렸다.

그리고 자기 죄에 가슴을 쥐어뜯는 스바루에게 베아트리스는 별안간 미소 지었다.

끝내주길 바란다고, 그렇게 말했을 때와 완전히 똑같은, 덧없고 애잔한 미소로.

"——책에 뒷부분이 적히지 않는 건, 소유자의 미래가 거기서 끝났기 때문이야."

"아니야……!"

발작적으로 튀어나온 부정. 그것은 베아트리스의 강고한 체념에 튕겨나 닿지 않았다.

근거 없는 감정론, 그녀는 그런 걸 바라지 않는다. 위로도 겉치레도 필요 없다. 그녀 내면에서, 이미 이 물음의 답은 나왔다. 나오고, 말았다.

"왜…… 그런 식으로……!"

그런데도 감정이 그것을 허용치 않았다. 베아트리스의 포기를, 죽음의 소망을 부정했다.

"혼자서 결론 내는 건데!! 누구나! 불안을 품고 혼자서 고민하고 있으면 그런 식으로 좋지 못한 방향으로 가버리기 마련이라고! 이젠 이것밖에 없다고, 그렇게 생각하고, 고민하고 괴로워하다가…… 눈앞의 최악밖에 길이 없다고, 그렇게 생각해버린다고!"

수도 없이 고난에 부닥쳐 그때마다 무력함을 한탄해온 스바루니까 알 수 있다.

부조리한 운명은 인간에게 고독을 강요한다. 그렇게 늘 혼자서 맞설 것을 강요하면서 고군분투하는 이의 마음을 검은 손끝으로 옥죄는 것이다.

하지만 그런 규칙에 따를 필요는 없다. 그 사실을, 전하고 싶다.

비슷하게 스바루를 다독여 준 말이 전한 힘을, 베아트리스에게도——.

"어떻게든 해 줬으면 좋겠다고, 그렇게 생각했다면! 한마디면 족해. 알아먹을 수 있게 말해 줘. 도와달라고, 슬퍼하고 있다고 그렇게 말해 주면…… 나라도!"

그렇게 했으면 깨달을 수가 있었을 거란 말이다. ——포기할 필요는 어디에도 없다고.

"내가 너한테, 몇 번이나……. 그러니까, 이번은 내가 네게……!"

"……어떻게든, 해 줬으면 좋겠어."

"그래……. 그런 식으로, 말을 걸어 줘."

"도와줘……."

"그래! 그래, 그래그래그래! 그렇게 말하며 손을 뻗어 주면."

"슬퍼, 괴로워……. 베티를, 이 암흑에서 구원해 주길 원해…….”

“그래, 맡겨만 둬. 나는――.”

작게, 떨리는 손가락이 스바루를 향해서 뻗어왔다. 그 손에, 손을 뻗었다.

조급해하는 마음이 있다. 단지 지금은 눈앞의 소녀를 껴안고 다정하게 대해 주고 싶었다.

이곳에 찾아온 이유를, 지금 스바루는 완전히 망각했다.

하지만 그러는 게 나았다. 덕분에 고독에 시달리는 소녀를 알 수 있었다. 이 가슴에 깃든 뜨거운 사명감만이, 지금은 스바루를 충동질하고 있다.

그 손을 잡으면, 스바루는 새로 무거운 짐을 떠메게 된다. 상관없다. 베아트리스는 처음부터 포기할 수 없는 존재였다. 그 사실을 지금 여기서 명언할 뿐이다.

영혼이 부르짖고 있다. 그저 한결같이. 그러니 스바루는 그에 따르겠다.

그녀를 구해라. 그녀를 구원해라. 그녀는 네게『――』이므로.

“그러니까…….”

뻗는 손가락에 스바루의 손가락이 확실하게 닿았다.

허약하게 떨리는 손가락을 잡고서 떼어놓지 않도록 단단히 손바닥을 맞댔다. 그다음, 웃음을 건네야 할지 끄덕여줘야 할지 망설이면서 베아트리스의 눈을 응시했다.

소녀의 파란 눈은 굵은 눈물을 머금고 있으며――.

“――네가, 베티를 죽여 주길 바라는 것이야.”

——안이한 구원일랑 바라지 않는다고, 스바루의 손을 뿌리쳤다.

"——아."

뿌리친 손이, 아무것도 잡지 못한 손가락이, 거절당한 마음이 저릿함을 호소한다.

어째서냐는 목소리는 터져 나오지 않았다. 베아트리스의 눈이 그 말을 못하게 했다.

"————."

그 눈을 채우는 절망은 너무나도—— 돌이킬 여지없을 정도로 뒤늦었기에.

"400년…… 줄곧, 혼자서 지냈어."

"베, 베아트리……."

"와야 할 『그 사람』은 와 주질 않아서, 줄곧 혼자서 이곳을 지킨 것이야."

베아트리스의 두 눈에서 눈을 뗄 수 없다.

이름을 부른다. 그저 그것뿐인 행동조차, 지금의 스바루는 주저했다.

"몇 번을 내던지려고 생각했는지 모르겠어. 몇 번을 모든 것을 잊어버리고 싶다고 빌었는지 모르겠어. 백 번, 천 번, 만, 억을 넘어도, 여전히 모자라……."

이곳에서, 어두컴컴한 방 안에서, 베아트리스는 길고 긴 고독을 보내왔다.

무릎을 부둥켜안고 저 접사다리 위에서 이름도 모르는 누군가에게 한없이 희망과 절망을 품었다.

그 고독에 이 소녀의 마음은 도대체 몇 번 살해당했단 말인가.

"구해달라……? 어떻게든, 해달라……?"

"——아."

"베티가 대관절 얼마나 그걸 빈 줄이나 아는 거야? 베티가 한 번도 그렇게 생각하지 않고, 그저 포기했다고나 생각하는 것이야?"

더듬거리던 말이, 서서히 열기를 띠기 시작했다. 눈에 강한 빛이 깃들었다.

분노, 실망, 설움, 낙담——. 그 어느 것도 아니며 눈물이 그저 빛나기만 한다.

"손을 뻗으면, 이 깜깜한 암흑에서, 네가 베티를 끄집어내 주겠다는 거야? 끝이 없는 막다른 곳에서, 정답을 가르쳐 주겠다는 것이야?"

"————."

"네가, 그래 주겠다고 한다면…… 어째서…… 어째서……."

고개 숙인 베아트리스가 한 호흡, 말을 멈췄다.

여기가, 마지막이었다. 지금 말고 말을 걸 기회는 없었다. 여기뿐이었다.

그런데도 겁먹어 망설이고 말았다. 상처 입히기를 두려워해서 아무 말도 못했다.

베아트리스가 고개를 들었다. 노려본다. 입을 벌리고 소녀는 이를 드러내며 외쳤다.

"――400년이나, 베티를 혼자 둔 거야?!"

"――윽."

"혼자였어! 줄곧! 줄곧, 줄곧, 내내, 베티는 여기서 혼자! 외로웠어! 무서웠어! 버림받았다고, 주어진 역할도, 약속도 지켜 주지 않으며…… 여기서 영원히 외톨이라고, 그렇게 생각해 왔다고!"

베아트리스의 큼직한 눈에서 눈물이 뚝뚝 떨어졌다.

볼을 타고 턱에서 바닥에 떨어지는 굵은 눈물. 그 뜨거운 물방울이 바닥을 때릴 때마다 스바루의 마음은 가공할 충격에 얻어맞아 금이 가고 깨져나갔다.

"구해 주겠다?! 구출해 주겠다?! 어째서, 더 빨리 와 주지 않은 건데?! 어째서, 베티를 내버려 뒀어?! 이제 와서 자상한 말을 걸 바에는 왜 처음부터 껴안아 주지 않았어?! 어째서! 베티를 혼자 둔 거야?!"

그녀의 말이, 칼날로 변해서, 불꽃으로 변해서, 강철로 변해서 잇따라 스바루의 마음에 상처를 냈다. 모든 형태로, 모든 의미로, 모든 고통으로 변해 스바루를 괴롭혔다.

그리고 그것은 이 400년 동안에 베아트리스가 줄곧 받아온 상처의 일부에 불과하다.

나츠키 스바루의 말 따위 베아트리스가 보낸 고독의 400년에 얼마나 영향을 준단 말인가.

"구해 달란 말도, 어떻게든 해 달란 구원도……! 이 400년 동안에, 진즉에 말라붙은 소원인 것이야……."

"————."

"400년간 아무도 이곳에 오지 않은 게 아니야. 개중에는 베티를 데리고 나가려던 인간도 있었어. 고위의 정령인, 베티의 힘을 원해서……."

"나, 날 그런, 그런 놈들과 함께 보지 마! 난 그저 너를……."

"베티의 힘 따위 관계없다. 그저 눈앞에 있는 사람을 구하고 싶다. ……그런, 너 같은 철부지가 없었다고도, 말 안 한 것이야."

"아, 으……."

"하지만 베티는 데리고 나가지 못했어. 당연하지."

『왜냐면.』 하고 베아트리스는 말을 받으며 또다시 덧없이 미소 지었다.

"베티를 속박하는 계약은, 어중간한 각오로는 없앨 수 없어. 인간에겐 절대로."

"어떡, 하면……."

"——베티를, 첫 번째로 둬."

던진 말이, 너무나도 잔잔하다. 그럼에도 날카롭기에.

스바루는 마치 고막을 가는 바늘로 뚫린 듯한 충격에 꿰이고 있었다.

"베티를, 첫 번째로 삼아 줘. 첫 번째로 생각해 줘. 첫 번째로 선택해 줘. 계약을 덮어써 줘. 계약을 덧칠해 줘. 계약을 새로 써 줘. 데리고 나가 줘. 끌어당겨 줘. 껴안아 줘."

"————."

"그런 짓, 너는 절대로 할 수 없는 것이야."

베아트리스의, 절실하고, 간절하고, 마음이 조여들 정도의 애원.

그 말은 경솔히 수긍하는 짓이 용납되지 않을 만큼, 무겁기 짝이 없는 소원 끝에 있는 것이다.

"네 안에서, 네 첫 번째는 일찌감치 결정 났지. 그러니 넌 베티를 구할 수 없어."

에밀리아가 있다. 렘이 있다. 두 사람이 있다. 베아트리스의 말은, 그것을 가리키고 있었다.

두 사람을 생각할 때, 스바루의 마음은 들뜨며 뜨거워진다. 그것은 영혼에 새겨진 답이다.

베아트리스의 말은 진실이다. 베아트리스를 스바루의 첫 번째로 두는 짓은 필시 불가능하다.

"그러니까, 베티의 계약을 깨트리고…… 아무것도 이루지 못한 이 400년의 끝을, 정령으로서의 본분을 등진 불량품을, 소멸해 주길 바라는 거야."

"계약……. 그게, 그토록 무거운 거냐. 네가 싫다고, 그만두고 싶다고 생각한다면 그만둬버려. 그런 건, 네 의지 하나로 얼마든지……."

"——그것이, 베티에게 단 하나의 살아가는 의미인 것이야."

답을 찾을 수 없다. 대신에 스바루는 문제의 소지를 다른 곳에 묻는 비겁한 행위를 저질렀다.

순간, 베아트리스는 눈에 실망을 드리우고 그저 메마른 목소리로 그렇게 말했다.

"베티는 이 계약을 위해서 사는 정령. 태어나 처음으로 주어진 역할. 그것을 이기적으로 내던지고, 그러며 살아라……. 넌, 그렇게 말하는 거야?"

"무슨 이기적이라고 그래! 넌, 벌써 400년이나 노력했잖아! 그만큼 한 가지 약속을 지켜 왔는데 누가 널 탓한다고! 탓할 수 있겠냐고! 넌 충분히……."

"나도 탓하지 않는다? 그렇지 않아……. 베티가 탓할 거야! 베티가, 절대로 용서 못한다고! 그런 흐리멍덩한 삶을, 정령 베아트리스는 용서 못해!"

떨리는 다리로 걸음을 내디디며 작은 소녀의 어깨를 붙잡은 스바루가 호소했다. 하지만 베아트리스는 그 호소를 분노로 내치고, 닿은 몸을 떠밀어내어 거리를 벌렸다.

뒷걸음질 치고 기침했다. 몸에 힘이 들어가지 않았다. 닿지 않는 목소리에, 무슨 의미가 있을까.

"————."

노려보는 그 눈에 굵은 눈물이 고였다. 입술을 깨물며 치마를 꼭 붙잡고서.

너무나 작은, 여자아이가 아닌가.

어째서 이렇게나 작은 여자아이를, 모두 다 줄곧 내버려둔 것일까.

"네가…… 약속의, 『그 사람』이 아니라는 건, 알고 있는 것이야……."

"__________."

"하지만, 너는 『그 사람』이 되어 줄래? 베티를, 첫 번째로, 삼아 줄 거야?"

말이, 나오지 않는다.

안이하게 끄덕이는 짓도, 하물며 충동적으로 부정하는 짓도 가능할 리 없다.

베아트리스의, 그녀의 고독을 달랠 수 없다. 400년은, 생각을 하기에는 너무 길다. 진정으로 그녀의 마음을 알려면 같은 수준의 고독을 보내지 않고선, 결코——.

"방법이 없다는 거야, 베티가 제일 잘 알아."

"베아트리스……."

"그러니 네 손으로 베티를 죽여 줘. 자살은 계약을 위반하는 거나 마찬가지. 그러니 정령은 절대로 할 수 없는 것이야. 죽는 것조차도 혼자선 못해."

"왜, 나인데……?"

두 손을 뻗으며 애원하는 베아트리스.

머뭇머뭇 뻗어오는 소녀의 손을 직시하지 못하고 스바루는 두 손으로 얼굴을 가렸다.

"네 최후를, 400년의 끝을, 어째서 내게 맡기려고 하는 거야……."

"어째서……일까."

울음소리였다. 변명이었다. 도피하는 말, 싫은 상황에 귀를 막고 있을 뿐이었다.

스바루의 무력한 말에, 베아트리스는 욕도 하지 않으며 그저 한숨지었다.

그 뒤로, 잠시 간격을 두었다가 천천히 끄덕이고는 말했다.

"——아아, 알겠어. 베티가 너에게, 최후를 맡기는 이유는, 아마."

그 답을 들으면 돌이킬 수 없다. ——그런 확신이 생겼다.

그런데 결단이 늦다. 깨닫는 게 느리다. 이미, 아무리 해 봤자 뒤늦다.

베아트리스의 입술이, 답을 엮어낸다. 그 순간에——.

"——대화하는 중에, 미안한데."

들릴 리 없는 목소리가 들려서 스바루는 오한에 쫓기는 대로 뒤돌아보았다.

그리고 목격했다.

"——내가, 당신의 『그 사람』이 되어도 괜찮을까?"

한 손에 검은 곡도——쿠크리 나이프를 늘어뜨린, 검은 옷을 입은 살육자가 서고 입구에 서 있었다.

## 5

등 뒤에서 그 여자의 목소리를 듣는다. 그것은 스바루에게 첫 『죽음』의 풍경이다.

이세계에 소환된 이래로 스바루는 수많은 궁지를 경험하고 때로는 목숨까지 잃었지만, 그 검은 옷 여자의 존재는 변함없이

『죽음』의 상징 자체였다.

검은 망토. 기복이 풍성한 몸매를 아낌없이 드러낸 복장에, 스바루와 같은 진귀한 흑발을 땋아 내리고, 상궤에서 벗어난 색향을 두른 요염한 미모의 여자.

——『창자 사냥꾼』 엘자 그란힐테가 그곳에 서 있었다.

"——어머, 당신도 여기 있었구나. 그 뒤로 몸 상태는 어때? 속은 잘 아끼고 있어?"

경악해 경직된 스바루를 본 엘자는 가볍게 눈을 크게 뜨더니 친근하게 갸웃거렸다.

그 물음부터 이미 대화 성립을 바라고 있지 않다. 일반인은 이해할 수 없는 언동, 당연한 것처럼 그 말을 입에 담는 눈앞의 여자는 틀림없는 광인이다.

"——너, 누구의 허가를 받고서 이 서고에 발을 디디고 있는 것이야?"

불현듯 전율하고 있는 스바루 옆을 지나며 목소리가 엘자에게 물음을 내던졌다.

냉혹하게, 무례한 자에게 적의를 보내는 것은 베아트리스였다. 소녀는 방금 스바루와 대치하던 자세 그대로, 그 얼굴에서 눈물의 흔적만을 지우고 침입자를 노려보고 있었다.

그 소녀의 물음에 엘자는 자신의 긴 머리를 느긋하게 손으로 매만지면서 말했다.

"잠기지도 않았고, 그냥 열고 들어왔을 뿐인데? 중요한 대화였다면 다음부터는 잠그는 걸 잊지 않는 게 좋을 거야."

"이상한 대답을……. 이곳은 베티의 금서고, 허가 없이 드나들 수는 없는 것이야."

"아아, 그런 의미? 그거라면 간단하지."

베아트리스의 거듭된 물음에 엘자는 질문의 의미를 그제야 알았다고 끄덕였다. 그리고 그녀는 지금도 열려 있는 문을 손으로 가리키고 말했다.

"당신의 공간을 나누는 마법……. 문을 매개로 삼고 있지? 문과 문을 연결하는, 지금은 유실된 음(陰) 마법이었던가?"

"……그 말이 맞아. 하지만 그걸 알았다고 해서."

"어머, 그걸 알면 간단해. 닫힌 문을 대상으로 삼은 마법이니까…… 모든 문을 열면 선택지는 알아서 사라져 주잖아?"

"——?!"

참으로 쉽게, 베아트리스의 『징검문』을 깨는 방법을 제시하는 엘자. 그 말에 베아트리스가 눈을 크게 뜬 것은 바로 그것이 정답임을 인정한 증거다.

그와 동시에 스바루의 뇌리에 여태까지 겪은 루프—— 저택에 돌아간 회차에서 목격한, 온 저택의 문이 활짝 열린 이해 못할 광경의 답을 이해했다.

그것은 가택 수색—— 저택 안에 있는 인간, 그것을 족족 찾아내기 위한 야만스러운 순찰이 아니라, 완전히 베아트리스 개인을 노리고 한 수색의 흔적이었던 것이다.

"그러니, 응? 간단한 이야기잖아? 시간이야 좀 걸렸지만 찾아낼 수 있어서 안심했어. ——메일리가 마을에서 돌아오기 전이라 정말 다행이야."

"——마을? 지금, 마을이라고 했냐?"

안도하며 가슴을 쓸어내리는 엘자. 그 입에서 못 들은 척할 수 없는 단어가 굴러 나왔다.

마을, 그리고 사람의 이름이다. 메일리—— 그 이름에 기억이 있다. 아마, 이전에 저택에서 엘자와 맞닥뜨렸을 때에, 역시 같은 이름을 언급하고 있었다.

상황으로 추측하면 그건 그때 함께 저택을 습격한 『마수 사역자』의——.

"그 『마수 사역자』가, 어째서 마을에……?!"

"왜냐면 표적이 마을로 도망쳤는걸. 의뢰를 받았으면 최선을 다하기 위해서 노력해야 하잖아? 그래서 분담한 거야."

"분, 담……?"

"숫자는 저쪽이 많지만 질은 이쪽이 위. 겨우 정령의 배를 갈라 볼 기회를 얻을 수 있었는걸. 여태껏 꼭 하고 싶었어."

말하고 입술을 혀로 핥는 엘자. 그녀의 말뜻을 이해하고서 스바루는 자신이 내린 판단이 근본부터 잘못됐다는 사실을 적시당했다.

렘을, 페트라를, 프레데리카를 마을로 피신시킨 건 실책이었다.

엘자 일당은 표적이 저택에 없어도 변함없이 노린다. 스바루가 아무리 빠르게 행동하더라도 이렇게 금서고에 피 냄새를 몰고 온 것처럼, 반드시——.

"——그 아이를 감싸는구나."

"당연하지."

위치를 바꾸어 스바루는 엘자의 정면에, 베아트리스를 배후로 감싸듯이 섰다. 엘자의 표적은 베아트리스, 그 칼날이 닿게 할 수는 없다.

그리고 마을 쪽도 방치할 수 없다. 『마수 사역자』는 마을에서 무슨 짓을 하고 있는가. 지금 당장 달려가서, 멍청이, 지금은 눈앞의 적을, 하지만 그곳에는 렘이, 마을은, 『죽음』이——.

"……잡념으로 가득한 상태로 그런 짓 해 봤자 민폐야. 네가 손을 써 주지 않겠다면 딱히 베티는 저치 손에 당해도 상관없는 것이야."

"시끄러, 닥치고 있어. 내 답은 말했을 텐데. 난, 널 끌고 나갈 거다."

"그보다 사이좋게 내 앞에 창자를 까 내리고 마지막 시간을 함께 보내는 건 어떨까?"

실의 어린 표정으로 고개 숙인 베아트리스의 말에 스바루는 안달을 내며 호소했다. 거기에 엘자가 어이없는 발언을 끼워 넣지만 상관할 여지는 없다.

슬금슬금 뒤로 물러나 베아트리스 쪽으로. 동시에 엘자도 앞으로 나오기 시작한다.

이마에서 따끔따끔 열이 나고 심장 고동이 서서히 경종처럼——.

"사이좋구나. 샘이 나. ——나란히, 천사와 만나게 해 줄게."

웃음이 흐릿하고 길게 늘어진다. 다음 순간, 자세를 낮춘 엘자가 화살처럼 쏘아졌다. 속도가 오르고 한 걸음, 금서고의 두 사람 쪽으로, 두 걸음, 눈 깜빡할 새에 육박해, 세 걸음——.

"윽——."

눈으로 좇을 만한 속도가 아니다. 생각은 찰나보다 빠르고, 스바루는 결단을 구체화했다. 엘자와 맞닥뜨리면 쓸 수밖에 없다고 결심했었다. 그 선택을 다시, 채택한다——.

"샤——, '——샤마크.'"

——영창과 동시에, 아무것도 없는 공간에 어둠이 순식간에 퍼졌다.

끊임없이 넘쳐나는 어둠은 서고를 휩쓸고 몰이해를 강제하는 영역이 모든 것에 난데없이 떨어졌다. 서가든 접사다리든, 내달리는 살육자든 예외가 아니다.

예외가 있다면, 그것은——.

"크——! 이리 와, 베아트리스!"

순간, 몰이해의 예외로 지정된 스바루는 어금니를 깨물고 영창한 소녀—— 베아트리스의 팔을 잡고 가벼운 몸을 억지로 안아 들어서 정면으로 달렸다. 눈앞에는 마법으로 구성된 어둠이 있다. 그러나 왼쪽 전방에 의도적으로 만들어진 틈새, 그곳에 뛰어들어—— 살육자 옆을 지나갔다.

엘자에게 샤마크가 효과가 있는 건 실증이 끝났다. 몰이해의 바다에 사로잡힌 엘자, 그것을 젖히고 단숨에 가속해서 살육 범위에서 달아난다.

"……놔."

"잔말 말고 조용히 해! 진심으로 그래 주길 바란다면, 그딴 짓을 하는 게 아니야!"

가슴속에 안긴 베아트리스, 그 거절의 말을 위에서 짓뭉갰다.

불완전한 게이트를 혹사해 엘자를 격퇴하고자 스바루는 영창을 시도했다. 그 행동을 가로막고 스바루와는 비교도 되지 않는 규모의 마법을 발동한 것이 베아트리스다.

죽고 싶다, 내버려두라고 말한 것과 같은 입술로, 살아남기 위한 결과를 끌어냈다. 그것이 대관절 『누가』 살아남기 위한 영창이었는가——.

"————."

달리는 스바루에 껴안긴 베아트리스의 손이 미덥지 못하게 스바루의 옷 앞섬을 잡고 있었다. 그 모습을 눈 끄트머리에 잡고 스바루는 아무 말도 하지 않았다. 언급하지 않았다.

지금은 그저 그것만으로도 족하다고 생각했기에.

"베아트리스! 샤마크는 얼마나 버티지?!"

"오래는 못 버티는 것이야. 원래 그렇게 효력이 있는 마법이 아니야……. 어떡할 거지?"

"어떡해? 어떡하나? 어떡하긴, 뻔하지!"

구르듯이 서고를 뛰쳐나왔다. 장소는 저택의 본관 1층 복도다. 다행히 정면 현관은 바로 지척에 있다. 그곳을 통해 밖으로 나가서, 아람 마을로——.

"그, 검은 여자 쪽은 괜찮은 것이야?"

"상관할 시간이 아까워! 저 녀석이 샤마크를 빠져 나오는 데에는 시간이 걸려. 지금은——."

베아트리스의 말도 귀에 들어오지 않았다. 소녀를 고쳐 안고 스바루는 온 힘을 다해 달리기 시작했다.

지금은 좌우간 아람 마을로 가야만 한다.

그 초조함에 쫓기는 채로 숨 가쁘게, 애타고 필사적으로, 스바루는 달렸다.

——멀리, 창문 저편의 경치로 검은 연기가 날리는 것을 바라보면서.

## 6

정문을 넘고 가도를 달리며 가빠지는 호흡대로 스바루는 마냥 달렸다.

"허억, 헉, 허억——!"

가슴에 안은 베아트리스의 무게가 느껴지지 않았다. 그것은 소녀의 몸이 작기 때문도, 그녀가 정령이기 때문도 아니다. 말 그대로 무아몽중의 경지에 있기 때문이다.

자기 일 따위 신경 쓰이지 않을 정도로 육체를 떠미는 충동에 타오르고 있기 때문이다.

저택에서 아람 마을까지 거리는 무난하게 걸어서 약 15분——. 달리면 그보다 훨씬 더 빨리 도착한다. 전력질주라면 더욱더 그렇다.

그런데도 느리다. 너무나 느리다. 조급한 마음의 속도에 몸이 전혀 따라잡지를 못하고 있다. 이미 지나치게 늦을 정도인데도. 처음부터 늦은 출발인데도. 그런데도——.

"……이제 와서 가봤자, 아무 소용도 없어."

"괜한 소리 마! 그 녀석이…… 그 녀석이, 아무렇게나 나불댔을 가능성도……!"

"그건 희망이란 고급스러운 게 아니라, 미련이나, 현실도피인 것이야."

호흡이 닿을 거리에서 베아트리스가 속삭인 비정한 말——아니, 현실에 뇌가 꿰뚫렸다.

밀어젖힌 눈에, 멀찍이 피어오르는 검은 연기가 비치고 있었다. 그것은 얄궂게도 이 세계에서 몇 번이나 시간을 거슬러 올라가는 중에 말끔히 눈에 익은 부류의 광경이다.

저 검은 연기 밑에선 지금쯤 돌이킬 여지없는 참극이 일어나고 있다. 저건 그 증거다.

"어차피, 무슨 짓을 하든, 이미 베티는……."

종말을 예감케 하는 말에 스바루는 분노와 슬픔 때문에 머리가 뒤죽박죽 꼬였다.

그 감정이 생명을 소홀히 여기는 베아트리스에게 돌리는 분노인지, 이만큼 기회가 있었음에도 여전히 실패하는 어리석은 자기 자신에 대한 슬픔인지, 이미 알 수도 없었다.

무엇이 옳고 무엇이 그른가. 스바루가 잘못하는 것은 알고 있다. 그렇다면 어떡하면 옳을 수 있는가. 그 답을 가지고 싶었다.

저 검은 연기 아래를 확인함으로써 도대체 뭘 하고 싶은지도, 이미——.

"——어라아? 오빠, 왜 이런 곳에 있는 거야아?"

"————."

고개를 내리깔고 눈시울에 치미는 것을 참으며 달리다가 눈치 채는 게 늦고 말았다. 목소리가 들린 정면을 보니 마을로 이어지는 가도 도중에 작은 인영이 서 있었다.

뒷짐을 지고 천천히 가도를 거닐던 것은 어린 소녀였다.

짙은 청색의 머리카락을 땋아 내리고 흑색 기조의 의상으로 온몸을 다진 페트라와 같은 또래 소녀. 이목구비는 단정하며 황록색 눈과 어우러져 보는 이에게 신비로운 인상을 주었다.

머잖아 마성(魔性)으로 자라리라. ——그런 인상이 드는 소녀지만, 스바루는 위화감을 품었다.

물론 이 자리에 앳된 소녀가 있을 리가 없다는 위화감도 있다. 그러나 이 위화감은 그것과는 또 다른 감각을 발단으로——.

"엘자도 참, 도망가게 두다니 칠칠맞아라아. 어차피 또 평소처럼 여유 부리며 방심만 했던 거지이?"

"얘…… 아니, 넌……."

"——? 아, 모를지도 모르겠다아. 전에는 머리색을 물들였으니 말이야아."

당혹감에 다리가 멈추고, 잊고 있던 피로가 대번에 엄습했다. 그러나 스바루는 그 피로를 깊고 깊은 호흡으로 억지로 내리누르고, 눈앞의 소녀에게 의식을 집중했다.

소녀는 땋은 머리를 만지작거리며 검은 망토를 나부끼듯이 그 자리에서 돌더니 말했다.

"그 날은, 같이 놀아 줘서 즐겁더라아. 오늘도 같이 놀자."

"마, 『마수 사역자』……!"

"메일리 포트루트. 그렇게 재미없는 이름으로 부르진 말아줄래애?"

소녀, 『마수 사역자』—— 메일리는 그렇게 이름을 밝히며 토라진 듯이 입술을 삐죽였다. 그 몸짓에는 어린애다운 천진함밖에 없고, 그렇기 때문에 소름 끼치는 면이 있다.

이 깜찍한 거동의 소녀 뒤에는 참극의 증거를 나타내는 검은 연기가 피어오르고 있다. 그리고 그 검은 연기의 원인은 틀림없이 눈앞의 소녀이므로.

"넌…… 엘자랑 똑같이 괴물이야! 마을…… 렘과 다른 사람들을 어쨌어?!"

"어어, 으응, 그 렘이란 사람은 자알 모르겠는데에, 난 일을 열심히 하니까 맡은 일은 잘했어. 저택의 큰 메이드랑 작은 메이드—— 작은 쪽이, 페트라였던 건 안타까웠지마아는."

"안타까워? 안타깝다니 뭐가? 안타깝다니, 안타깝다니…… 너, 넛, 무슨 말을……."

"괜찮아. 친구였는걸. 안 아프게, 깨물기 한 번으로 끝내줬으니까아."

메일리는 손을 맞대고 미소 지으며 그게 자비가 된다는 듯이 끄덕였다.

"——아."

그 보고가 데이트 약속을 주고받은 소녀의 최후임을 알고 무릎부터 힘이 빠졌다.

정신이 들고 보니 스바루는 바닥에 무너져서 멍하니 주저앉아 있었다.

"————."

알고 있었던, 일이기는 했다.

엘자를 피해 저택의 창문 밖을 봤을 때, 스바루는 자신의 실책을 이해하고 있었다.

베아트리스에게도 현실도피를 지적당하고, 그럼에도 여전히 고집스럽게 마을을 향했던 것은 그 잔혹한 현실을 직시하는 것을 1초라도 늦추고 싶었을 뿐.

그런, 희망을 엿보는 시늉을 한, 얄팍한 방어 본능의 결사행이었던 것이다.

"……얼간이도 이런 얼간이가 없어. 결국 포기할 거면 처음부터 발버둥 쳐선 안 됐던 것이야."

"————."

"베티에게 그토록 잘난 소리를 떠든 결과가 이거지. 지금의 비참한 네 얼굴을, 거울이 있으면 보여 주고 싶은 것이야."

조롱하는 말은 근방에서, 무릎을 굽힌 스바루의 바로 옆에서 날아왔다. 정신이 드니 팔은 풀려 안고 있던 소녀는 땅에 서서 몹시 실망한 표정을 짓고 있었다.

거들먹대며 큰소리를 친 끝에, 결국은 아무도 구하지 못하고.

정녕 그 말이 딱 맞아떨어지기에——.

"——마음이 변했어. 너 따위에게 베티의 생명은 아까운 것이야."

"어……?"

발소리가 나고 옆에 선 그림자가 앞으로 돌았다. 베아트리스는 한 걸음 앞으로, 무릎 꿇은 스바루를 배후에 두면서 메일리와 정면으로 눈싸움하는 형국을 이룬다.

그 자세에 메일리가 "어머어?" 하고 놀란 기색을 머금은 목소리를 흘렸다.

"해보려고오? 들은 얘기론, 당신은 싸울 수 없을 텐데에."

"누구 사정인지 모르겠지만, 그건 한참 헛짚은 전망이야. 베티는 금서고의 지킴이……. 서고의 정적을 어지럽히는 패거리는 용서 안 해. 그뿐인 것이야."

"……흐응."

딱딱한 목소리로, 한 번은 버리려던 직함을 다시 자청하는 베아트리스. 그에 대해서 메일리는 심드렁하게 응답했다. 그러나 그 가늘어진 눈에는 왠지 언짢은 빛이 깃들어 있었다.

"나, 예정이 흐트러지는 게 싫단 말이지이. 가뜩이나 데려온 애들이 큰 메이드 언니한테 예정 밖으로 줄어서, 더 이상은 줄이고 싶지 않은데에."

"그건 참 안되셨어. 이참에 너까지 넣어서 헤아릴 수고를 덜어 줘도……."

"——그러니까, 분담한 대로, 당신은 짝꿍에게 맡길게에."

갸웃하며 눈에 잔혹을 켠 채로 메일리가 베아트리스에게 그렇게 일렀다. 그 의미에 베아트리스가 희미하게 눈썹을 세우고, 동시에 바람이 부는 소리가 났다.

바람 소리—— 아니, 그것은 바람이 아니다. 살육을 부르는, 『죽음』의 접근이다.

"베아트리——."

알아채고 스바루는 가장 먼저 그 소식을 전하고자 소리를 지르려 했다.

하지만 늦다. 검은 그림자는 미끄러지듯이 일직선으로 가도를 내달려 무릎으로 선 스바루 머리 위를 지나 등을 보인 베아트리스에게 춤추며 달려들고.

"당신을 만나러 찾아왔는데—— 도망치다니 야박하잖니."

검은 칼날이 번뜩이는 것과 살의가 선고된 것은 찰나도 어긋나지 않는 동시——. 그 공격은 속수무책으로 소녀의 몸통에 빨려들듯 꽂힌, 줄 알았다.

"큭——!"

몰이해에서 벗어나 쫓아온 살육자의 기습. 가차 없는 칼날의 직격에 쇳소리가 울려 퍼졌다. 그건 도저히 무쇠가 살과 뼈를 끊는 소리와는 비슷하다고 해도 비슷할 수 없는 것.

"——음 마법에 공격 수단이 없는 줄 알았으면, 너무 만만하게 본 게야."

충격에 칼날을 휘두르는 팔이 튕겨나가 크게 자세를 무너뜨린 엘자에게 베아트리스가 말했다. 그 발언이 과장이 아니란 증거로, 빛이 잇따라 엘자를 노리며 뿜어졌다. 그것을 엘자는 뒤로 뛰며 곡예 같은 회피 행동으로 피해냈다.

"놀랐어. 이런 짓을 할 수 있구나. 근사해."

"미냐—— 시간이 정지한 마나의 화살, 실컷 맛보도록 하는 것이야."

두 눈을 형형하게 빛내는 엘자. 베아트리스가 마력을 묶고 거만하게 말을 이었다.

소녀의 머리 위, 부유하며 선회하는 것은 보랏빛으로 빛나는 수정 화살이다. 그 수는 두 손의 손가락으로는 부족할 지경이며, 모두 다 의지가 있는 듯 엘자를 조준하고 있었다.

"금서고 밖이라면, 이게 한계……. 그래도 널 사냥하기에는 충분해!"

호령하며 다음 순간에 보랏빛 화살이 일제히 사출됐다. 활이 필요하지 않은 마력 화살은 바람을 뚫고 거미처럼 몸을 낮춘 살육자에게로 쇄도했다.

"확실히 처음 본 순간에는 놀랐지만, 이쯤이야, 한 번만 보면——."

하지만 쇄도하는 무수한 화살을, 엘자는 치켜든 검은 칼날로 요격, 수정이 산산이 깨지는 소리가 난무한다. 무르고 덧없는 빛이 흩어지며 그것은 엘자에게 닿지 않고——.

"말했을걸. 만만하게 보지 말라고도, 널 사냥하기에는 충분하다고도."

"——이건, 내 실수인걸."

엘자가 입술을 핥고 흥분으로 뺨을 붉게 물들이며 그렇게 대꾸했다.

무기를 잡고 있는 오른팔이 그 손목부터 부서져서 끝부분이 지면에 떨어졌다. 그것은 어깨와 다리, 오른쪽 반신에 피해를 파급해서 엘자의 몸은 마치 유리 세공품처럼 금이 가 있었다.

음 마법 미냐, 시간이 정지한 화살──. 그 진수가 발휘되어 승패는 완전히 판가름 났다.

"────."

베아트리스는 마지막 말을 듣겠다는 식의, 그런 쓸데없는 자비심을 내비치지 않았다. 팔을 엘자 쪽으로 내지르고 펼친 손바닥을 꽉 움켜쥐었다.

그것만으로도 허공에 있던 무수한 화살은 엘자를 노리며 집중, 그 온몸을 꿰었다.

연속되는 파괴의 충격으로 가도에 흙먼지가 자욱하게 깔린다. 그러다가 분진이 걷히니 그곳에 있던 것은 무자비하고 잔혹하지만, 왠지 도착적인 아름다움이 있는 죽음의 예술품이었다.

온몸에 수정이 박혀서 반신이 무기물처럼 깨진, 엘자의 『죽음』이다.

"아─아. 엘자도 참, 진짜 진짜로 바보 같아라아."

위협의 배제, 눈앞의 그것을 쉽게는 받아들이지 못하고 스바루는 말문을 잃고 있었다. 그런 스바루를 대신해서 전투를 방관하던 메일리가 반응했다.

경박하게, 동료의 죽음을 애도하는 시늉도 없이 메일리는 전투 결과에 어이없다는 표정을 짓고 있었다. 거기에는 말처럼 엘자에 대한 실망 외의 감정이 담겨 있지 않았다.

일그러졌다. 이상하다. 이곳에는 『죽음』이 가득하다. 생명을, 이렇게 함부로——.

“자, 동료는 이 꼬락서니, 다음은 네 차례인 것이야. 베티는 설령 상대가 어린애라고 해도 용서하진 않아.”

“어머, 싫다아. 나랑 당신, 겉모습은 썩 다르지 않잖아. 아마 좋은 친구가 될 수 있을 텐데에.”

“뻔뻔스러워. 너희 같은 존재에게 그렇게 편리한 상황은 있지도 않은 것이야.”

도발적이기까지 한 메일리에게 베아트리스는 차분한 감정을 유지하며 응답했다. 그 머리 위에선 보랏빛 화살이, 엘자를 고슴도치로 만든 화살이 메일리를 조준하고 있었다.

짝꿍의 전말을 감안하면 메일리는 자신이 백척간두의 궁지에 있다고 깨달았을 터다. 그런데도 그녀는 어째서 저토록 태연히 있을 수 있는가.

『죽음』을 두려워하지 않는다. 『죽음』을 특별하게 여기지 않는다. 그것이, 메일리와 엘자가, 타인의 생명을 가지고 놀 수 있는, 그 이유인가.

“————.”

메일리의 태도에 가망이 없다고 본 듯 베아트리스의 눈이 가늘어졌다. 보랏빛 화살의 촉이 희미하게 흔들려 사출될 자세가 갖추어졌음을 알 수 있었다.

발사되면 메일리는 죽는다. 엘자와 마찬가지로. 적이다. 그게 옳은데도――.

"상대는…… 어린애야."

"――어린애라도 적은 적. 살려둬 봤자 아무 이익도 없어."

"그건, 그렇더라도…… 말이야. 누구에게 부탁받았는지, 실토하게 한다거나……."

"오늘 일 말야아? 그건 있지이, 혼나니까 안 돼. 나, 얘기 안 할 거다아."

양식이 이 마당에 이르러서 스바루에게 이상론을 내뱉게 했다. 하지만 그것은 베아트리스에게, 그뿐만 아니라 메일리에게도 바보 같은 소리라고 일축당했다.

당연하다. 스바루 본인부터 뭘 하고 싶은지 자기 자신을 모르겠다. 단지 보고 싶지 않았을 뿐일지도 모른다. 어린애의 죽음을. 아니면――.

"네가, 어린애를 죽이는 모습 같은 건……."

"윽――. 아직도 넌 그딴 소리를――."

갈라진 목소리에, 약한 생각에 신물이 난다. 그 중얼거림에, 베아트리스도 입술을 일그러뜨리며 돌아보았다. 그리고 그녀는 스바루 쪽으로 그 작은 손바닥을 뻗고.

"――어."

가벼운 충격에 어깨가 밀려나 스바루는 옆으로 쓰러졌다. 예상 밖의 사태에 무릎 가지고는 버텨 서지 못하고 무슨 일인가 싶어 눈을 크게 뜨며 스바루는 자신을 떠민 베아트리스를 올려다보았다.

지금의, 바보 같은 대화에 대한 분노치고는 진부하고, 또한 표정이 왠지 이상하다.

찰나의 안도감에 눈꼬리를 내린 베아트리스는 숨을 호오 내쉬고 흐릿한 웃음을 띠고 있었다.

——베아트리스의 가슴에서 검은 칼끝이 삐져나와 있었다.

"——어머, 손맛이 별나라. 정령의 배는 역시 보통하곤 다르구나."

등 쪽에서 침입한 칼날이 가슴에서 삐져나와 천천히 상처를 벌리듯이 밑으로 미끄러졌다. 베아트리스의 몸이 크게 흔들렸다. 스바루는 그저 그 광경을 멍하니 보고 있었다.

"……이걸로."

나직이, 별안간 베아트리스의 입술이 무슨 말을 뱉었다.

그 표정이, 그 눈이, 그 순간의 베아트리스에게 오가는 모든 생각을 설명했다.

"겨우……."

"기다……!"

무슨 말을 하려고 했었는지, 모르겠다. 무슨 말을 들으려고 했었는지, 모르겠다.

그리고 그것은 아마 스바루도 베아트리스도 영원히 알 수 없어졌다.

허약하게 베아트리스의 몸이 앞으로 고꾸라지며 무너졌다. 그 기세에 칼날이 빠졌다. 상처에서 출혈은 없다. 대신에 소녀의 육체로부터 올올이 풀리듯 빛이 넘쳐나고 그 존재가 발끝부터 입자로 변해 세계에 녹아드는 걸 알 수 있었다.

"기, 기다려……."

누구에게 애원했는지 모르겠다. 그저 애원하며 풀려나가는 빛에 손을 뻗었다.

데리고, 가지 마. 이 애를, 데려가지 마. 가지고 가지 마.

빛이 스러진다. 그것을 필사적으로 긁어모으려고 한다. 그런데도 빛은 손바닥을 그냥 지나가 눈 깜빡할 사이에 사라지고 만다. 1초마다 베아트리스가 흐릿해져 간다.

닿지 않는다. 구할 수 없다. 어째서, 이런, 누가, 왜, 이 아이를——.

"——엘자아아아!!"

"그렇게 외치지 않아도 잘 들리는데."

사납게 우짖는 뺨따귀를 쿠크리 나이프의 칼등으로 힘껏 구타당했다.

딱딱한 충격에 뇌가 뒤흔들리고 스바루는 거세게 지면에 나뒹굴었다. 눈이 돌아가고 사고가 헛돌며 세계의 회전 속도에 영혼이 따라잡지 못한다.

"붙는 게 느려서 걱정했어. 살해당할 뻔했잖니이."

"구해 줬는데 우쭐대는 애 좀 봐. 붙다니, 쉽게 말하는 것도 섭섭해."

위를 보고 하늘을 비춘 시야에 날아드는 두 인영. 그 광경에 전율했다. 메일리 옆에 서서 넉살을 주고받고 있는 건 다름 아닌 엘자 그란힐테다.

보랏빛 화살에 온몸이 고슴도치 꼴이 되고 반신이 으스러진 여자가, 태연히 그곳에 서 있었다. 그 몸에 상처는 없지만, 파괴의 여운에 옷은 찢어지고 반쯤 나신을 드러낸 모습이다.

전투는, 있었다. 확실하게 죽을 만한 상처를 주었다. 그런데도――.

"너, 설마…… 불사신이라거나 하진, 않겠지……?"

"아니? 안 그런데? 살짝 남보다 막 살 뿐이지. 심술궂은 누군가의 『축복』 때문에 말이야. 하지만 이렇게까지 망가진 건 나도 셀 수 있을 정도밖에 없어서 신선해."

언외로 광기의 기억을 내비치며 엘자가 요염한 흉소를 지었다. 그리고 그녀는 옆의 메일리를 돌아보고 말했다.

"정령 아이와, 메이드가 둘……. 메일리, 마을 쪽은 마쳤어?"

"큰 메이드 언니랑, 검은 지룡에게 우리 그림자 사자가 져버렸지만 말야아."

저택에 있던 세 사람이 표적――. 마을 사람은, 스바루의 얄팍한 생각이 끌어들인 희생자다. 스바루는 또 그들을 죽였다. 렘도, 페트라도, 프레데리카도―― 베아트리스도.

――이번은, 여기까지인가.

"마음에 안 드는 눈이야."

"꺄, 끼아아악――?!"

목전에 육박한 『죽음』, 그것을 의식한 순간, 왼쪽 눈에 작열이 번졌다.

열에 지져지기 직전, 왼쪽 시야에 최후에 비친 것은 검고 둔탁한 빛——. 그것이 엘자의 손에 든 쿠크리 나이프이자 안구를 헤집은 물건임을 직감했다. 육체 일부를 상실한 위화감에 뇌가 통곡하고 스바루는 격통과 출혈에 이리저리 몸부림쳤다.

시신경이 끊겨 실을 늘어뜨린 게 오른쪽 눈에 보였다. 왼쪽 눈이 죽는 것을 오른쪽 눈이 지켜보았다. 얼굴에 있을 수 없는 함몰이, 공백이, 무의미한 공간이 존재한다. 왼쪽 눈은, 영원히 상실됐다.

"세상에, 엘자는 참 잔혹하다니까아. 불쌍하잖아."

"숨이 붙어 있는 마지막 순간까지 발버둥 친다. 그렇지 않고서, 살아갈 의미가 어디 있는데."

메일리에게 응수하는 엘자의 목소리는 냉랭하다. 그것은 스바루와 엘자의 짧고 적은 접점 가운데, 살육자인 여자가 처음으로 보인 경멸이라고 해야 할 감정이었다.

"불쌍한 건 정령 아이 쪽이지. 이런 아이 때문에 희생되다니."

단지 얄궂게도, 엘자의 그 말에는 다름 아닌 나츠키 스바루가 가장 찬동했다.

베아트리스는, 바보다. 왜 그런 짓을 한 거냐. 죽고 싶다, 죽여 달라고 말했으면서. ——어째서.

"————."

그 답을 알고 싶어서, 스바루는 피가 흐르는 왼쪽 눈을 누르며 남아 있는 안구를 움직여 베아트리스 쪽을 바라보았다. 쓰러져서 빛이 넘쳐나며 사라져 가는 베아트리스. 그 작은 몸은 이미 상반신밖에 남지 않았고.

——사라져 가는 팔이 스바루 쪽을 겨누며 손바닥을 펼치고 있었다.

"뭐, 하는 거야, 베아——."

스바루의 눈이 보인 변화에 엘자와 메일리도 이변을 깨달았다. 그러나 그녀들도 늦는다. 금서고의 사서, 대정령 베아트리스의, 목숨을 건 최후의 마법——.

스바루의 품속에 들어가 있던, 파란 휘석이 깜빡였다.

——전이가 발생했다.

7

깨어나서 처음에 한 행위는 자신이 죽지 않은 것을 확인하는 행위였다.

"————."

왼쪽 눈의 공동, 그 존재가 생명이 계속된다고 가르쳐 주었다. 알기 쉬운 표식이다. 엘자도 가끔은 센스를 부려 준다. 한눈에 결함 인간이라고 알 수 있는 멋진 표식이다.

찢어진 웃옷의 소매를 머리에 감고 스바루는 잃어버린 왼쪽 눈의 상처를 처치했다.

난폭한 응급처치다. 지혈은 했지만 위생이고 후유증이고 전혀 배려하지 않았다. 그러면 됐다. 지금, 이 순간에 죽지 않는다면 뒷일 따위 아무래도 좋다.

——스바루는 이미 이 세계에서 저지른 죄를 『죽음』으로 갚으려고 마음먹었다.

잃은 것이, 너무나 많다. 이 세계는 이미 붕괴해 살아가기에는 고통이 지나치다. 여태까지 했던 대로—— 아니, 여태까지 이상으로 스바루는 상실하고, 상실시키며, 죄를 저질렀다.

자신의 생명을 지불하고서 되찾을 수 있다면, 망설일 이유가 하나도 없다.

이 세계는, 끝날 세계다.

렘의 죽음도, 페트라의 죽음도, 프레데리카의 죽음도, 베아트리스의 죽음도 번복할 수 있다.

손이 닿지 않는 곳에서 렘을 죽게 한 원통함도, 페트라와 주고받은 약속도, 프레데리카에게 맹세한 말도, 베아트리스의 한탄에 대한 대답도, 다음 세계로 보낼 수 있다.

거기서 답을 찾아낼 수 있으면, 모든 것은 청산되는 것일까.

"되지 않아……. 그렇게 안 돼……. 내가, 나를, 기억하고 있어……."

중얼거린다, 자각을. 반복한다, 자숙을. 놓치지 않는다, 죄인을. ——나츠키 스바루를.

그 무력함으로 많은 이를 죽이고, 그 무능함으로 많은 이들을 한탄케 하고, 그 무모함으로 많은 이를 소홀히 하고, 그 무지로 많은 세계를 짓밟은, 패악의 주구를.

"————."

악취로 가득한 공간에서 스바루는 비틀비틀 벽에 손을 짚고 일어났다. 왼쪽 눈이 없어져 한쪽 눈만 남은 시야 때문에 원근감을 잡는 데에 고생했다. 이 불편함과 오래 함께할 마음은 없지만, 즉각 목을 따일 만큼 편하게 죽는 건 용납할 수 없다.

저지른 죄에 걸맞을 만한 것을 가지고 돌아가야 비로소『죽음』의 품에 안기는 것이 용납된다.

"이곳은……."

둘러보고 스바루는 좁은 시야에 하얀 바닥과 벽을 보았다. 부자연스럽게 하얀 공간, 맴도는 악취. 이것들에 기억이 있어 확인하기 전부터 왠지 모르게 상상은 가고 있었다.

――이곳은『성역』이다. 그 헤매는 숲 깊은 곳에 은닉된, 류즈 메이엘의 실험시설.

"하."

숨이 흘러나왔다. 메말랐다고도, 축축하다고도 할 수 없는, 갈라진 숨결이 새어나왔다.

다시 이곳으로 날아왔다. 녹음이 너무나 깊은, 이곳으로. 마치 시험 받고 있는 것 같다. 실험, 실험, 실험시설, 웃겨준다.

――이것이 돌의 힘인가, 아니면 베아트리스의 생명의 마지막 등불이었는가.

알 수 없다. 알 수 없는 게 너무 많다. 그걸 그대로 놔둘 수는 없다.

후회, 후회는 무한히 존재한다. 그 후회의 사슬에 발이 잡혀 멈춰 설 수는 없다.

"지금…은……."

상실감이든 절망감이든 마음 깊은 곳에 가라앉히고 천천히 발을 내디뎠다.

이 상태의 『성역』에, 스바루를 빼놓은 『성역』에 무슨 일이 있었는가, 가지고 돌아가는 것이다. 하다못해 그것만이라도 못하면──.

"────."

맹세인가, 소원인가. 그조차도 알지 못한 채로 스바루는 시설 밖으로 나갔다. 방을 나가고 통로를 지난다. 하얀 숨을 뱉으면서 벽에 기대어 발을 질질 끌고.

그렇게 시간을 들여 간신히 밖으로 이어지는 입구에 당도하고, 그곳에서 스바루는 목격했다.

──일대가 하얗게 물든 은세계, 눈에 휩싸인 『성역』을.

# 제4장 『죽음의 맛』

1

——피부를 찌르는 냉기에 반쯤 확신은 있었다.

그런데도 실제로 그 광경을 목도한 스바루의 마음에 오가는 충격은 헤아릴 수 없다.

그 정도까지 『성역』의 극심한 추위는 스바루의 어설픈 상상을 웃돌고 있었던 것이다.

"말도, 안 돼……. 아직, 이틀째인데……."

추위에 어깨를 껴안고 하얀 숨을 내뱉은 스바루는 어금니를 깨물었다. 맞물리지 않는 턱에 힘을 주고 쑤시는 왼쪽 눈을 무시하며 얼어붙으려는 오른쪽 눈을 힘껏 부릅떴다.

바람은 살을 에는 듯이 차갑고, 가루눈은 쌓이는 것이 아니라 후려친다. 그것은 강렬하게 체온을 빼앗아 1초마다 활동력을 죽이고 있는 하얀 악몽이었다.

——『성역』에, 눈이 내린다. 이 광경을, 스바루는 알고 있다.

"하지만 이렇게 빨리……라니."

전에도 스바루는 이 눈으로 채색된 광경을 보았다. 지지난 루프, 가필에게 살해당하려는 순간, 스바루는 휘석의 힘으로 이 실험시설로 날아갔다. 그리고 시설 밖에 나와 보니 이미 세상은 하얗게 물들어 있었던 것이다. ──단지 그때는 이미 눈이 그쳐 있었다.

그래서 스바루는 눈이 내린 사실을 그렇게까지 중요시하지 않았지만──.

"이런 기세로, 눈이 내렸던 거냐……."

상상해야 마땅했다. 몇 시간, 길어도 반나절 사이에 『성역』은 일대가 눈에 덮여 있었던 것이다. 단시간이던 강설의 기세는 상상하기 어렵지 않다.

지금 이렇게 스바루의 육체가 얼어붙을 것만 같을 정도의 맹추위, 이것이 그때도.

"좌우, 지간…… 지금은, 촌락으로……"

몸에 쌓이는 눈을 흔들어 떨어뜨린 스바루는 사정을 파악하러 촌락으로 의식을 돌렸다.

──쑤시는 왼쪽 눈이, 직전의 참극들을 떠올리게 했다. 잊지 마라, 잊지 말라고.

그 신호를 지금 이 순간만은 뒷전으로 미루었다. 생각할 시간은 나중에 반드시 확보하겠다. 지금만은 눈앞의 상황에. 그러지 않으면 스바루의 다리는 움직이지 못하게 된다. 필시.

"통한다면, 응답해 줘……."

뇌리에 어른대는 그림자를 쫓아 스바루는 주머니에서 딱딱한 감촉── 휘석을 꺼냈다. 그것을 잡고 정신을 집중했다. 만약 아직, 스바루에게 자격이 있다면, 와 줄 것이다.

이 『성역』을 지켜보고 있는 눈이, 탐욕의 사도의 바람에 응답해서——.

"——아."

소리는 바람에 휩싸여 들리지 않았다. 그러나 그것은 천천히 모습을 드러냈다.

쌓인 눈에 발자국을 찍으며 다가온 것은 류즈—— 그 복제체였다. 실험장 근처를 담당하던 개체라면 피코일지도 모른다.

"분간할 표식을 달아둘 걸 그랬군……."

그런 쪽에도 생각이 미치지 않을 만큼 그때는 동요하고 있었던가. 훨씬 더 절박한 지금 깨달은 건, 현실도피하고 싶어 하는 약한 마음의 발로인가. ——그것은, 용납 못한다.

"피코라고 생각하는데…… 부탁이 있어. 촌락으로 안내해 줘. 헤매고 있을 시간이 아까워."

"————."

길 안내를 부탁하자 복제체—— 피코는 끄덕이지도 대답하지도 않으며 그저 스바루에게 등만 내보였다. 그대로 눈밭의 길을 아랑곳하지 않으며 경쾌하게 달려 나가는 등을 허겁지겁 뒤쫓았다.

지휘권은 건재. 본의 아닌 모양새로 손에 넣은 권리지만, 맘대로 내려준 마녀의 의도대로 보탬이 되고 있어서 복잡한 기분에 젖었다. 물론 감사는 크지만——.

"넌, 어디까지 내다봤던 거야? 에키드나……."

페트라의 손수건에 마녀 대책을 심고, 지금도 피코에게 협력을 구할 수단을 스바루에게 선사했다. 그 진의를 모르겠다. 협력자라는 사실, 그것만은 의심하지 않지만.

알 수 없는 것투성이다. 가능하면 지금 당장 이 영문 모를 상황의 답을 원한다. 『성역』의 수수께끼도, 베아트리스의 비탄도, 그 모든 것의 답을, 에키드나라면——.

"제길, 지금은…… 그 녀석은, 뒤로 미뤄. 이런 건……."

『성역』을 휩싸는 강설. 몸까지 얼어붙을 극한의 세계. 생명이고 뭐고 죄다 하얗게 물들인다.

이런 광경을 스바루는 목격한 적이 있다. 생명을, 빼앗긴 적이 있다.

이것이, 그때와 똑같이, 모든 게 다 똑같다고 친다면——.

"——도대체, 무슨 일이 있었던 거야? 에밀리아."

——이 눈을 내리게 했다고 여겨지는, 그녀의 진의는 어디에 있는 것일까.

## 2

촌락에 당도할 때까지 스바루의 다리로는 한 시간 이상이 걸리고 말았다.

가뜩이나 원근감을 꼬이게 하는 하얀 세계는 한쪽 눈을 잃은 직후의 스바루에게는 고약하기 짝이 없는 여정이었다. 눈보라에 빼앗기는 체온과 사고력 저하도 겹쳐서 다리는 거북이가 기는 것처럼 느리다.

"그런, 데도……."

스바루는 발목까지 묻히는 눈에서 신발을 뽑고 곱은 입술을 떨면서 중얼거렸다.

정면. 눈보라 저편에 언뜻언뜻 보이는 것은 단출한 석조 건물이다. 『성역』의 주민들이 사는 촌락, 그곳에 가까스로 돌아올 수 있었다.

다만 신경 쓰이는 점이—— 촌락에, 인기척이 전혀 느껴지지 않는 것이다.

"집의, 조명이 없어……. 안에도, 없는, 건가……?"

내다본 바로, 결정등이나 촛불의 불빛은 눈에 띄지 않았다. 그렇다고 이 추위 속에 불을 지피지 않고 지내는 짓은 자살행위다. 생활의 기척, 그건 반드시 존재할 터.

한순간, 그 정적에 스바루의 내장이 꽉 오므라들었다. 떠오르는 것은 역시 눈에 휩싸였던 『성역』—— 거기서 맞닥뜨린, 끔찍한 하얀 괴물이다.

대토. 그 습격에 『성역』은 이미 유린당한 뒤인 게——.

"——여어, 돌아오셨잖아. 뭔 낯짝으로 왔는진 모르겠다만."

고막에 날아든 목소리에 스바루는 반사적으로 뒤돌아보았다. 시선 앞. 눈을 서벅서벅 짓밟는 인영—— 강설을 차 날리며 대범하게 가필이 걸어왔다. 그는 스바루 정면, 몇 미터 거리에서 멈춰 서서 언짢게 얼굴을 찌푸렸다.

"아앙? 진짜로 뭐냐, 그 낯짝. 왼쪽 눈, 어디다 떨구고 왔어?"

"행선지에서, 이것저것 있었거든……. 일부러 마중을 나와 주다니 어울리게 않게 눈치가 있는걸."

"핫, 동정은 안 한다. 그리고 니, 휘석의 힘도 눈치채고 있던 것 같잖아."

옆에 선 피코의 모습에 스바루가 지휘권을 얻은 것을 알아챈 모양이다. 가필이 두른 투기가 한층 더 높아지고 찌르는 적의에 왼쪽 눈의 통증이 지끈지끈 더했다.

단지 강해지는 통증과 정반대로 가필의 투기에 스바루의 마음은 기 죽지 않았다. 통증과 추위로 정신이 딴 데 팔렸다——는 건 아니고, 가필이 뿜는 적의가 가진 질의 문제다.

"……눈치 문제는 제쳐놓고, 네가 안 어울리는 건 실제로 그런데. 내가 아는 너라면 이 타이밍에서 나랑 느긋하게 얘기나 해 줄 거란 생각이 안 들어."

"소름 끼쳐. 니 헛소리에는 못 어울려 준다. 이 눈발을 보면, 이 어르신이 한담에 못 어울려 준다는 건 설명할 필요가 없잖냐."

"그건, 한담 말고 나한테 할 말이 있다는 의미로군."

"————."

입을 다문 가필. 그 녹색 눈 안쪽에 스치는 것은 복잡한 감정이었다.

분노가 있다. 강한 분노가. 그러나 동시에 거기에는 두려움도 있었다. 생각해보면 이번의 스바루와 가필의 관계는 죽이고 죽는 루프와는 또 다른 모양새로 꼬여 있다.

『죽음』을 계산에 넣은 스바루의 행동에 가필은 곤혹을 남기고 있었던 것이다.

그러나 그 당혹은 이 자리에서 둘에게 대화할 만한 유예를 만들어주었다.

"대뜸 공격해 오지 않는단 말은, 아직 냉정……. 다른 사람들은 무사, 한 거지?"

"그, 다른 사람이란 게 어디부터 어디까지인지 모르겠지만 우리 노인네들이랑 니네 마을 놈들은 싸잡아서 대성당에 있다. 그 시끄런 형씨 제안으로 말이지."

"오토인가? 그 제안은 그 녀석이 꺼낸 말이야?"

"이 상황, 니 편 내 편 없지 않느냐면서. 앞뒤 없이 물어뜯을 이유도 없지. 그 형씨는 말려들었을 뿐이다. 안 그러냐고."

이를 딱 부딪친 가필의 말에 스바루는 끄덕였다. 이 눈 속——아니, 『성역』의 상황에서 오토가 그답게 좋은 판단을 내려 준 것에 내심으로 감사했다. 덕분에 마을 사람들의 안전을 확보할 수 있었고 가필과도 대화가 이루어졌다. 남은 문제는—— 확인하는 것이다.

"——이 눈은, 에밀리아가 한 일이야?"

——물음은 스바루 본인에게는 유독 뻔뻔스럽게 울렸다.

물음의 답은 알고 있다. 그런데도 물어본 것은 한 가닥 희망을 찾았거나 하는 긍정적인 이유가 아니다. 아마, 그저, 무서웠을 뿐이다.

이 광경을 에밀리아가 만든 것이라고, 자기 혼자서만 결론을 내리고 마는 것이.

그런, 스바루의 왠지 갈라진 물음에 가필은 "핫." 하는 소리를 내뱉고 말했다.

"그것도 모를 판국이지. ――공주님은 어젯밤부터 묘소에 틀어박혀 있거든."

"――아? 묘소에, 틀어박혀……?"

"자각이 없는 거냐, 니가 원인이잖아. 니가 사라져서 공주님은 여간 마음에 타격을 받은 게 아닌 모양이더군. 기가 뚝 꺾여서 그대로 묘소에 들어가고…… 소식이 없어."

"무슨, 말도 안 돼! 왜냐면 난 똑바로 편지에……."

"편지이?"

짚이는 곳이 없다, 그런 뉘앙스를 머금은 응답에 스바루는 숨을 집어삼켰다.

편지는 분명히, 류즈 댁의 문에 끼워 넣었다. 편지에는 꼼꼼하게 스바루가 『성역』을 나오는 일에 관해서 남겨 두었다. 에밀리아가 그 글을 읽으면 기가 뚝 꺾일 만큼 동요할 리가 없다. 그 편지가 없었다고 그녀가 존재를 숨길 이유 또한――.

"……암만 봐도, 니도 이 어르신도 아닌 꿍꿍이가 지랄하고 있군."

"뭐?"

"지금은 치워놔. 따라 와라. 『이졸테의 선택이 정사를 규정했다』라지. 속은 뒤집히지만 니놈을 써먹을 수밖에 없어. ――묘소로 가자."

턱짓을 하며 가필이 따라오라고 걷기 시작했다. 각력 차이인지 눈을 차는 발걸음에 정체는 없었다. 그 등을 스바루는 가까스로 잔달음질로 따라잡았다.

"묘소란, 말은…… 에밀리아와 만나게 해 주는 거야?!"

"속 편한 놈이군. 만나게 해 주는 게 아니야. 니놈은 공주님 있는 데로 가서 이 눈을 내리게 하는 걸 그만두게 시키는 거라고. 니놈은 안에 들어갈 수 있잖아. 그게 니 역할이야."

"으……. 그래, 그거라도 좋아. 에밀리아와 말 나누는 걸 네가 방해하지 않겠다면."

거친 요청. 그러나 스바루는 반론하지 않았다. 순순히 받아들일 수 있다.

적의가 사라진 건 아니다. 그것은 스바루도, 가필도 마찬가지다. 하지만 이 순간의 소원이 공통된다면—— 마녀와 상대할 때처럼, 한때는 함께 걸을 수 있다.

"——가필, 넌 류즈 씨한테 어디까지 들었지?"

문득 눈에 시력을 집중하면서 스바루는 앞에 가는 등에다 그렇게 물었다. 그 말에 가필은 돌아보지 않고 "아앙?" 하고 언짢게 으르렁댔다.

"……오호라. 니놈, 휘석의 힘으로 싫어하는 할멈 입을 억지로 벌렸냐."

"듣기에 안 좋고, 기본적으로는 자주적으로 얘기해달라고 했어. ……강제력이 있었다고는 본인도 말했으니 어디까지 자주성이라고 믿어도 될지는 미심쩍지만."

"핫, 믿을 소리인지. 이 어르신은 할멈한테 아무 말도 못 들었다. 그냥 니를 『눈』 중 한 마리가 데리고 돌아온다. 그 말만 듣고 마중 나왔을 뿐이지."

"『눈』…… 그래. 피코 쪽이 류즈 씨에게 전달했단 뜻이군."

혀 차는 소리가 섞인 해답에 스바루가 수긍하고 끄덕였다. 비스듬히 뒤쪽을 보니 딱히 아무 말도 없이 따라오는 피코의 모습이 있다. 그 광경에 가필은 짜증스럽게 말했다.

"피코인지 뭔지 모르겠는데, 저것들에게 이름일랑 붙이지 말라고. 자의식이 없는 인형이다. 정 따위 솟아도 의미가 없어."

"……류즈 씨랑 판박이라고. 어떻게 그런 식으로 생각할 수 있겠냐."

"판박이라서 그런다. 할멈이 있어. 할멈 말고는 필요 없지. 저건, 가짜다."

그 난폭한 결론에는 문면과 음성에 큰 인상의 차이가 있었다. 야멸차게 여겨지는 발언. 스바루는 그게 마치 가필이 자기 자신에게 당부하는 것처럼 여겨졌기에.

"——다 왔다. 입구에도 눈깨나 쌓였다만."

발을 멈춘 가필, 그 어깨 너머로 들여다보니 눈보라의 장막에 가려진 큰 건조물의 그림자—— 묘소의 존재가 확인됐다. 희미하게 숨을 죽였다.

"안에 에밀리아가 있지. 그걸 알면서 넌 뛰어들지 않았군."

"이 어르신은…… 『성역』의 주민은 못 들어가. 그게 규정이야. 이 어르신은 이곳의 주민이다."

“결계를 풀 수 없다고는 류즈 씨에게 들었지만, 출입은 별도이지 않았어? 사정이 사정이라고, 너라면 그걸…… 욱?!”

“주절주절, 서두가 장황한 놈이구만, 이봐.”

가필이라면 규칙을 짓밟고 안에 밀고 들어갈 법하다.

그런 스바루의 말을 가필이 멱살을 잡고 막았다. 살짝 몸이 떠서 까치발이 된 스바루에게 얼굴을 들이대고 이를 과시했다.

“이 어르신은, 이곳을 지킨다. 니 역할은 뭐지? 공주님 뒷바라지지. 『가르강튀아 부활의 조짐 없다』. 왼쪽 눈만이 아니라, 오른쪽 눈도 파이고 싶냐?”

가필이 사나운 투기를 스바루에게 퍼붓다가 잡고 있던 손을 놓았다. 스바루는 가볍게 기침하고 가필을 노려보았다. 하지만 그는 그저 턱짓했다.

“가 봐.”

방법이 없다. 이 자리에서 가필과 더 주고받을 말도 없다.

등을 돌리고 스바루는 발자국 하나 없는 설원을 밟고 하얗게 묻힌 묘소의 입구로 향했다.

그런 스바루를 가필과 피코만이 등 뒤에서 나란히 배웅하고 있었다.

——한쪽은 무감정하게, 한쪽은 분노의 깊은 곳에 이해하지 못할 감정을 들끓이면서.

## 3

묘소의 차갑고 맑은 공기는 밖의 극한과 무관하게 시간이 멈춘 듯이 일정했다.

어둠 속에서 발소리가 울리는 통로를 나아가는 스바루는 그저 자기 마음에 자문했다.

——지금의 나는 정상인가, 아니면 정신이 이상해졌는가, 하고.

이미 돌이킬 수 없는 비극이 여럿 발생한 세계다.

렘을, 페트라를, 프레데리카를 잃고, 베아트리스의 죽음을 지켜보았다. 돌아온 『성역』은 이 꼴이고, 애써 평정을 유지하려는 자기 자신이 우스꽝스러울 뿐이다.

그 우스꽝스러움을 스스로 잘 아는 남자가 비정상이 아니고 뭐란 말인가. 정상일 턱이 없다.

그런데도 생각을 그만두어선 안 된다. 포기 따위는 털어버려라. 앞을, 위를, 미래를 갈구해야 한다. 그러기 위해서 소비할 수 있는 것은 자신의 생명이라도 소비하는 것이다.

그러지 않으면, 왜, 스바루는——.

"——스바루?"

어두운 곳에서 목소리가 들려 스바루는 길게 느껴진 사고의 우리에서 해방됐다. 정면에 통로의 끝이 있다. 옅고 파란 빛을 내는 석실이 보였다. 그곳에 사람 그림자가 있다.

약한 조명에 반짝이는 은발. 빨려드는 남보랏빛 눈. 그 특징에 무심코 중얼거렸다.

"——에밀리아."

"그래. 맞아, 스바루. ……나, 나야. 에밀리아."

짧은 네 글자의 소리가 이름을 이루고, 그 말에 대답이 있었던 것에 스바루는 벼락에 얻어맞은 것 같았다.

무릎이 흔들리며 무너질 뻔했다. 호들갑이라고 여길지도 모른다. 하지만 버틸 수가 없었다.

피로, 상실, 절망, 안도——. 무수한 감각이 스바루의 사지에 납을 채웠다. 스바루는 기력으로 이를 속여왔지만, 은방울 음색을 듣고서 마침내 한계를 맞이했다.

긴장의 실이 끊어지고 앞으로 쓰러졌다. 순간적으로 뻗어온 팔이 그걸 받쳐냈다.

부드럽고 따스한 감촉. 그것은 바로 눈앞이다. 접촉하는 온기에 스바루는 몸이 굳었다. ——지금, 에밀리아에게, 다정하게 안기고 있다.

"엇, 차, 미안……. 힘, 빠져버려서……."

"————."

"에밀리아?"

변명 어린 사과에 응답하는 대신 에밀리아가 스바루를 안는 팔에 힘을 꼭 주었다. 그것은 결코 강한 힘이 아니었다. 단지 왠지 의존하듯 매달리는 느낌이 들었다.

그게 스바루의 착각이 아님은, 금세 명확해졌다.

"——외로웠어."

"……뭐?"

바로 지척, 숨결이 닿을 거리에서 바라보는 미모에 스바루는 얼떨떨했다. 그런 스바루의 놀란 기분에 겹치듯 에밀리아는 애잔하게 눈꼬리를 내리고 말했다.

"외로웠다고, 스바루. ──왜냐면, 날 버리고 떠났는걸."

"그, 건…… 오해, 오해야. 버리고 가다니, 그럴 마음이 있었던 건 아니고……."

『성역』을 떠난 사실에 대한 지적에 스바루는 말을 머뭇거렸다. 본래 그건 안 해도 넘어갔을 변명이다. 편지가 에밀리아에게 갔으면. 그렇다. 편지가.

"편지……. 그래, 편지를 썼었어. 거기에 전부 써놓았는데, 그래서 사실은 네게 전부 얘기하고 간 셈으로, 나는……."

"후훗."

남겨 두었던 예방선의 행방을 더듬더듬 찾으려다가 말문을 잃었다.

이야기 도중, 이렇게 긴장감 도는 상황에서 에밀리아가 가련하게 웃었다. 웃은 것이다.

마치 평소처럼. 아무 일도 없는 저택에서 지내던 오후처럼, 스바루의 농담에 미소를 입술에 띠듯이. ──『시련』에 대한 사명감 같은 건 잊어버린 듯이.

"그렇게 열심히 변명 안 해도, 화 안 내. 스바루는 참 얼굴까지 해쓱해져서, 진짜 덜렁이라니까."

"에, 밀리아……?"

"괜찮아. 변명은 됐어. 왜냐면 스바루는 돌아와 줬는걸. 난 쭉 믿고 있었어. 스바루는 꼭 와 줄 거라고. 내가 힘내서 역할을 제대로 완수하려 하면 도와주러 올 거라고. ……항상, 항—상 그랬는걸. 그치?"

기특한 말을 입에 담은 에밀리아가 스바루의 가슴에 기대었다.

홀린 것만 같이 사랑스러운 미소와 녹아내릴 만큼 달콤한 속삭임. 열에 들뜬 요염한 숨결과 촉촉한 눈길을 받으며 스바루의 마음은 마성에 매였다.

그렇게, 목에 갈증을 느끼는 열정을 받으면서 스바루의 본능은 부르짖고 있었다.

이상하다. 뭔가가 이상하다. 재회하고 처음부터 있던 위화감이, 수정되지 않은 상태다.

이렇게나 사랑스러운 모습으로, 에밀리아가 스바루에게 응답해 주고 있는데.

"그, 그러고 보니…… 어제부터, 여기에 있다고, 들었는데."

위화감에 목을 잡힌 채로 스바루는 스스로 생각해도 최악의 연기력으로 화제를 변경했다. 이대로 있으면 달콤한 음성에 빠져 죽는다. 지푸라기든 뭐든, 익사하기 전에 잡아야만 했다.

"이곳에 있다는 말은, 『시련』이지? 하지만 넌 지금……."

말로 꺼내면서 스바루는 위화감 일부에 손가락을 대었다.

이곳은 묘소, 『시련』의 방이다. 에밀리아가 이곳을 찾으면 반드시 『시련』이 시작된다. 그 『시련』은 그녀를 과거로 불러들여 종국까지 의식을 놔주지 않는다.

그런데도 에밀리아가 깨어나서 이곳에 있다면, 그녀의 『시련』은——.

"……에밀리아?"

묻던 도중, 스바루는 생각 못한 감촉에 뺨이 뻣뻣해졌다. 그것은 흑발에 손가락을 집어넣어 다정하게 머리를 쓰다듬는 감촉이었다.

에밀리아가, 스바루의 머리를 쓰다듬고 있다. 그녀는 뺨을 발그레 물들이며 생긋 미소 짓고 말했다.

"스바루는, 가끔 내 머리카락을 만지고 싶어 했지? 그러니까, 가끔은 되갚아 줄래."

"————."

"사실은 있지. 엄—청 무서웠어. 스바루는 사실, 나한테 정나미 떨어진 게 아닐까 하고. 이젠, 미워졌을지도 모른다고. 그래서, 무서워서, 여기에 왔는데, 그런데 역시 안 됐거든……. 그러니까 스바루가 와 줘서, 진짜 진짜로 기쁘더라."

물음에 대한 대답이 아니다. 하지만 에밀리아는 진지하게 스바루를 응시하고 있다. 그 눈에는 스바루밖에, 스바루만이, 스바루 말고는 비치지 않는다.

그렇기에——.

"쭉, 같이 있어 주라? 네가 있어 주면, 난 달리 아무것도 필요 없으니까——."

——맹목적인 에밀리아의 사랑을 두려워할 날이 올 줄은, 상

상해 본 적도 없었다.

“처음은 있지, 진짜로 엄—청 무서웠어. 엄—청 괴로웠어. 왜냐면 내가 도통 못해서, 그래서 스바루가 진저리를 낸 게 아닐까 했거든.”

“하지만 금방 마음을 고쳐먹었어. 이런 거론 안 된다고. 무서워하든 떨든, 누가 어떻게 해 줄 거라며 응석을 부리면 안 된다고. ……그것도 엄—청 바보 같지. 왜냐면 늘 스바루가 어떻게 해 주고 있는데, 그걸 겨우 깨닫고, 그런데도.”

“몇 번씩 몇 번씩, 여태까지 들은 스바루의 말을 떠올렸어. 처음 만났을 때부터, 스바루가 내게 항상 해 준 말. 스바루가 내게 용기 주거나, 격려하거나, 지탱해 주려고 하거나…… 좋아한다고, 해 준 말, 기억해내서…….”

“난 스바루한테 엄—청 큰 것을 늘 받고 있었어. 그걸 겨우 깨달았는데, 그런데, 스바루가 없어서, 불안해서, 찌부러질 것만 같았거든…….”

“그래서 지금도 와준 스바루를 보고, 마음이 꼭 조여서…… 뜨거워서, 그래서 참을 수 없어서, 꿈일지도 모른다고 생각했는데, 하지만 아니더라……. 미안해. 무슨 말을 하고 싶은지 모르겠지? 응, 저, 저기, 으응…… 응, 제대로, 말하고 싶으니까.”

“지금까지 미안해, 스바루. 내가 계속 심하게 굴었지? 이렇게, 누군가를 쭉 생각하는 건, 엄청 힘든데…… 내가 이기적이었어. 스바루를, 알고 싶었는데, 전혀 몰랐어.”

“하지만 지금은 달라. 스바루 생각을, 쭉 하는 중이야. 계속 마음에 그리고 있어. 지금은 스바루가 나한테 말해 준 것처럼, 나도, 스바루를…… 으응, 미안해. 이런 건, 엄—청 비겁하지. 똑바로, 똑바로 말해야 돼.”

“똑바로…… 응, 똑바로, 전할게.”

“있지, 스바루. 나는, 네가, 좋아. 너를, 정말 좋아해. 너를 생각하고, 네 생각만 하고, 언제나 함께 있고 싶다고, 그렇게 생각해.”

“스바루도 날 그렇게 생각해 줬으면…… 참 기쁘겠다고, 생각할까…….”

“에헤헤. 응, 응……. 좋아해. 스바루…… 정말 좋아해.”

4

"——니놈은 도대체, 뭘 생각하고 자빠졌어? 아앙?"

묘소 입구, 그곳에 선 스바루를 맞이하는 가필의 목소리에 분노가 끓었다.

눈의 맹위, 그것은 사그라지지 않았다. 불어 닥치는 바람은 기세를 더하며 가차 없이 쌓이는 눈에 『성역』은 원래 풍경을 상실해 가고 있었다. 이 광경에 가필이 분노하는 것은 주민으로서 당연한 일이다. 그리고 스바루에게 분노하는 것도 무리가 아닌 판국.

——이 눈의 원흉인 소녀를 안에 남기고 스바루가 홀로 밖에 나왔으므로.

"홀로, 홀로…… 혼자시라? 공주님…… 반마는 어쨌어! 눈은! 어쨌냐고!"

"에밀리아는 안 나와. 지금은 안에서 자고 있으니까."

"자고, 있으시다? 뭘 느긋한 소리를……."

"기진맥진하더라. 어젯밤부터 몇 번이고 몇 번이고 『시련』을 반복했던 것 같아서. 몸도 마음도…… 특히 마음의 소모가 극심해. 지금은 가만히 놔두고 싶어."

강경하게, 그것이 사태를 타개할 최선의 수단이라고 믿으며 에밀리아는 연거푸 『시련』에 도전했다. 그런데도 여전히 넘어서지 못하고 도전한 수만큼 꺾이는 것을 거듭한 그 심정은 상상하기 어렵지 않다.

왜냐하면 그것은 스바루 또한 『죽음』의 수만큼 맛본 무력감과 같은 것이기 때문이다.

——석실 안쪽에서 스바루의 웃옷을 두른 에밀리아는 편안히 잠자고 있다.

맹목적인 사랑을 속삭이며 매달리듯이 안겨드는 뜨거운 몸의 감촉은 기억에 선하다. 그것은 스바루에게 온몸의 혈액이 끓게 할 정도의 애정과, 죽고 싶어질 정도의 회한을 초래하고 있었다.

뺨을 붉게 물들인 에밀리아가 열기를 띠고 떨리는 목소리로 스바루에게 사랑을 속삭이는 기억이 몇 번이고 되살아난다.

그대로 부드러운 타락에 빠져서 에밀리아와 함께 잠기면 어떠냐고 스바루가 얼마나 번민했는지, 아무도 알 수 없으리라.

책망받을 이유는 없다. 이곳은 이미 끝날 세계. 사라져 없어질 포말의 무대. 그 폐막에 안락을 선택해서, 대관절 누가 스바루를 책망할 수 있단 말인가.

"반마는 방치, 눈은 안 그쳐. 들고 온 거 하나 없이 짜증스러운 낯짝 내놓고, 그러고서 니놈은 이 어르신의 납득을 얻어낼 수 있는 줄 안 거냐, 야. 야, 자식아, 뭔 지랄이야, 엉."

가필은 분노가 이끄는 대로 이를 딱 부딪치고 성큼성큼 묘소로 올라갔다. 입구에 서 있는 스바루의 정면에 서고, 비취 빛깔을 띤 눈에서 동공이 위험하게 가늘어졌다.

"그래서, 니놈은, 어떤 변명을, 이 어르신에게, 들려줄, 거지? 아앙?"

"——에밀리아가 말이야. 나를 좋아한다고, 하더라."

"——————."

분노를 강조한 가필의 주장에 스바루의 반론은 너무나도 생뚱맞았다. 그것이 지나치게 예상 밖이라 가필은 벙 찐 얼굴로 눈이 휘둥그레졌다.

그러나 금세 자신이 바보 취급당한 거라고 분노에 불이 붙이 이를 드러냈다.

"안에 있는 반마만이 아니라, 니놈도 이 어르신의 신경을 긁는 게 아주 좋나 보군! 참 용케도, 이 상황에서 별 개 같은 염장질 얘기가 다 나오잖아! 아앙?!"

부풀어 오른 노기가 열을 띠고 가필과 닿은 눈이 증발했다. 들썩이는 소리와 함께 이가 자라나기 시작하고, 그 몸은 수화의 조짐에 한층 더 커지고 있었다.

수화의 전조——. 그 모습을 목도하면서도 스바루의 표정은 흔들리지 않았다.

그저 화내는 가필을, 오른쪽 눈만으로 응시하며 말을 이었다.

"에밀리아가, 날 좋아한다고, 나만 있어 주면 된다고, 그래 주더라."

"이 새끼……."

"귀여운 얼굴로, 응석 부리는 목소리로, 녹아내릴 만큼 곁에서…… 말해, 주더라고."

"그러면 어쨌단 건데! 그 반마가 니놈에게 찰싹 붙어 다니는 것쯤, 한눈에 보면 뻔히 다 알잖아! 그게 이제 와서 뭐라고! 이 어르신의 이빨에 으스러지고——."

"——에밀리아가 나를, 좋아한다고 말할 리 있겠냐고!"

"읏——?!"

울부짖는 가필에게 얼굴을 마주 들이대며 스바루가 부르짖고 있었다.

그 감정의 폭발에 분노로 제 정신을 잃어가던 가필마저도 입을 다물었다. 그 기가 죽은 가필을 쏘아보며 얼굴을 엉망진창으로 찌그러뜨린 스바루는 절규했다.

묘소에서 주고받은 말을, 맛닿은 열기를, 확인한 애정을 내팽개쳤다.

아깝다. 아깝지 않을 리가 없다. 들은 말을, 열기를, 애정을 아까워하지 않을 수 없다. 그렇지만 가짜 보석에 속는 연기가 가능할 만큼 스바루는 요령이 좋지 못하다.

——어리석은 인간이면 된다고 포기할 수 있을 만큼 요령이 있다면, 이 가슴은 아프지 않고 끝났다.

"말해 줄까 보냐. 에밀리아가 날 좋아한다고…… 내게 응석을 부리고, 내게 전부 맡기고, 나만 있으면 더는 아무것도 필요 없다는 말을…… 절대로."

"뭐, 뭔 소리 지껄이는 거야, 이봐."

"내가, 전부라고 단언하는 일은…… 절대로, 없어. 팩이, 그 녀석이 곁에 있어 주면 그런 식으로 내게 바싹 매달릴 일은 절대로 없단 말이야……!"

에밀리아의 첫 번째가 될 수 있기를 얼마나 바랐는지 모른다.

그렇지만 현재 자신이 에밀리아의 첫 번째가 될 수 있다는 자만심은 없다. 그녀의 첫 번째는, 신뢰를 맡길 수 있는 가장 큰 장소는, 그건 지금도 새끼고양이 정령, 유일한 가족인 것이다.

그 팩이 없으니까 대리로 승격한 스바루에게 의존하는 것에 불과하다.

그 사랑의 고백이, 뜨거운 손끝이, 떨리는 숨결이, 모조리 거짓말이라고 생각하고 싶지는 않다.

——하지만, 진짜가 아니다. 진짜가 아니라면, 받을 수 없다.

"누군가가, 저 아이를…… 저렇게 될 때까지 몰아붙였어. 나 따위에게 기대야만 할 만큼, 저 아이의 마음을 몰아넣어서, 이런 상황이 될 때까지."

"지가 하겠다고, 결심한 일이잖아……! 그 실패의 화풀이로, 이곳을 이렇게 눈밭으로 만들었단 소리냐?! 이 어르신이나, 노인네들 탓이라고?!"

스바루의 말을 물어뜯듯이 가필이 눈을 쳐내고 그 멱살을 잡았다. 힘으로 배후의 벽에 밀어붙인 스바루의 목에서 신음이 새어나왔다.

"애먼 화풀이의 원인 따위 알 바냐! 반마를 내놔! 그러지 못하겠다면……."

"에밀리아를 데리고 나와서, 눈을 그치게 한다……? 그건 무리야. 왜냐면……."

"왜냐면, 뭔데?!"

"——이 눈을 내리게 하는 건 에밀리아가 아니라, 다른 놈이기 때문이다."

확신 같은 스바루의 단언에 멱살을 잡은 가필의 힘이 느슨해졌다.

아연한 얼굴의 가필을 곧게 응시하며 스바루는 말을 이었다.

"상황이, 뒤죽박죽이야. 눈과, 에밀리아……. 저 아이가 묘소에 틀어박힌 것과, 눈이 내리기 시작한 것의 시간 순서가 이상해. 눈이, 에밀리아가 내리게 한 거라면 이유는?"

"그건…… 이 어르신이나, 노인네한테, 화풀이로……."

"에밀리아가 왜 너희에게 화풀이하지? 이상하잖아. 지금, 네가 에밀리아에게 반감을 품고 있는 건 눈이 내린 다음이야. 눈하고 몰아세우는 행동이랑, 타이밍이 안 맞아."

처음부터 이 상황은 왜곡됐던 것이다. 누군가가 조작했다고밖에 여겨지지 않는다.

에밀리아가 묘소에 틀어박히도록 유도하고, 스바루의 편지를 은닉하고, 가필의 분노가 그녀에게 쏠리도록 만들고, 이 『성역』의 상황을 컨트롤한 『누군가』가.

그 『누군가』가 있다면―― 짚이는 구석은, 하나다.

"눈을…… 날씨를 조종할 수 있는 마법, 쓸 수 있는 놈 중 짚이는 구석은 여기선 둘뿐이지. 하지만 에밀리아는 못해. 팩이 없는 저 아이는 이 정도까지 못해."

"그건, 분명한 얘기냐."

"……내 희망적 추측이지. 내가 믿고 싶을 뿐이다. 에밀리아는 설령 자포자기해도 이런 짓을 할 수 있는 애가 아니라고. 내가, 그렇게 믿고 싶을 뿐인."

"믿고 싶을, 뿐……."

거듭된 스바루의 호소에 가필은 눈을 감고, 잠시 생각에 잠겼다. 하지만 그의 결론은 금세 나왔다. 멱살을 잡은 손을 놓고 가필은 스바루를 해방했다.

땅에 발을 닿자 스바루는 가볍게 목을 매만지고 가필에게 끄덕였다.

"──로즈월은?"

"그 자식은 할멈네 집에 있다. 람이 마중 갔을 텐데…… 이 와중엔 기대 못하겠군."

같은 조건으로 짚이는 구석을 찾으면, 흑막에 해당하는 이름은 단 하나뿐. 그것을 순순히 받아들인 건, 가필 안에도 의심이 싹트고 있었기 때문일까.

"람은……."

"닥쳐. 설사 반한 여자가 상대라도 내가 할 일은 변함없어."

로즈월이 흑막이라면 그 충신인 람의 관여도 의심스럽다. 그것을 염려한 스바루의 말을 가로막고 가필은 낮게 으르렁대듯이 내뱉었다.

그 각오가 스바루에겐 차라리 부럽다. 반한 여자가 적이 될 가능성에 꺾이지 않는 그 자세는 스바루가 원하는 무쇠의 마음 그 자체로 여겨졌다.

그리고 로즈월은 어쨌든 람의 입장은 아직 모른다고 스바루는 짚고 있었다.

그건 여태까지 나눈 람과의 관계나, 이 『성역』에서 반복해 온 세계에서 보여 준 그녀의 행동이 이야기하는 희망에 가까운 추측이긴 했지만——.

"——그 답을 듣는 게, 이 세계에서 달성해야 할 내 마지막 목적이다."

벼르는 가필에게 들리지 않게끔 스바루는 그렇게 입안에서 중얼거렸다.

## 5

"이건 또 참, 재미있는 타이밍에 진귀한 일행끼리 얼굴을 다 보였군그으—래."

예상 밖의 방문객에 로즈월은 즐겁게 웃으며 그렇게 말했다.

중상 입은 몸에 붕대를 감고 할당된 방의 침대에 누워서, 그 얼굴에는 평소처럼 광대 화장을 한 남자—— 흑막으로 지목한 그를 앞에 두고 스바루와 가필은 나란히 섰다.

둘의 표정은 제법 험악해서 실내에 팽팽한 긴박감이 돌고 있는 걸 알 수 있다. 그럼에도 불구하고 로즈월은 태연히, 오히려 기다리고 있던 것처럼 두 팔을 펼쳤다.

"이런 폭설이지. 중상자를 옮기고자 남자 일손이 두 명 와 줬다……고 치기엔, 인선이 다소 의문의 여지가 있군. 그 왼쪽 눈, 너도 훌륭한 중상자아—가 아닌가?"

"도발은 때려치워, 로즈월. 나도 이놈도, 네가 그런 놈이란 건 잘 알지만…… 그걸 용서할 수 있을지는 상황에 따라 바뀐다.

지금처럼 말이지."

"너희가 같이 있는 걸 보니, 실로 설득력 있는 말이구운—."

그렇게 말하고 로즈월이 스바루 옆에 있는 가필에게 도발적인 시선을 보냈다. 방 입구를 막듯이 선 그는 언짢게 콧잔등에 주름을 잡았다.

"방금 말했다. 상황이 변했단 말이지. 누가 이 어르신의 적이고, 누가 이 어르신의 적이 아닌지, 그걸 확인하지 않고선 누구를 다진 고기로 만들어야 할지 모를 노릇이야."

"야만스럽기도 해라……. 결국 가프는 가프구나."

낮게 으르렁댄 가필의 말에 한숨지은 사람은 방 한구석에 서 있는 람이었다. 묘소에서 나눈 견해대로 역시 그녀는 이 눈보라 속에서도 로즈월 옆에 시립해 있었다.

그리고 이곳에 있는 이상, 람이 로즈월의 의도를 공유—— 전부 다일지는 모르겠지만, 일부를 공유하고 있음은 틀림없다. 문제는, 그 의도의 진의다.

도대체 로즈월의 목적은 뭐고, 람은 왜 협력하고 있는가.

"지금만은 끼어들지 마라, 람. 이 어르신은 너한테 발톱을 겨누기 싫어."

"로즈월 님께 무례를 저지르겠다면, 그 앞에 반드시 람이 서. 가프가 하기 나름이지."

"진정하지, 둘 다. 가필은 물론, 람, 너도. 지금은 그의 말대로 침묵하려무나. ——지금 말은, 그때까지 거두어두도록."

"그러시대. 로즈월 님의 자비에 감사하렴."

거만하게 콧소리를 내며 람은 한 발짝 물러나 시종의 임무에 전념할 자세다. 그 행동에 가필은 "쳇." 하고 혀를 차며 말했다.

"람은 어쨌든, 이 어르신이 진정하란 니 말에 따를 이유는 없다고. 말버릇 조심해라. 그에 따라선 이 어르신의 발톱이 겨눌 건 니들 중 한쪽이다."

"당연한 듯이 날 후보에 넣지 마. 아직도 의심하는 거냐?"

"너는 니대로 의심스러운 여지가 산더미처럼 있잖냐고. 마녀 냄새 나는 미친 놈이."

같은 상대에게 의심이야 품고 있지만, 그 사실과 동료 의식은 다른 문제다. 스바루도 전면적으로 가필을 신용한 것은 아니다. 서로 발톱은 겨누고 있다.

그런 둘의 대화에 한쪽 눈을 감고 노란색 눈에 세계를 비춘 로즈월은 말했다.

"자고만 있던 나는 어쨌든 스바루를 너무 만만히 보지 말지그래, 가필. 너희가 부딪쳐서, 꼭 네게만 승산이 있다고는 단정할 수 없지이— 않겠어."

"한쪽 눈 날아갔다. 이기겠냐고. 웬 옹이구멍이야. 내 전력 들으면 기겁할걸."

"그런가? 조건을 갖추면 그렇게까지 이길 가망이 없다고는 생각지 않는데 말이지이—."

눈이 가늘어진 로즈월. 그 옹이구멍에는 찬동하기 어렵다. 이 세계에 소환된 이래, 스바루가 단독으로 거둔 전과는 띵똥땡에게 기습으로 이긴 정도다.

물론 뒷골목의 건달 세 명과 가필은 비교할수록 무익한 이야기다.

"크——! 작작해! 그따위 얘기나 하고 싶어서 온 게 아니야! 니놈들 졸리냐! 밖에선 할멈들이 떨면서 기다리고 있다고!"

시답잖은 대화에 기다리다 지쳐 가필이 발꿈치로 마루 널빤지를 밟아 뚫었다. 충격과 나뭇조각이 실내에 퍼진다. 가필의 고함에 스바루는 눈을 감았다.

가필의 초조함은 지당하다. 스바루 역시 묘소에 에밀리아를 남기고 왔다. 느긋하게 있을 여유가 없는 건 이 자리의 누구나 마찬가지일 터다.

따라서 스바루는 심호흡하고 오른쪽 눈을 떴다. 그 시야에 로즈월을 포착하고——.

"이 『성역』에, 눈을 내리고 있는 건 너지? 로즈월."

——본론으로, 똑바로 치고 들어갔다.

"————."

스바루의 물음에 로즈월은 침묵했다. 다만 그 입매에서 웃음이 사라졌다.

직전까지 달고 있던 광대의 가면, 그 안에 있던 진짜 표정 중 일부가 보였다. 그것은 이 본론이, 그로서도 실전이란 가장 큰 증거다.

잠시 정적이 내려앉고 실내에 눈보라가 창문을 때리는 소리만이 울렸다. 숨소리도 들리지 않는 정적이, 마치 영원처럼 흐르다가—— 난데없이 끝났다.

"스바루."

부르는 목소리와 눈길이 스바루에게 날아왔다. 그 뒷말을 스바루는 잠자코 기다렸다.

스바루의 그 자세에 로즈월은 한 박자 띄우고 말했다.

"——그건, 내게서 들은 것인가?"

그것은, 의미를 알 수 없는 질문이었다.

스바루는 로즈월의 반응을 몇 가지 예측하고 있었다. 변명, 동요, 얼버무리기, 폭력——. 그러나 결과는 어느 예상과도 달랐다.

의미를 알 수 없는 질문. 당연하지만 요구받는 대답도 상상이 가지 않는다.

"흐, 음……. 그래. 그런가. 그으—래. ……안타깝군."

의심이 휘몰아치는 스바루의 검은 눈에 로즈월은 말 이상의 대답을 얻은 얼굴로 끄덕였다. 그것이 그에게 바란 해답이 아니었음은 침울한 얼굴과 목소리로 금세 알 수 있다.

그 모습에 곤혹을 느꼈다. 창백한 얼굴의, 중상자—— 말과 빼다 박은 입장, 보통 사람의 영역에 로즈월이라는 남자가 떨어진 것처럼 느꼈기 때문이다. 그러나——.

"——부정, 안 하냐? 어이."

그런 로즈월의 변화에 성난 가필은 관심을 갖지 않았다. 그에게 중요한 것은 로즈월의 심정이 아니라 『성역』을 덮친 맹위의 범인이다.

그 규탄에 로즈월은 피로에 절은 탄식을 흘리고 말했다.

"여기서 시치미를 뗄 수도 있지만, 그런다고 고분고분 수긍할 너희가 아니잖아? 그만한 근거를 들고 여기에 온 거지. 나도 그에 경의를 보여어—야지 않겠어."

"경의! 경의라! 핫, 참 고맙기도 하다. 『밀키스에 퇴로 없다』! 그 미련함에 이 어르신도 경의를 보여 주마, 아앙?!"

용의를 인정한 로즈월에게 날카롭게 숨을 내뱉은 가필이 파고들었다. 좁은 실내, 입구에서 침대까지는 몇 발짝 거리다. 그것은 불과 1초 만에 쉽사리 좁혀졌다. 그대로 기세 붙여 가필은 태연한 로즈월의 목에 달려들었다.

분노에 맡긴 완력에 힘 조절이 되겠는가. 그걸 두려워해 스바루는 소리를 지르려고 했다.

하지만 스바루보다 빨리 그림자가 가필 앞으로 돌아갔다.

"——로즈월 님께 무례한 짓은 용서하지 못한다고 했을 텐데, 가프."

뻗은 팔의 정면에, 람이 작은 가슴을 펴고 몸으로 길을 막았다. 정인의 방해에 가필의 눈에 한순간 분노와 망설임, 일종의 결의가 스쳤다.

그 결의의 정체가 상대가 람일지라도 배제할 의사라고 알아채고 스바루는 안색을 바꾸었다. 실제로 그는 한 번, 이전의 루프에서 람의 생명을 앗은 적이——.

"람. 너는 정말로, 듬직한 시종이야."

——따라서 그 한마디에 스바루의 반응은 완전히 뒤늦었다.

가필의 흉행을 경계해 람의 몸을 걱정한 스바루는 곤혹감에 눈썹을 모았다. 지금 한마디에 묘한 점은 없다. 선언대로 주인을 지키려고 한 람을 로즈월이 치하했다.

문제는 그 부분이 아니다. 어느 새 침대에 누워 있었을 로즈월이 일어나 있는 점도 아니다. 람과 가필이 눈싸움을 벌이고 있는 점도 아니다.

단지 기묘한 것이, 눈에 들어온 느낌이다. 그 위화감이 작동하지 않아 스바루는 곤혹감에 짜증을 겹치며 애써 답을 모색했다.

그리고 겨우겨우, 그 위화감이 구체화됐다.

"————."

그것은, 무엇일까. 가필의 등에 사람의 팔이 삐져나와 있다.

가슴 중심부터 등을 뚫고 굼실대는 다섯 손가락을 갖춘 그것은 인간의 오른팔로 보였다.

"커, 헉……."

멈춰 있던 시간이 움직이듯이 가필의 몸이 크게 떨었다.

가필이 웃옷 등이 스멀스멀 붉게 물들고, 무릎부터 그 자리에 허물어졌다. 무릎을 꿇은 가필, 그 등에서 팔이 사라졌다. 그 즉시 마개를 잃은 상처에서 피가 터져 나왔다.

"——어?"

무릎 꿇은 가필과, 그것을 내려다보는 람과 로즈월.

그리고 피웅덩이에 엎어진 가필을 보는 람의 가슴에는.

"로즈……."

"약속은 어기지 않아. 나는, 네게 이 영혼을 바치마."

힘없이, 이름을 부르려던 람을 가로막고 로즈월은 지독하게 자상한 목소리로 고했다.

뒤에서 소중하게 람의 가는 몸을 껴안고 왼손이 그 분홍빛 머리카락을 부드럽게 어루만졌다. 그 접촉에 볼을 붉게 물들이며 람은 도취된 표정으로 미소를 띠었다.

——그 미소 짓는 입술 끝에서 뒤늦게 선혈이 흘러 떨어졌다.

당연하다. 가슴을, 등 뒤에서 꿰뚫렸으니까.

"————."

그 광경에, 최근 본 광경이 스친다. 꿰뚫린 베아트리스와, 람이 겹친다.

팔이 뽑혔다. 람의 몸이 지지대를 잃고서 앞으로 쓰러진다. 그것을 받아낸 사람은 본인도 어마어마하게 피를 흘리는 가필이었다. 둘은 피범벅이 되어 얼싸안았다.

"꺼어…… 로즈…… 라, 암…… 람, 람, 람, 람람람람라암……!"

순간, 증오에 지배될 뻔한 마음은, 정인의 상처 앞에서 산산조각 났다.

품속의 소녀를 부르며 핏빛 포효를 터트리는 가필의 팔이 푸르스름한 빛을 발했다. 선명한 인광을 두른 그 힘이 치유 마법이라고 스바루는 간파했다.

하지만 그 사실과 품고 있던 인상의 오차, 무엇보다 정신없는 상황에 사고는 흐트러졌다.

마법, 하물며 치유 마법 같은 것과는 인연이 없어 보이는 인상을 주는 가필이 순식간에 그것을 사용할 수 있을 만큼 치유술에

숙달되어 있었던 것도.

자기 자신도 치명상을 입으면서, 그것을 뒷전으로 람의 치유에 전력을 쏟는 것도.

그 모든 것이 스바루에게는 예상 밖이고, 상상의 범주 밖이라서, 움직이지 못하는 데에 충분한 이유였다.

"꺼, 어어, 어어어억……!"

치유술을 행사하고 으르렁대는 가필의 육체가 터지며 맥동하듯이 커지기 시작했다.

노출된 피부를 금빛 털이 뒤덮고 날카로운 이빨이 들썩대며 자라나기 시작했다. 상처를 입어 죽음이 임박한 것을 알아차린 육체가 본능적으로 죽음을 회피하기 위해서 수화를 촉진했다.

대호로 변모하면 자신의 생명은 부지할지도 모른다. 그러나 그리되면 치유술은 중단된다. 람은 죽는다. 그것을 거절하는 이성이, 생존본능과 거세게 불똥을 튀기고 있었다.

수화하기 전에 상처가 다 아물면, 두 사람 다 살아남을 가능성도――.

"――네가 수화하면 성가셔서 말이야."

한 걸음 내디딘 로즈월의 오른발이 휘고, 번뜩였다.

호리호리한 다리는 혹할 만큼 매끄럽게 바람을 두르고 가필의 옆머리를 직격――. 달걀이 무겁게 깨지는 소리가 울리고, 농담처럼 머리가 터지며 금발이 피로 물들었다.

"――윌."

머리가 절반 뭉개지고, 남은 한쪽 눈으로 로즈월을 노려보며 가필이 옆으로 쓰러졌다. 얄궂게도 람과 포개지듯이, 두 사람은 바닥 위에 힘없이 나뒹굴었다.

죽은 가필, 그에게 안긴 람도 희미하게 웃음을 띤 채로 꿈쩍도 하지 않는다.

그 얼굴에 치유 마법의 효과는 없다. 발동하지 않았다. 로즈월이 팔을 뽑은 시점에서 심장이 파괴당한 람의 생명은 진즉에 사라진 것이다.

가필은 그것도 모르고 구하고자 발버둥을 쳤을 뿐이고.

"아무리 나라도 가필이 눈치채지 못하게 마력을 가다듬는 건 지극히 어려운 기술이지. 그래서 마법사로서는 살짝 삿된 수단에 의존했다."

피로 더러워진 손발을 시트로 닦고 두 사람을 죽인 로즈월이 스바루를 돌아보았다.

그 동안, 스바루는 한 발짝도 움직이지 않고, 말도 못 꺼낸 채로 우두커니 서 있었다.

그런 스바루에게 눈웃음 지으며 로즈월은 아무 일 없는 기색으로 어깨를 으쓱이고, 말했다.

"그럼── 서약한 대로, 이야기를 해 볼까? 나츠키 스바루."

## 6

이해할 수 없는 광경에, 스바루는 멍하니 서 있었다.

피웅덩이에 잠긴 람과 머리가 찌부러져 절명한 가필. 포개지며 쓰러진 두 사람의 시체 옆에서 두 사람을 죽인 로즈월이 유유히 바라보고 있다.

무시무시한 체술을 목격하고 스바루는 소리도 내지 못했다. 크게 놀란 그 모습을 깨닫고 로즈월은 노란 눈만으로 스바루를 응시하고 말했다.

"마법사는 육탄전을 못한다는 선입관의 함정이이—지. 마녀조차 빠지기 마련이거든. 너도 앞으로 참고하도록."

무슨 조언이라도 할 셈인지 손가락을 세운 로즈월의 강의에 스바루는 소름이 끼쳤다.

경악은 확실히 있었다. 로즈월의 격투술에 눈을 빼앗긴 것은 사실이다. 하지만 그 사실에 대한 놀람과 둘의 죽음에 대한 놀람과는 메우기 어려운 차이가 있다.

그런데도 그것을 신경도 안 쓰며 미소 짓는 로즈월을, 이해할 수 없다.

"어, 째서……."

"응? 뭐지?"

"어째서, 두 사람을…… 람을, 죽이고…… 어? 가필도……."

"너와 대화하는 데 가필은 방해됐거든. 람에게는 미안한 짓을 했지만…… 이 친구를 배제하는데 람의 협력은 불가결했지. 빈틈을 만들지 않으면 아무래도 승산이 희박해서 말이야."

"——하."

아무것도 아닌 것처럼 어깨를 으쓱이며 싱겁게 살해 동기를 밝힌다. 그 엉뚱한 내용에 스바루의 감정은 분노를 넘어서서 무심코 숨이 새어 나왔다.

어처구니없는 상황, 어처구니없는 대답, 어처구니없는 운명, 어처구니없는 논조, 대체 뭐냔 말인가, 이건.

"뜻밖의 반응이군. 내가 아는 너는, 이런 장면에 맞닥뜨리면 앞뒤 안 보고 격분하며 덤벼드는 것쯤은 하는 애였어. ――아니던가? 나츠키 스바루."

"무슨 말을, 하고 싶은 거야, 망할 정신병자 자식……. 난 널 절대로……!"

"용서 못한다? 그런 위선은 필요 없어. 더 정직하게, 자신의 마음을 직시해야지. 나는 네게 그걸 원해. 줄곧, 줄곧 말이야."

"윽――! 그, 그 눈을 치워! 대체 뭐야! 넌, 대체 뭐냐고?!"

말하는 중에 로즈월은 줄곧 왼쪽 눈만으로 스바루를 바라보고 있었다. 노란 눈만으로 주시하는 시선에는 마음 깊은 곳을 쥐어뜯기는 듯한 불쾌감이 있다. 그래서 언성을 높였다.

"두 사람을 죽이고! 그것만이 아니야! 이번만의 얘기가 아니라고! 전에도, 그래, 전에도 말했었어. 마녀교 일도! 너는 몇 번이나, 내 말을 얼버무리고――."

"――몇 번이나. 그래, 몇 번이나 그렇지. 스바루."

오싹하고, 스바루는 젖은 손끝이 등줄기를 어루만지는 오한을 느꼈다.

휘몰아치는 격정에 맡겨 여태까지 쌓인 응어리를 마구잡이로 토할 뻔한 스바루. 그런 스바루에게 로즈월이 보낸 것은 정녕 상황에 안 맞는 표정이었다.

웃음이다. 얇은 입술을 옆으로 찢으며 로즈월은 악마 같은 미소를, 환희에 찬 표정을 스바루에게 보내고 있었다.

비아냥이고 뭐고 아니라, 그는 스바루의 태도에 기쁨을 느끼고 있다. 그 이해 불가능한 감정의 흐름에 그저 혐오감이 있었다. 절대로 이해를 나눌 수 없는, 공포가 있었다.

로즈월은 떨리는 스바루의 검은 눈을 들여다보고 보듬어주듯이 끄덕였다.

"알겠어. 이해하지 못하는 네게, 이해한 셈 치는 내가 맘대로 가르쳐 주지. 네가, 둘의 죽음을 앞두고, 둘을 죽인 나를 앞두고, 감정대로 행동하지 않는 이유를."

"――――."

"간단하지. 넌 말이야――. 두 사람의 죽음을 슬퍼하지 않는 거야. 놀라움은 있지. 치솟는 분노도 있고. 그런데 슬픔은 없어. 그래서 너는 분노에 떠밀려 내게 덤벼들질 않는 거야."

――정말로, 이해한 셈 치고 맘대로 떠드는 소리였다.

『네가 뭘 알아!』『저들의 죽음이 슬프지 않을까 보냐!』『죽여주마!!』

가슴속에, 스바루가 외쳐야 할 말의 후보가 잇따라 떠오른다. 그야말로 무수히.

실제로 그 폭력적인 감정은 스바루 안에서 겹겹이 휘몰아치며 눈앞에서 아는 척하는 광대를 규탄해야 한다고 호소했다.

분노가, 한탄이, 슬픔이, 놀람이, 감정은 당장에라도 그것을 폭발시켜서――.

"——돌이킬 수 있다고, 너는 생각하고 있기 때애—문이 아닌가?"

"흡——?!"

피까지 얼어붙을 듯한 충격에 심장이 잡혀서, 스바루는 몸을 굳혔다.

비유가 아니라 정말로 심장을 잡혔다고 착각했다. 그만한 충격에 얻어맞은 것이다.

로즈월의 의도가 어쨌든, 그 발언은 『사망귀환』의 언급과 너무나 가깝다. 마녀의 재정은 엄격하고 매섭다. 당장에라도 세계가 정지하고 검은 손바닥이 벌을 내리려 나타난다. 어쩌면 팔로는 그치지 않고 『성역』을 집어삼키는 그림자의 마녀로서 재림을——.

"……안, 와?"

"그 경계는……. 오호라. 그게 너와 그것의 계약이란 거군. 그렇다면 여태까지 네 부자연스러운 언행도 이해할 수 있지. 퍽이나, 심술궂어."

"이해한다고……. 너는, 아니, 그 이전에!"

턱에 손을 짚은 로즈월의 수긍에 스바루는 얼굴이 창백해졌다. 로즈월의 지금 발언은 틀림없이 스바루의 핵심을, 금기를 건드리고 있기에——.

"너는…… 나의, 내가 어떻게 됐는지, 눈치채고……?!"

"그걸 위한 설명에는 아마도 이걸 보여 주는 게 가장 쉽겠지."

"잠깐! 또 그런 식으로 얼버무릴 속셈이면……."

돌아서서 침대로 가려는 로즈월에게 스바루는 다가붙었다. 하지만 그 발끝이 피웅덩이에—— 람과 가필의 주검에 닿을 뻔해서 주저했다.

그 사이에 로즈월은 침대에 도달. 손을 베개로 뻗어서 그 밑을 뒤지고——.

"……그…건, 설마?"

"복음서가 아니야. 안심해도 돼. 이건 열화품이 아니라 단 두 권뿐인 완성품이다."

손에 든 그것을 쳐들고 전하는 로즈월의 말에는 들은 기억이 있었다. 전에도 그 물건이 화제에 올랐을 때, 그는 그것을 완성품이라고 설명했다. 단 두 권밖에 현존하지 않는다고 말한 책. 한 권은 베아트리스에게 있고, 다른 한 권은——.

"네가 가지고 있었냐……!"

"아무래도 책 내용을 설명할 필요는 없나 본데. 다른 한 명의 소유자에 대한 설명도, 마찬가지로 필요 없다고 봤어. 그렇다면 네 의문에 대한 해답도 필요 없는 게 아닐까?"

"————."

검은 표지의 책에 눈길을 빼앗기면서 스바루는 유난히 시끄러운 귀울림 소리를 듣고 있었다.

본 것과, 지금까지의 기억을 조합해서 결합시키는 작업에 집중하는 증거다. 현실의 시간을 버려두고 타버릴 정도로 뇌를 혹사해 의미 있는 결론에 이르려고 한다.

로즈월 손에 들린 두 번째 『예지의 서』. 그것은 미래를 예언하고 공백으로 베아트리스에게 고독의 400년을 강요하며, 로즈월 또한 책의 내용을 읽고, 읽어서——.

"네 모습을 보건대, 베아트리스는 아무래도 소임을 완수한 모양이군."

"——소임? 소임이라니, 너는, 그 아이의."

끼어드는 바람에 사고를 일시중단. 여전히 백그라운드에서는 검증 작업을 계속하면서 스바루는 가슴에 새겨진 상실감, 그 중핵에 있는 소녀를 위해서 로즈월에게 덤벼들었다.

베아트리스의, 그토록 쓸쓸하다고 외친 소녀의 마음을, 이 남자는 알고 있는가.

"너는, 그 아이의 고통을 알았을 거잖아?! 줄곧 그 저택에 얽매여 먼 옛날의 약속에 매달리고…… 울던 아이를, 알았을 텐데!"

"물론, 알고 있었고말고. 나와 그 아이는 태어났을 때부터 아는 사이지. 그 아이가 가슴에 품는 외로움을, 변화해 가는 소원을 난 줄곧 알고 있었다마다."

"크——! 그렇다면……."

"왜, 어째서 안 해 줬느냐는 말은 말았으면 좋겠군. 그 아이의 설움을 누군가가 손쓸 수 있기라도 할까? 넌 바로 그 외침을 들었을 것 아닌가?"

로즈월의 정론에 찔려 스바루의 마음은 피를 뱉어내듯이 무릎 꿇었다.

사실이다. 사실이었다. 스바루는 베아트리스의 외침을 들었다. 구하고 싶다고 손을 뻗었다. 그 손이 거절당하고 목소리는 닿지 않아 베아트리스는 칼날 앞에 목숨을 잃었다.

400년의 고독을 달랠 만한 힘이든, 지혜든, 스바루에게는 너무나 허황된 것이었다.

시간을 거슬러 올라가 재시작할 수단을 가진 스바루는 몇 번이든 베아트리스와 말할 마지막 기회를 만들 수 있다. ——하지만 400년의 설움을, 어떡하면 달랠 수 있나.

금서고에서 베아트리스가 지낸 시간—— 400년을 거슬러 올라갈 수는 없건만.

"——부러운, 거얼—."

맥을 못 추는 스바루의 고막에 나직이 중얼거리는 목소리가 스며들었다.

그 내용을 믿을 수 없어 스바루는 고개를 들고 그 말을 입에 담은 로즈월을 쳐다보았다. 그러나 로즈월은 그 눈초리는 깨닫지 못하고 희미한 탄식과 함께 말했다.

"베아트리스는 비원을 이루고 사라질 수 있었지. 네가 이곳에 있다는 말은, 그걸 의미하고 있는 게 아아—닐까?"

"비원……이라고? 그게…… 그런, 그런 식으로 죽는 게, 걔의 비원이라고, 너는! 넌, 그렇게 말하는 거냐!"

"그게 그 애의 바람이야. 바란 종말을, 타인이 왈가왈부할 게 아니고, 그녀의 마음은 그녀의 것이지. 너든 나든, 그 아이의 죽음을 더럽히는 건 용납되지 않아."

"람과 가필을 죽이고! 그런데, 네가 그 소리를 해?! 네가아!!"

고함치고 손가락질하며 살육을 규탄한 스바루의 말에 로즈월은 고개를 가로저었다. 자신의 소행을 제쳐놓고 무슨 입으로 잘난 척하며 그런 말을 한단 말인가.

스바루는 베아트리스의 외침을, 한탄을 들었다. 그런데 어째서 로즈월이, 아무것도 하지 않은 이 남자 쪽이 베아트리스를 이해한다는 표정을 짓는가.

베아트리스의 소원에, 죽음을 바라는 외침에, 공감 따위 없다. 그런 소원, 소원이 아니다.

——그럼 어째서, 베아트리스는 최후에 스바루를 감싸고.

"그러니까, 그 아이가 부러워. ——내 비원은, 아무래도 나로선 이룰 수 없는 모양이야."

"——?"

여태까지, 로즈월의 말은 하나도 이해가 미치지 못했다. 있는 건 혼란뿐이다.

그러나 그중에서도 지금 한마디에는 기묘한 위화감을 강하게 느꼈다.

비원, 이룬다. 소원, 성취. 위화감, 오차. 그의, 소원이란——.

"너는…… 뭘, 하고 싶은 건데. 뭘 바라는데. 왜, 그런 거야……."

"그건 말 못해. 너와 마찬가지로 내게도 서약이 있어. 여기까지 입 밖에 내는 게 네게 할 수 있는 최대한의 양보야. 단지 이 말만은 해 두지."

"————."

"나는, 내 비원을 이루기 위한 최선을 항상, 항상 다하고 있다. 모든 획책도, 악행도, 조력이나 지원마저도, 그 때문이다. 거기에 위배되는 행위는 하나도 안 했지."

당당하게, 가슴까지 펴고 로즈월은 자기가 지금까지 해온 소행을 모조리 긍정했다.

철면피. 후안무치. 무슨 낯짝으로 그런 말이 나오나. 거무칙칙한 분노가 치밀었다.

그것은 스바루 또한 여기에 당도하기 위해 내쳐온 마음과 감정, 그것들과 무관하다고는 할 수 없는 이기적인 분노이긴 했다. 하지만 그런 생각을 안 할 수 없었다.

"뭐가 최선이야?! 뭐가 목적에 위배되는 행위는 없다는 거야! 너는…… 너도, 그 책이냐! 그 책에 적혀 있는 대로 하고 있단 거야?! 베아트리스처럼, 너도 내게 똑같이 말하는 거냐! 지금까지 일도, 이 『성역』에서 일어난 일도……!"

처음 책을 발견한 루프에서, 베아트리스는 스바루에게 모든 것은 책의 내용대로라고 말했다. 그것이 거짓말이고, 그녀의 책이 공백으로 메워져 있던 것을, 이번 루프에서 스바루는 알았다.

그렇다면 로즈월의 마서는 어떤가. 미래 따위, 정말로 그려져 있는가.

"이 눈도, 책에 따른 거냐?! 눈을 내리게 하라고 적혀 있어? 뭣 때문에!"

"뻔한 거다마다. ――에밀리아 님이, 고립되지."

"――허, 어?"

“반복할까. 이렇게 눈을 내려서 주민에게 피해를 주면, 말이야. 에밀리아 님이 고립되어서 무척 불안정한 정신 상태에 빠지지. 그렇게 되지, 않았던가?”

본 것 같은 로즈월의 단정, 그것은 묘소에 남은 에밀리아의 상태 그 자체다.

상황은 정확하게 로즈월의 추측대로 진행되고 있다. 하지만 문제는 결과가 아니다. 그 과정에 이르는, 로즈월의 사고 흐름의 『의미를 모르겠다는』 점이다.

곤혹에 빠진 스바루에게 로즈월은 가볍게 두 팔을 벌리고 말했다.

“이곳은 마녀와 인연이 있는 땅으로, 에밀리아 님은 『성역』의 해방을 위해서 『시련』에 임하시는 입장이지. 그런 분이 계신 곳에, 계절에 안 맞는 폭설……. 어떻게 되리라 예상할 수 있지?”

“너, 너는…….”

“이럴 때, 생각한 대로 고스란히 행동하는 가필이 쓸모 있지. 그 친구라면 그야말로 맨 먼저 에밀리아 님을 의심하며 목청 높여 규탄했을 거다. 그리고 아람 마을의 사람들에게는 기억이 있어. 에밀리아 님…… 정확히는 대정령님이 계기가 된 국소적인 한파의 기억이 말이야.”

한기가 일었다. 로즈월의 발언에. 그가 입에 담은 『국소적인 한파』란, 이전에 로즈월 저택의 주변에만 발생한, 계절에 안 맞는 눈나라 경치다.

저택 사람과 마을 사람들끼리, 즐겁게, 화목하게 지낸 추억을, 이용당했다.

——실제로 로즈월의 의도대로 모든 게 진행됐다.

가필은 에밀리아를 의심하고, 그 목소리는 촌락의 주민에게도 전파된다. 아람 마을의 사람들은 믿어 줬으면 좋겠다. 하지만 그들에게는 에밀리아와의 사이에 겪은 눈의 기억이 있는 것이다.

이 눈을 내리게 한 것은 에밀리아의 소행——『가능한 존재』가 따로 있음에도 불구하고 그녀에게 모든 죄를 씌울 토양이 이 땅에는, 이 세계에는 있는 것이다.

그것이 바로 에밀리아가 오랜 세월 시달려온, 편견이라는 이름의 악마이기도 하다.

"고립된 에밀리아 님은 어떻게 되지? 에밀리아 님은, 저래 보여도 사실은 약한 분이야. 자신을 긍정해 줄 『누군가』에게 몸을 맡기고 싶다고 생각해도 이상하지는 않아. 그리고 그 『누군가』 또한 에밀리아 님을 진심으로 지탱하고 싶다고 생각한다면 최고지."

"잠깐, 잠깐…… 잠깐, 잠깐잠깐잠깐, 잠깐……!"

고백을 이어 나가는 로즈월. 그 말에 본능적인 공포를 느껴 스바루는 손을 뻗었다.

지금, 뭔가 터무니없는 이야기를, 어처구니없는 사실을, 설명받는 느낌이다.

지금, 뭔가 들어서는 안 될 말을, 들으면 돌이킬 수 없는 진의를——.

“의존하는 에밀리아 님을, 너는 물리칠 수 없어. 당연하지. 사랑하니까. 사랑하는 에밀리아 님이 모든 것을 내맡긴다면, 너는 그걸 내칠 수 없어.”

“그렇, 지는…….”

않다. 그렇지는, 않을 터다.

실제로 스바루는 지금도 묘소에서 매달리는 에밀리아에게 빠지는 것을 참아냈다. 참고서, 이곳에.

에밀리아의 본심이 아니라고 알면서, 대신 애정을 보낼 대상의 입장에 빠질 일은——.

“지금은 아니다, 너는 그렇게 대답하겠지. 그 사실이 그저, 나로서는 안타까운 일이야. 지금의 네게는 아직 쓸데없는 게 과하게 따라붙고 있는 것 같아.”

“쓸데없는……? 아니, 너, 그래서, 너는, 내 편지를……?”

“——편지?”

자문에 섞인 의심. 로즈월은 눈썹을 모았지만, 곧 내버렸다.

로즈월이 한 걸음, 피웅덩이를 밟고서 앞으로 나서자 스바루의 몸은 무의식중에 움츠러들었다. 긴 팔을 흔드는 로즈월은 그런 스바루의 반응에 서운하게 쓴웃음 짓고 말했다.

“지금의 너로선 책이 가리키는 미래에 충분하지 않아. 내용에 어긋난 이상, 수정은 필수다.”

“나, 나를, 죽일 셈……이냐?”

“죽이다니, 본말전도가아— 아닐까. 네가 죽어서는 난처하지. 왜냐면, 너는 꼭 다음 기회에 도전해 줘야만 하거든.”

"——어?"

걸어오는 로즈월의 말에, 스바루는 순간 어안이 벙벙했다. 하지만 금세 그의 말이 의미하는 바, 다시 말해 사실과 인식의 오차를 이해했다.

『예지의 서』에 적힌 모종의 기록으로 로즈월은 스바루의 『루프』를 감지했다. 그러나 그것이 『죽음』이 방아쇠인 『사망귀환』이라고는 모르는 것이다.

따라서 스바루가 자신의 의사로 『루프』를 발동시킬 때까지, 로즈월은 스바루를 죽일 수는 없다. 그렇다면 승산은——.

"——죽이지는 않아. 그렇지만 그 외의 행위라면 할 수 있지. 내 말이 틀린가?"

다음 순간, 스바루는 명치를 꿰뚫는 충격에 얻어맞아 벽에 나가떨어졌다.

"꺼, 어……."

"너와 내 앞날을 고려하면 『스마트』하다고는 말하지 못할 방식이다마는. 사용법, 맞아?"

"꾸억! 꾸, 끄아아아아!"

쓰러진 스바루의 옆구리에 발끝을 처박고 로즈월이 평상시처럼 고개를 갸웃했다. 발차기의 위력보다도 적확하게 급소를 헤집는 치밀함에 고통이 곱절로 늘었다.

그렇게, 격통에 몸부림치는 스바루에게 로즈월은 일방적인 폭력을 휘두르고 휘둘렀다. 주먹으로, 발로, 때로는 머리를 짓밟혀 왼쪽 눈의 공동에서 다시 피눈물이 흘러나왔다.

하지만 죽지는 않는다. 그렇다면 『사망귀환』은 하지 않는다. 루프는, 발생하지 않는다.

"……이만큼 해도, 아직 『재시작』을 하지 않은 거야? 고집스러운걸."

"나, 으…… 나, 으는……."

"아아, 아니면 이미 『재시작』한 다음인 걸까? 생각해 보면 네가 『재시작했을』 때, 내 인식이 어떻게 되는지는 증명할 방도가 없군. 이건 실수했어."

고통을 준 스바루에게 동정적인 눈길을 보내는 로즈월이 밉살맞다. 하지만 그 이상으로, 가슴에 걸리는 것, 줄곧 있던 그것이, 스바루의 입에서 흘러나왔다.

"로즈월…… 너는, 몇 번이나, 『재시작』이 뭐라느니, 말하는데……."

"이런? 중요한 이야기가 되려나? 말해 봐."

"나는, 네가 더 의문이야……. 내, 타인의 『재시작』을 전제로, 행동을, 계획하다니, 미쳤어. 너도, 사실은……."

줄곧 걸리던 위화감, 그것이 간신히, 의문으로 구체화됐다.

――로즈월에게는 기억을 이어받을 수단이 있는 게 아닌가 하는 의문이다.

묘소 안, 꿈의 성에서 현실과 유리된 시간을 보내는 에키드나가 그러하듯이, 로즈월도 스바루가 『사망귀환』한, 이전 세계의 기억을 이어받고 있는 것은 아닌가.

그렇지 않고서는 『재시작』을 바라는 그의 계획에, 수긍을 할 수 없는 것이다.

"그렇다면…… 그걸로, 됐어. 하지만, 그렇다면 나는, 너를……."

용서할 수는, 없다. 이 기억을 함께 이어받는다면, 관계는 이 연장선상에 있다.

로즈월은 정체 모를 목적을 위해서 너무나 많은 악행을 저질렀다. 그것은 이 회차에만 한하지 않고 훗날의 회차에서도 변함없이 수행할 그의 방침이다.

그렇다면 스바루가 목표로 하는 최선의 미래에, 그를 위한 자리는——.

"——아무래도, 이야기는 이만 끝인가 보군."

그러나 토막토막 끊기는 스바루의 말을 가로막고 로즈월은 얼굴을 방의 창문으로 돌렸다. 그리고 나뒹구는 스바루를 흘긋대며 눈을 사악 가늘게 뜨고는 말했다.

"고아."

중얼거리는 성량과 정반대로, 그 영창에서 발생한 결과는 선명하기 짝이 없는 적색이었다.

영창이 만들어낸 홍련의 화구, 주먹 크기의 그것은 화살 같은 속도로 발사되어 도중에 있던 창문을 융해시키며 돌파—— 그 앞, 방에 뛰어들려던 그림자에 직격, 모조리 불태웠다.

화구와 같은 사이즈의 그것은 불꽃에 저항 못하고 한순간에 숯덩이가 됐다. 단지 불타버리기 직전의 단말마, '끼이끼이' 하고 귀에 거슬리는 울음소리만은 남아서——.

"방금, 그건…… 엇?"

"오호라, 그래. ——이런 식으로 끝나나."

로즈월은 허덕이는 스바루의 목덜미를 잡고 가는 팔로 가뿐히 그 몸을 들어 올렸다. 신음하고 날뛰는 스바루의 저항을 아랑곳하지 않고, 로즈월은 스바루를 질질 끌며 문으로. 그대로 빠른 걸음으로 실내를 지나가 찬바람이 불어 닥치는 건물 밖에 난폭하게 끌고 나왔다.

눈땅에 나동그라진 스바루는 차가운 감촉에 머리를 내젓고 겨우 몸을 일으켰다.

그리고 그 존재를 알아채 말문을 잃었다.

"————."

끽끽 들리는 소리는 딱딱한 게 마찰하는 불협화음. 그것이, 사냥감을 물어뜯기 위한 이빨이 연주하는 잇소리임을 스바루는 실제 체험을 통해 알고 있었다.

눈에 파묻힌 『성역』, 그 경치에 동화한 순백의 체모. 손바닥에 올라올 정도로 작은 몸을 떨며 동그랗고 붉은 눈으로 주위를 깔아보는 애완동물—— 풍의, 살육병기다.

"대, 토……!"

출현한 3대 마수의 한 축, 『대토』의 모습에 스바루는 떨면서 외쳤다.

그러자 그 스바루의 공포를 감지한 것처럼 눈 위에 잇따라 뛰는 마수가 날아들었다. 끼이끼이 울고 끽끽 이빨을 부딪치는 마수. 그 숫자는 이미 헤아릴 수 없다.

끝없는 굶주림만을 본능에 남긴 괴물, 군체 마수, 대토가 『성역』에 당도했다.

"하, 하지만…… 말도 안 돼. 왜냐면, 아직 이틀째인데…… 그런데, 이렇게……!"

대토가 『성역』을 내습하는 건 스바루의 기억으로는 5일째일 터다. 아직 유예가 있었을 텐데, 왜, 이 타이밍에 놈들이 『성역』에 있는가.

"이 눈이 원인이겠지."

"윽——! 대토는 마력에, 커다란 마나에 달려든다고, 다프네가……!"

마녀들과의 만남 중에 대토를 낳은 어미인 『폭식의 마녀』 다프네는 그 생태에 대해서 스바루에게 그렇게 설명했었다. 마녀에게 이끌리는 습성이 있는 대토, 그 마수의 위협에 대항할 수단으로서 그 정보를 어떻게 살릴지는 아직 생각이 미치지 못했지만——.

"눈을, 날씨를 조종하는 대마법에, 이놈들이 낚이지 않을 리가 없어. 그래서……!"

"이곳은 토끼에게 절호의 먹이장이지. 아인의 피를 잇는 주민은 날 때부터 마나의 축적에 뛰어나고…… 무엇보다 피난한 마을 사람들도 한곳에 모여 있어."

"대성당——!"

결론에 튕겨지듯 스바루는 삐걱대는 몸을 억지로 움직여서 일어났다. 그런 다음 코피를 소매로 닦고 대토의 습격을 앞에 둔 로즈월에게 바싹 다가붙어 외쳤다.

"로즈월! 지금은…… 지금만큼은 휴전이다! 좌우간 대성당에 간다! 거기서 농성하거나…… 아니, 묘소의 에밀리아와 합류해서 밖으로 도망……."

"도망? 대체 어디로? 결계가 있잖아. 『성역』의 주민은 도망치지 못해."

"——그, 그건."

"시간이 부족했던 거다, 스바루. 『시련』을 마치지 못하는 한, 주민은 『성역』을 넘을 수 없어. 즉, 네가 바라는 미래는 오지 않아."

말을 머뭇대는 스바루. 그 가슴을 떠밀고 로즈월은 느긋이 걷기 시작했다.

눈을 밟으며 그가 나아가는 쪽은 정면—— 대토가 열을 이루고 밀어닥칠 사선(死線) 위다.

왕국 유수의 마법사, 그의 실력이라면 다대일이야 바야흐로 독무대, 문제가 아니다. 압도적인 마력으로 무리를 휩쓸어 길을 틀 터다.

그러나 스바루에게는 그 로즈월에게 저항할 기력이 있다고는 도저히 느껴지지 않았다.

그의 발걸음은, 태도는, 명백하게 『죽음』을 향해서 나아가는 그것이다.

"기다려. 기다리라고, 로즈월……! 아직, 이야기는 안 끝났어!"

"아니지. 끝났어. 적어도 내가 할 얘기는 이미 없다. 살아갈 이유도, 말이지."

"재, 재시작할 수 있다고 해도, 이런 모양새는 최악이다! 좀 더 제대로 대화해서…… 넌 다음이면 된다고, 그렇게 생각하고 있을지도 모르겠지만……!"

"——한 가지, 착각하고 있나 본데, 스바루."

"아?"

착각, 그 단어에 말이 막혔다. 멈춰 서서, 로즈월은 고개만을 뒤돌아보았다.

그리고 경직된 스바루에게 로즈월은 말을 이었다.

"나는, 네가 재시작한다고 해도 재시작할 수 없어. 네가 재시작한 곳에 있는 나는, 여기에 있는 나일 수가 없지. 난 여기서 끝이다. ——하지만, 그거면 되는 거야."

망연하게, 아연하게, 해연하게, 스바루는 기력을 잃었다.

재시작의 적용 외, 루프의 영역 밖에 있다고, 로즈월은 자기 자신을 그렇게 말했다.

그 말은 즉, 로즈월은 스바루의 『루프』를 알고, 그 능력을 모종의 목적에 이용하려고 하기는 해도 가능한 건 그 이상도 이하도 아니라는 뜻이다.

여기서 죽는 로즈월은, 이 세계에서 생명의 끝. 의식의 종언.

그런데도 스바루더러 재시작하라고 한다. 돌아간 곳에 지금의 자신이 없다고 알면서, 말이다.

그 사고방식은 너무나도——.

"——인간의, 사고방식이 아니야."

의식이 연속되는 스바루와는 전제조건이 다르다.

의식이 연속되지 않는 로즈월은 죽으면 거기서 끝이다.

그 종말을 이해하고 당연한 듯이 받아들여 계획에 끼워 넣는다. 그것은 비정상이다.

"머잖아 네가 진짜 의미로 나를 따라잡을 때가 올 거야, 스바루."

"로즈월……?"

"잘 들어, 스바루. ——중요한 거다. 정말 정말로, 내게 중요한 단 한 가지 존재. 그것 외의 모든 것을 떨궈내. 그 외의 일체를 포기하고, 오로지 소중한 하나를 지키는 것만 생각해."

"————."

"그러면——."

어딘가, 그것만은 절실하게, 성의를 담은 분위기로, 로즈월은 스바루에 미소 지었다.

그 로즈월의 목덜미에 바로 지척까지 와있던 대토가 달려들었다. 피가 날리고 살점이 뜯기는 소리를 계기로 참극이 시작된다. 뒤늦은 다음 토끼가 팔에, 무릎에, 둔부에 달려들었다.

"로즈워어어어얼——!!"

"——너도, 나처럼 될 수 있어."

광대의 미소가, 희희낙락 몰려드는 토끼의 몸에 묻힌다.

탐식하듯이, 대토들이 로즈월의 온몸을 남김없이 가렸다. 옆으로 쓰러져 저항하지 않는 로즈월을 토끼가 이빨로 뜯고 게걸스레 씹어 굶주림을 해소한다.

하얀 눈에 선혈이 튀고 대자연의 캔버스에 지옥이 그려진다. 그 피의 데생마저도 아깝다고 마수는 피로 물든 눈을 핥으며 흔적마저 지워버린다.

그 광경을, 스바루는 말없이, 로즈월이 로즈월을 벗어나는 것을 보고 있었다.

로즈월이라는 존재가 세계에서 사라지고 생명이 씹히는 것을 보고 있었다.

——보고 있었다.

7

——끝날 세계, 닿지 않는 미래, 사라진 희망과 짓밟힌 유대에 피 맛이 난다.

그것을 곱씹고, 치솟는 신물을 곱씹고, 스바루는 결단을 곱씹었다.

물러날 때다. 이번에야말로, 정말로, 이 세계를 체념하고 포기해야 할 때가 온 것이다.

끽끽. 굶주림의 망집에 사로잡힌 괴물의 잇소리가 이곳저곳에서 들린다.

『성역』은 이미 대토 무리의 사냥터에 불과하다. 비명도 노호도 마수의 울음소리와 씹는 소리에 지워지고 하얀 눈밭 뒤편에는 잔혹한 죽음이 무수하게 흩어져 있었다.

일심불란하게 땅을 박차며 스바루는 일직선으로 목적지로 달렸다. 고기를 탐하는 토끼의 먹이장과, 새로운 사냥감을 환대하는 잇소리에 둘러싸여 스바루는 품속에서 꺼낸 휘석에 무작정 빌었다.

사도의 권리를 남용해 『성역』에 남은 복제체를 결집한다. 그것들에 달려드는 마수의 요격을 맡기고 스바루는 간당간당 어떻게 살아남았다.

복제체의 잔여수는 삽시간에 줄었다. 처음에 따라다녔던 피코가 토끼에게 희생되어 스러진 직후, 그녀들을 쓰고 버리는 행위에 걸쇠가 풀렸다. 걸레짝이 될 때까지 싸우게 하고 마지막에는 최대한 많이 끌어들이도록 자폭시킨다. 그 행위를 반복하고서――.

"하, 하하하……."

멈춰 서서 메마른 웃음이 흘러나왔다. 눈앞에, 형형히 타오르는 불길에 휩싸인 건물이 있다.

대성당이다. 아람 마을과, 『성역』의 주민, 합쳐서 백 명 가까운 사람들을 수용했었을 장소. 그들의 농성처, 생존자가 기다려야 할 그 장소는 불길에 삼켜져 있었다.

식욕밖에 없는 대토에게 사냥감을 불로 익힌다는 지성 따위 없다. 그렇다면 불은 누가 질렀는가. 무슨 목적으로――. 그런 거야 생각을 안 해도 알 수 있다.

안에 있던 사람들이, 마수에게 잡아먹히는 최후보다 자결을 선택했을 뿐인 이야기다.

지옥, 지옥도였다. 안에 있던 건 마을 사람들, 『성역』의 주민, 그리고 류즈와 오토 또한 있었을 터다. 왜 생각 짧은 짓을 저지른 것일까.

그걸 비난할 권리는 스바루에게 없다. 이것은 생명에 대한 당연한 권리의 행사다. 종말을 결정할 권리가 수중에 있어서 그들은 그것을 선택했다. 스바루 따위 기다리지 않고. 그뿐이다.

비난당해야 마땅한 것은 나츠키 스바루다. 스바루와 다르게 되찾을 수 없는 생명의 최후에 자결을 선택하게 한 것── 그것이 바로 돌이킬 수 없는 스바루의 죄업이었다.

"……몸을 바쳐서 날 지켜. 묘소에 도착하면 뒷일은 마음대로 해도 돼."

불타 무너지는 대성당 주위에 대토가 모이기 시작했다. 그 기척을 느끼고 일어난 스바루는 남아 있는 류즈── 여섯 체의 복제체에 그 말만 명령했다.

고개를 돌리고 스바루는 불길의 광경이 아니라 눈의 저편에 있을 터인 묘소 쪽을 보았다.

한 걸음, 또 한 걸음 내디뎌 망설임을 뿌리치고 뛰기 시작했다.

등 뒤에서, 뛰기 시작한 스바루를 사냥감으로 규정하고 마수가 그 작은 몸을 튕기며 따라붙었다. 그것을 복제체들이 명령대로 자신을 아끼지 않는 전투 방식으로 수비하기 시작했다.

마수의 울음소리와 상처를 입은 복제체가 파란 섬광으로 변해 작렬하는 소리가 난무한다.

그 모든 것을 내버리고 스바루는 손으로 귀를 막고서 눈보라

속을 계속 달렸다.

고막에 닿는 무수한 소리가, 나츠키 스바루를 규탄했다. 그것을 무시하고, 뿌리치고.

——계속 달렸다.

## 8

묘소에 도착했을 때, 스바루의 몸은 이미 추위를 느끼지 않았다.

왼쪽 눈의 공동, 오른쪽 눈의 시력도 죽어가고 있다. 하지만 아픔이고 뭐고 신경 쓰이지 않는다.

무디고, 무거운 사고에 어른거리는 것은 단 한 소녀의 모습뿐이었다.

메마른 포석이 깔린 통로를 밟으며 스바루는 안으로, 안으로 들어갔다. 그곳에——.

"——스바루?"

통로 안, 옅은 파란 빛에 차오른 석실이 있다. 그곳에서, 이름이 불렸다.

말소리에 이끌리는 대로 발길을 놀리니 석실 한복판에 있던 인물이 스바루를 바라보고 말했다.

"역시, 스바루! 아유, 어디에 갔던 거니? 걱정했었잖아!"

말하면서 총총 달려오는 에밀리아에게 두 손을 잡혔다.

토라진 얼굴의 에밀리아는 그대로 잡은 스바루의 손을 자신의 가슴에 껴안고 따뜻하고 부드러운 체온을 겹치면서 물끄러미 밑에서 쳐다보았다.

"……혹시, 지쳤어?"

"응……. 좀, 지쳤을지도, 모르겠어……."

"에헤헤, 그렇구나. 그럼 있지, 그럼 있지."

끄덕이고는 에밀리아가 뺨을 붉게 물들이며 미소 지었다. 그리고 그녀는 그 자리에 앉아서 다리를 포개며 옆으로 앉더니, 자신의 하얀 허벅지를 토닥토닥 두드렸다.

"……무릎베개라."

"응. 스바루, 내 무릎베개, 좋아하지? 그렇게 말해 줬었지. 나, 기억하고 있어."

자랑하는 내색의, 살짝 쑥스러운 투의 에밀리아의 제안. 그에 따라 스바루도 시간을 들여서 그 자리에 주저앉고는 호의를 받아들여 그 무릎에, 부드럽게 머리를 실었다. 순간, 머리카락의 감촉에 "응." 하고 달콤한 목소리, 그러나 금세 에밀리아는 스바루의 머리를 매만지기 시작하며 말했다.

"이런 식으로 스바루를 무릎베개해 주는 거, 몇 번째더라."

"글쎄…… 세 번째쯤 될까. 왠지 난 만날, 넝마꼴인 것 같아."

"난 이렇게 스바루가 응석을 부리는 게 기쁘지만. 자—요, 우리 응석쟁이. 까꿍까꿍—, 머리털 만질 거다."

앞머리를 만지작거리다가 뺨에 손가락을 파묻다가. 신난 에밀리아에게 스바루는 속수무책이다.

그것이 에밀리아의 애정 표현이니까, 손가락을 쳐낼 맘은 한

톨도 샘솟지 않는다.

——그리고, 기력은커녕 체력도 없다. 뱃속 내용물도 거반 흘려버렸으니까.

"————."

스바루의 상태는 눈을 돌리고 싶어질 만큼 끔찍한 꼴이었다.

허리에 물어뜯긴 상처는 내장에 이르렀고, 달려드는 토끼를 떨쳐낸 오른손은 엄지밖에 남지 않았다. 바지 속에서는 뼈까지 보이는 상처가 무수히 있으며 피가 지나치게 흐른다.

몽롱한 의식으로 여기까지 올 수 있던 건 망집 같은 집념과, 얼어붙을 추위가 대사를 둔화시킨 얄궂은 결과일까. 단지 그 기적의 바겐세일도 슬슬 한계다.

"스바루, 자고 싶어?"

"조금…… 살짝만, 말야. 아아, 괜찮아, 괜찮아……. 일어나, 일어난다고……."

"진짜? 무리하지 마. 스바루는 늘 누군가를 위해 험한 짓을 하니까……. 그게 스바루라고 알지만, 그래도 엄—청 걱정돼."

"괜찮…아…… 으……."

"좀 복잡해. 스바루가 무리하는 건 나만을 위한 거였으면 좋겠어……. 그런데 다른 사람을 못 본 체하는 스바루는, 싫고……. 미안해. 나, 이기적이지."

빠르게 말을 거듭하는 에밀리아. 그 목소리가 멀어진다.

눈에 파묻힌 『성역』과 달리 묘소 안에는 적절한 온기가 있다. 또 얄궂게도 그것이 스바루의 상처의 동결을 녹여서 출혈이 재개되고 있었다. 포석에 피웅덩이가 퍼지고 기침하는 스바루가 토한 피가 에밀리아의 뺨에 튀었다. 하지만 에밀리아는 신경도 안 쓰고 말한다.

"저기, 스바루, 들어줄래? 하고 싶은 얘기도, 듣고 싶은 얘기도, 아주아주, 아—주 많아. 저기, 부탁해. 곁에 있어 줘. 목소리를 들어 줘. 들려 줘, 응?"

무시가 아니다. 깨닫지 못하고 있다. 에밀리아는 스바루의 상태도, 얼굴에 튄 피도.

남보랏빛 눈에는 확실히 스바루가 비치고 있다. 하지만 현실은 비치지 않았다.

에밀리아에겐 스바루의 이변이 보이지 않는다. 『성역』의 괴변도, 서서히 접근해오는 종언도, 현실이라는 현실이. ——그러나 그것은 스바루도 마찬가지일지도 모른다.

"————."

본래라면 스바루는 에밀리아를 이 『성역』에서 피신시켜야만 하는 것이다.

이미 대토는 묘소 밖을 가득 메우고, 머잖아 이곳에도 밀어닥치리라. 그리되면 로즈윌과 비슷하게 에밀리아 또한 맥도 못 추고 당할 것이다.

에밀리아의 죽음——. 그것을 알면서 스바루는 에밀리아에게 도망치란 말을 꺼내지 못했다.

남은 최후의 시간을, 에밀리아의 곁에서 보내고 싶은 이기적인 소원에서 도망칠 수 없다.

로즈월의 말과 장렬한 죽음이, 람과 가필의 죽음에 품은 원통함이, 페트라와 프레데리카를 앗아간 무상함이, 렘도 베아트리스도 구하지 못한 무력함이, 스바루를 죽인다.

——상실감과 적막감 틈새에서 지금 당장 스바루는 사라져버리고 싶었다.

세계가 하얗게 새기 시작하고 의식과 영혼이 조금씩 이 세계에서 벗겨져 나갔다.

사지의 힘이 빠지고 흐려져 가던 육체의 감각이 사라졌다. 뒤에 남은 것은 잃어버릴 스바루를 깨닫지 못하는 에밀리아뿐이다.

——이곳에, 에밀리아를 두고 가는가. 더 이상 아무에게도 기댈 수 없는 에밀리아를.

"아——."

이제 와서 그걸 후회해도 때가 늦다. 모든 게 다 뒤늦었다.

목소리는 나오지 않으며 검은 눈에서 빛이 꺼졌다.

에밀리아는 그것을 깨닫지 못하고 그저 조용해진 스바루에게 사랑스럽게 갸웃했다.

그리고 그녀는 살며시 미소 짓고 살짝 얼굴을 접근해서——.

"————."

말없는 스바루에게, 입을 맞추었다.

——첫 입맞춤은, 차가운 『죽음』의 맛이 났다.

# 제5장 『엔딩 리스트』

1

딱딱하고 차가운 지면의 감촉이, 스바루의 의식에 변함없이 메마른 환영을 선사했다.

"————."

엎드린 채로 눈꺼풀을 뜨고 스바루는 입안의 흙먼지를 뱉어냈다. 흙냄새에 얼굴을 찌푸리고 주위를 보니 그곳은 어두컴컴한 석실—— 묘소의, 『시련』의 방이다.

직전의 종말을 맞이한 장소에서 시간만을 거슬러 올라가 스바루는 세계를 재개했다.

왼쪽 눈의 공동에도 안구가 돌아오고 시력은 부활해 있었다. 그 사실에 안도하는 한편, 이 왼쪽 눈이 다시 지옥을 보는 것에 대한 공포, 피하기 어려운 폐쇄감에 없어야 할 상처가 쑤시는 것을 느꼈다.

막다른 곳을 예감시키는 실망감. 거기에 브레이크를 건 것은 옆에 쓰러진 소녀의 존재였다.

바닥에 아름다운 은발을 퍼뜨리고 괴롭게 신음하는 것은 함께 종말을 맞이했을 터인 에밀리아—— 묘소의 『시련』에 시달려 깨지 않는 과거라는 악몽을 보는 그녀가 있다.

"————."

조용히 스바루는 에밀리아가 아니라 메마른 자신의 입술을 살그머니 손가락으로 만졌다.

뇌리에는『사망귀환』하기 직전—— 죽음에 이르는 스바루를 무릎에 싣고 그 상실을 깨닫지 못한 채로 입맞춤을 나눈 에밀리아의 모습이 떠올랐다.

그 순간, 피에 물든 스바루에게 입맞춤한 에밀리아의 심경은 상상할 수 없다. 그것은 죽음의 구렁에 있던 스바루도 마찬가지로, 죽음은 최후의 감촉도 마음도 넘겨주지 않았다.

스바루에게 인생 처음의, 에밀리아와의 입맞춤만은『죽음』에 모든 것을 훼방당한 것이다.

"————."

단지 입술을 만지는 스바루의 속내가 그 사실을 후회하고 있느냐면, No다.

마지막 입맞춤을 회상한 것은 그때 마음의 균형을 무너뜨린 에밀리아에 대한 위기감을 재확인하기 위해서다. 스바루에게 의존하고 현실로부터 도피해버린 그녀의 모습을.

팩에 의존할 수 없고 관계자들의 압박감에 견디다 못하다가 안이한 위로를 입에 담은 스바루의 지지를 잃은 것으로, 에밀리아의 마음은 한계를 맞이하고 말았다.

여태까지 중에서 최선의 스타트라고, 그렇게 우쭐한 결과가 그 에밀리아의 붕괴라면.

"내가, 곁에 없으면, 그렇게 된다. 뭐가, 슬픈 표정 짓게 하고 싶지 않단 거야……."

묘소에서 일시적으로 회복한 것도, 밤의 대화도, 편지도, 전부 역효과로 나왔다.

폭설에 휘말리고 대토의 습격으로 많은 사람들이 희생됐다. 로즈월의 광기에 람과 가필이 살해당했다. 죽음에 이르는 스바루에게 입맞춤한 에밀리아도 마지막에는——.

"알고 있었어. 알고 있었을 거라고."

세계는, 스바루에게 가장 잔혹하고, 가장 부조리한 운명을 준비한다고.

그렇다면 에밀리아도, 베아트리스도, 엘자와 로즈월의 존재도, 당연한 것처럼 스바루에게 가장 벅찬 모양새로 배치됐을 게 뻔한 것이다.

"에밀리아를, 『성역』을, 저택을…… 구한다. 구해서, 구해야만……."

——할 수 있나? 네가.

——할 수 있느냐, 없느냐가 아니야. 할 수밖에 없어. 하는 거야. 내가.

여태까지 몇 번이나 들린 내면의 목소리에 스바루는 이빨을 박으며 반론했다. 변명도 예방선도 용서 못한다. 이것은 맹세다. 절대로 뒤집지 않는, 맹세인 것이다.

문제를, 장애를, 난제를, 벽을 정리한다. 클리어 조건을 명확하게 잡는다. 시간대를 짜 맞추고 시간과 마음이 허용하는 한 몇 번이든 시행 횟수를 거듭해서 도전하면 그만이다.

실수할 때마다 스바루의 마음이 닳는다고 해도 그걸로 잡을 수 있는 미래가 있다면 만족한다.

설사 그때까지 아무리 보고 싶지 않은 것들을 보게 되더라도.

그러니까——.

"——에밀리아. 괜찮아?"

손을 뻗어서 누워 있는 사랑스러운 소녀의 어깨를 흔들어 다정하게 현실로 불러냈다.

긴 속눈썹이 떨리고 남보랏빛 눈이 천천히 뜨이는 모습을 보면서 스바루는 결심했다.

굳세고 강하게, 결코 부러지지 않게끔, 새삼 자기 마음속에 굳게 맹세했다.

——에밀리아를 지키고, 모두 구하겠다. 여기 이 목숨을 걸고.

## 2

지난번 루프의 마지막, 극심한 혼란과 임박한 죽음에 미처 수습하지 못한 정보를 정리했다.

가장 중요한 것은 로즈월 L. 메이더스—— 스바루의 『사망귀환』을 알던 남자의 입장과 그 꿍꿍이를 스바루가 어떻게 상대하느냐다.

조건이 『죽음』이라는 것을 모르지만, 로즈월은 스바루가 루프하고 있음을 알고 있었다. 안 것은 『성역』에 온 다음부터인지, 더 전부터인지는 불명하지만, 아마도 안 수단은 『예지의 서』── 그가 소유한 마서일 것이다.

베아트리스가 가진 백지의 책과, 같은 원류를 가진 세상에 두 권밖에 없는 마서.

그가 가진, 미래를 기록한다는 책에 뭐가 적혀 있는지는 모른다. 단지 로즈월의 말을 순순히 받아들이자면 그는 마서의 기록에 따라서 행동하고 있었을 것이다.

『성역』에서 내비친 언행도, 대토에게 몸을 던진 최후마저도 마서의 내용을 준수한 결과──. 그것은 페텔기우스를 비롯한 마녀교도들의 소행에 가까운 행동이념이었다.

그러나 이 양자에는 명확한 차이, 마서에 따르는 자세에 양립할 수 없는 차이가 존재한다.

불완전한 예지를 독자적으로 해석해 임기응변의 태도로 책의 기록에 따르던 페텔기우스.

기록과의 어긋남을 용납지 않고 『재시작』조차 무릅쓰며 책의 내용을 준수하는 로즈월.

둘 다 책을 따르는 자세임에도 양자는 방식과 태도가 전혀 다른 것이다.

그리고 그러기 위해서 『사망귀환』마저 이용하는 로즈월의 자세는, 스바루로서는 페텔기우스 패거리의 그것보다 질적으로 나쁜 것이었다.

──궁극적으로 봐서, 로즈월의 목적이란 도대체 무엇일까.

로즈월의 마서가 이번 『성역』과 저택을 덮친 사변의 결말을 기록했다면, 이 비극은 그가 바라는 것과 같아질 때까지 몇 번이든 반복된다는 뜻이다.

그렇다면 땅에 엎드려 그의 마서에 무엇이 적혔는지 가르침을 받으면 되는가. 그의 기록에 따른다고 확약하고 로즈월의 소망을 이루기 위해서 진력하면 되는가.

하지만 마서의 기록에 따른 결과, 로즈월은 『성역』에 눈을 내렸다. 눈이 깔린 풍경은 사람들에게 에밀리아를 의심하게 만들고, 그녀를 고립시켜 마음을 몰아세우는 결말로 이어진다.

그것이 로즈월의, 마서의 소망이라면 스바루는 거기에는 절대로 따를 수 없다.

스바루와, 로즈월의 소원은 양립할 수 없다.

목숨을 걸고 모든 것을 건지려는 스바루에게 로즈월은 말했다.

——자신에게 정말로 소중한 것 말고, 모든 것을 떨궈내라고.

그러면 자신처럼 될 수 있다고도 말했다. 그렇게 되고 싶다는 생각은 털끝만큼도 없지만, 그가 그 말대로 행동하던 것은 목숨을 내던진 걸로 봐도 명백하다.

기록을 준수해 에밀리아를 고립시키고 마서가 바라는 결말을 맞이하면 로즈월은 정말로 소중한 그 무엇을 지킬 수 있다고 맹신하고 있다.

로즈월의 행동은 전부 그 때문. 그래도 스바루의 답은 하나다.

"포기할 수 있을까 보냐. 절대, 사절이다."

에밀리아를, 상처 입히지 않는다. 렘도, 람도, 페트라도, 오토도, 프레데리카도, 아람 마을의 사람들도, 『성역』의 주민도, 류즈도, 가필마저도.

어느 하나라도 빠져버리면 스바루의 좁은 세계는 살풍경해지고 만다. 욕심꾸러기에 자기밖에 모르는 스바루는 도저히 견딜 수 있을 것 같지 않다.

"로즈월, 나는── 너처럼은, 안 돼."

그 선언을 참으로 만들기 위해서 스바루는 마서와 다른 답을 찾아내야만 한다.

아무에게도 의지할 수 없다. 스바루는 고민하며 홀로 살고자 발버둥 쳤다.

그러나 만약 그런 스바루에게 의지할 곳이, 상대가, 있다고 친다면 그것은──.

"또, 널 의지해도 되는 거냐……."

──그것은 이 세상에서 유일하게 스바루의 고민을 털어놓을 수 있는 마녀뿐이었다.

## 3

──견디기 어려운 초조함에, 스바루의 발은 조급해졌다.

묘소의 『시련』을 마친 에밀리아를 데리고 돌아가 류즈의 집에서 열린 늘 하던 반성회가 해산된 직후다. 스바루는 홀로 밤하늘에 잠긴 『성역』을 열심히 달리고 있었다.

솔직히 말해, 반성회에서 나눈 대화 내용을 스바루는 거의 기억하지 못한다. 단, 기억하지 못할 뿐이지, 아마도 내용은 완전히 파악하고 있다.

이번 에밀리아는 『과거』에 이성을 잃은 에밀리아다. 따라서 그녀의 설명은 미흡하고, 한눈에 무리하고 있다고 알 수 있는 태도로, 울먹이며 내일 이후의 도전을 맹세했을 터였다.

그 자세와 사명감은 고결하고 존엄하다. ──하지만 실패한다. 그것은 알고 있다.

따라서 스바루는 상처 입은 에밀리아를 위로하고, 다정하게 격려해서 침실로 보냈다. 그다음, 로즈월과 대화할 약속이 있다고 부르러 오는 람을 밀어내고 집을 뛰쳐나갔다.

숨이 가쁘고, 이마에서 땀을 흘리며, 곧게 가는 곳은 달빛이 밝히는 마녀의 묘소── 그곳에 사태 수습의 열쇠가, 그게 아니어도 함께 문제 해결에 고민해 줄 아군이 있다.

묘소에 뛰어드는 것을 누가 막는 것만이 불안했지만, 망설임 없는 선택이 운을 불러 가필도 류즈도, 로즈월도 스바루를 막지 않았다.

──이날 밤, 두 번째 묘소, 낮도 포함하면 세 번째가 되는 묘소 돌입이다.

"────."

입구에 도달한 스바루는 통로를 채우는 차갑고 맑은 공기로 호흡을 가다듬었다. 밤의 묘소, 자격을 가진 자를 환영하는 빛도 이미 한 번의 『시련』을 마친 이번 밤에는 켜지지 않는다. 그런데도 통로 안쪽, 그곳에 있을 터인 꿈의 성으로 가는 입구를 찾아 시력을 집중했다.

시야에, 그곳으로 가는 문은 발견되지 않는다. 하지만 마녀는 분명히 말했었던 것이다.

"알고 싶다고, 그렇게 빌면……."

다시, 마녀의 다과회로 초대될 거라고, 그것이 조건이라고 에키드나는 얘기했었다.

두 번째 초대를 웃도는, 마수에게 온몸을 게걸스레 뜯길 때보다 못하지 않는 소리를 지르라며.

그것이 어느 정도 수준인가. 발광할 정도의 아픔과 공포를 웃도는 절규가 존재하는가.

——있다. 지금, 이 막다른 곳에서 해방을 비는 목소리야말로 그에 필적하는 절규다.

"————."

알고 싶은 게, 확인하고 싶은 게, 함께 고민하고 싶은 게, 별처럼 무수히 많다.

그것을 바라는 나츠키 스바루가 원하고 욕망하는 탐욕의 사도가 아니라면 무어란 말인가.

그저 조용히, 눈에 끝 모를 감정을 드리우며 스바루는 발소리를 내며 통로를 나아갔다. 차가운 공기에 그 몸을 빠트리고 십여 초 뒤에는 파르스름한 빛에 휩싸이는 석실에 당도했다.

에밀리아를 데리고 이곳을 벗어난 것이 약 한 시간 전——. 스바루가 여기서 죽은 것도, 『사망귀환』으로 세계를 재개한 것도, 역시 약 한 시간 전의 일이다.

스바루의 고뇌를, 죽음과 재생을, 수도 없이 거듭한 이곳에서 마녀에게 알현을 청하리라.

"나를, 불러 줘, 에키드나……!"

몇 번이고 목숨을 내던진다. 자존심 역시, 바쳐서 끝난다면 얼마든지 바친다.

비참하고 한심한, 무지하고 무력한 나츠키 스바루의 최선은 그뿐이니까.

"――――――."

스바루는 석실 중심에 무릎 꿇고 마녀와의 재회를 빌며 기도를 바쳤다.

뇌리에 그리는 것은 백발의 마녀. 그녀에게 호소하듯이 자신의 감정 전부를 늘어세웠다. 막막한 미래를 끌어당겨 최선의 가능성을 무작정 바라듯이.

바라고 있다. 필사적으로.

원하고 있다. 온 마음으로.

그렇게, 한결같이 빌고 또 빌어서 이마에서 땀방울이 떨어졌다. ――그 직후였다.

"으――."

별안간 스바루는 감은 눈꺼풀 너머로 하얀 빛을 보았다. 착각 ――아니, 착각이 아니다.

정신이 들고 보니 무릎을 꿇고 있었던 몸은 지면에 옆으로 쓰러져 있었다. 손발에는 힘이 들어가지 않고 무슨 일인가 싶어 신음하는 입술도 자유롭지 못하다. 의식은, 현실에서 벗겨져

나가고 있다.

바란 상황, 꿈의 성으로 초대——. 그 예조에, 스바루는 기대 이상의 감사를 품었다.

몽롱해지는 의식 중에 스바루는 닫힌 미래에 손가락을 걸었다고 안도하면서——.

『있을 수 없는 현재를 봐라.』

의식이 사라지는 순간, 그런 속삭임이 들린 느낌이었다.

4

대취한 듯한 감각이 스바루의 감정을 크게 뒤흔들고 있었다.

무슨 일이 일어났는지, 모르겠다. 의식의 두절과, 그다음의 각성은 느닷없었다.

그것은 『사망귀환』했을 때의, 앞뒤의 시간축이 급격히 연결된 혼란과 비슷하다. 직전까지 있던 세계와, 이 순간에 나타난 세계와의 차이에 뇌가 혼란을 일으키는 것이다.

그것이 이골이 난 혼란이라고 깨닫고 나면, 회복하는 것도 스바루의 특기다.

길게 심호흡해 우선은 사고와 심장에 침착하라고 말을 걸었다. ——그, 심호흡하기 위한 입에, 목에, 폐에, 감각이 없었다.

『——?』

손으로, 감각이 없는 부위를 확인하려고 했다. 만질 수 없다. 왜냐면 감각이 없는 건 손도 마찬가지. ——아니, 손만이 아니다. 머리도 몸도, 지금의 스바루에게는 존재하지 않았다.

——있는 것은 의식, 의식뿐인 존재다.

스바루의 의식만이 공중에 있으며 시점만의 존재가 된 듯이 세계를 위에서 내려다보고 있다.

부자연스러운, 육체가 결여된 감각에 새로운 혼란이 발생한다. 그러나 존재하지 않는 기관을 의식하며 심호흡의 개념을 일깨움으로써 의사적인 침착성을 마음에 촉구했다.

혼란과 취기를 내쫓고 현 상황의 파악에 열심히 애썼다. ——그 생각 아래, 스바루는 자신이 어디에 있고, 무엇을 하고 있는지, 그것을 가늠하려고 했다.

"——쟁이."

문득 목소리가 들렸다. 그것은 갈라진, 무척 자그마한 목소리였다.

뭐라고 말했는지 알아듣기 어려울 만큼 허약한 목소리였다.

그런데 스바루는 직감적으로 깨달았다.

——그것이 들어서는 안 될, 깨달아서는 안 될, 무시해야 하는 목소리였다고.

그러나 그것은 불가능한 일이었다.

몸이 없는 스바루는 목의 방향을 바꾸는 행위도, 눈을 감는 행위도 용납되지 않는다.

그저 바로 앞에 있는 광경을 의식에 새기고 지켜보는 행위밖에 허용되지 않는다.

어리석었다. 혼란에 감사해야 했다. 그 취기는, 신의 자비였다고——.

"거짓말쟁이…… 거짓말쟁이, 거짓말쟁이거짓말쟁이거짓말쟁이거짓말쟁이거짓말쟁이거짓말쟁이……!"

반복되는 말, 알아듣지 못한 단어는 명확해지고 대신에 목소리는 울음소리가 된다.

애처로운 광경이다. 목소리에는 참고 듣지 못할 비애가 담겨 있었다. 그 광경을 보는 것도, 듣는 것도 이 세상의 괴로움 중에서 가장 두려운 것이다.

왜, 이곳에 있나. 내가, 이곳에서, 왜, 정신이 들고 만 것인가.

실패했다. 그르쳤다. 실수를 저질렀다. 판단을 잘못했다. 정신이 들어선 안 됐다. 알아서는 안 됐다. 깨닫게 되어서는 안 됐다. 왜냐면——.

——그럴 리가 없다고 생각지 않으면, 나는.

"거짓말쟁이, 거짓말쟁이! 스바루는…… 거짓말쟁이이! 거짓말, 쟁이——!!"

남보랏빛 눈에서 눈물을 철철 흘리며 허물어지는 에밀리아가 찢어지는 소리로 외쳤다.

배신을 규탄하듯이, 눈앞의 악몽을 거절하듯이, 긴 머리카락을 어린애처럼 정신없이 흔들고 에밀리아가 미친 듯이 울부짖었다.

——침대에 누운 렘 옆에, 단도로 목을 찌른 스바루가 숨이 끊어져 있었다.

5

——지금, 자신은 도대체, 무엇을 보고 있단 말인가.

『————.』

흐느끼며 에밀리아는 스바루의 이름을 하염없이 불렀다.

그 한탄도 헛되이 침대에 기대고 피에 물든 스바루는 꿈쩍도 하지 않았다.

당연하다. 저 스바루는 이미 시체 말고 아무것도 아니다.

시체 말고 아무것도 아닌 스바루를, 죽은 스바루가 유령이 되어 내려다보고 있다. 그것은 지독하게 끔찍한, 더 없을 정도로 무시무시한 광경이었다.

이미 열을 넘는 죽음을 거둔 스바루조차 자신의 죽음을 내려다본 적은 한 번도 없다.

해 본 적이 없는, 경험을 하고 있다. 죽은 자기 자신을, 그 사실을 한탄하는 에밀리아를, 내려다보고.

『————.』

방의 실내 장식, 그곳에 있는 이들, 그리고 꼴사납게 죽은 자신의 모습과 그 죽음의 원인.

그것들이 급속히 결합되어 스바루는 전격적으로 이 광경이 『언제』인지를 이해했다.

이것은 대죄주교 페텔기우스 로마네콩티를 토벌하고 에밀리아를 마녀교로부터 구출한 다음, 렘의 상실을 처음 안 스바루가, 생각 없이 저지른 소행의 말로다.

왕도로 달려가 마녀교에게 습격당한 렘이 세계의 기억에서 사라졌다고 알고, 스바루는 발작적으로 자신의 목을 나이프로 찔렀다. 렘을 되찾고 싶은, 한마음에.

──그 경솔한 소원은 이뤄지지 않고 스바루는 몇 초 전으로 시간을 거슬러 올라가 절망을 맛보았다.

『사망귀환』의 개시 지점이 갱신되어 스바루는 렘을 구하기 위한 수단을 잃었다. 그런데도 렘을 포기하지는 않겠다고, 에밀리아의 격려와 자신의 마음에 굳게 맹세한 것이다. 하지만──.

『몰…라……. 이런 광경, 난 몰라. 몰라……. 알 리가 없어!』

본 적이 없는 광경이다. 왜냐면 이 세계에서 스바루는 이미 죽어 있는 것이다.

『사망귀환』의 권능을 선사받은 스바루여도 자신이 죽어버린 다음의 세계에 관해 알 수는 없다. ──아니, 그런 건 없다고 생각해 왔다.

자신의 생명과 맞바꾸어 세계를 재시도해 최악의 결말을 바꿔온 스바루에게 자신이 죽은 세계는 최종적으로 당도해야 할 미래로 가는 통과지점에 불과하다고.

왜냐면, 그렇게 생각지 않으면, 그 인식이 뒤집히는 일이 있으면, 스바루는.

──나츠키 스바루의 세계가, 붕괴한다.

『그만둬. 그만둬그만둬그만둬그만둬그만둬그만둬그만둬그만둬그만둬그만둬——!』

눈앞의 광경을 받아들이지 못해 스바루는 말이 되지 못하는 목소리를 지르며 절규했다.

그러나 목이 없는 몸에서 목소리는 나오지 않고, 눈이 없는 얼굴은 돌리지도 못하며, 귀가 없는 머리는 막을 수 없고, 의식밖에 없는 스바루에게 세계는 결과를 새긴다.

——스바루가 저지른, 경솔한 소행의 형벌을.

"에밀리아 님! 이건——."

울부짖는 에밀리아의 목소리를 주워듣고 날카로운 목소리와 함께 누군가가 방에 뛰어들었다.

백발에 검은 집사복. 이곳은 왕도의 크루쉬 저택이다. 그곳에 있어야 할 인물, 『검귀』 빌헬름은 참상을 목도하고 대경실색해서 눈을 부릅뜨고 있었다.

넋을 놓은 노검사의 모습에 의식뿐인 스바루 또한 아연실색했다. 그 정도까지 스바루의 주검을 앞에 둔 빌헬름의 공황은 예사롭지 않았던 것이다.

"스바루…… 스바루우……. 거짓말, 쟁이이……. 같이 있겠다고, 그랬…으면서……."

"도대체 무슨 일이…… 아니, 에밀리아 님, 죄송합니다!"

저주처럼 배신을 탄핵하는 에밀리아. 훌쩍이는 그녀의 목소리에 제정신을 되찾고 빌헬름은 스바루에게 매달린 에밀리아를 슬쩍 떼어냈다. 그대로 에밀리아는 휘청휘청 바닥에 쓰러졌다. 하지만 빌헬름은 그녀보다 스바루의 소생을 우선했다.

"페리스! 펠릭스! 빨리 와라! 화급하다! 서둘러!!"

벗은 웃옷을 상처에 대고 험악한 얼굴로 빌헬름이 고함쳤다. 멈춘 심장을 움직이고자 가슴을 두드리고 튀는 피가 그 얼굴을 얼룩으로 물들였다.

흘러나온 피가 너무나 많다. 스바루의 영혼이 이미 그곳에 없는 것을, 많은 죽음을 목격한 『검귀』가 모를 리가 없다. 그런데도 그는 소생의 손길을 멈추지 않았다.

"빌 영감, 큰소리로 웬…… 어?!"

"펠릭스, 서둘러! 날붙이로 목을 찔렀다! 한시를 다툰다!"

날카로운 목소리에 나타난 페리스는 즉각 사정을 알아챘다. 페리스의 손바닥이 파란 인광을 두르고 막대한 마나가 치유의 힘으로 변해 쓰러진 스바루의 상처로 쏟아졌다.

치료하는 페리스의 눈에 유례없는 집중과 필사적인 기색이 깃들었다. 영혼이 빠진 빈 껍질로 변한 자신의 소생 작업, 그 광경을 내려다보면서 스바루의 의식은 통곡했다.

『이제, 그만두라고……. 소용없어. 소용없다고. 그 녀석은, 이미 죽어 있다고…….』

이미 훤한 결말이다. 스바루는 여기서 죽어 있다.

두 사람이 아무리 필사적으로 노력해 주어도, 에밀리아가 아무리 울어도, 스바루는 죽는다.

사후에 무슨 일이 일어났는지 모른 채 모든 것을 잊고 제 맘대로 죽은 것이다.

"못 보내! 결코…… 이런 모양새로 은인을 보내는 일이, 감히 있을까 보냐!"

"이럴 때에 왜 이런…… 웃기지 마, 웃기지 마……!"

상처를 막는 빌헬름이 집념을 외치고, 페리스가 분노로 목소리를 떨면서도 이 세상에서 가장 다정한 마법을 행사하고 있다.

그 광경에, 두 사람의 감정의 파문에, 스바루의 마음은 충격에 내내 얻어맞았다.

그러나, 그런 두 사람의 열띤 노력도——.

"펠릭스! 왜냐! 왜, 치료를 멈춰! 이대로 두면……."

"이제 끝났어, 빌 영감. ——이미, 영혼이 어디에도, 안 남았어."

다그치는 빌헬름에게 페리스는 고개를 젓고 웃옷이 막고 있던 상처를 손수건으로 살짝 닦았다. 상흔은 곱게 아물고 닦은 다음에는 상처 흔적도 보이지 않는다.

다만 흘러나간 대량의 피와 빠져나간 영혼만은 그곳에 없다.

"왜…… 왜냐 말이다! 왜, 이다지도 쉽게…… 스바루 님, 당신은……!"

스바루의 죽은 얼굴을 내려다보고 빌헬름이 주먹에 담은 원통함을 바닥에 내려쳤다.

깨진 바닥의 파편, 거기에 피가 섞이는 것은 후려친 빌헬름의 주먹도 함께 깨졌기 때문이다. 주먹에서 핏방울을 흘리며 빌헬름은 한탄하듯이 천장을 우러렀다.

그렇게 격정을 드러내는 빌헬름과 달리, 페리스는 작게 한숨을 내뱉고 말했다.

"……약골, 겁쟁이. 소중한 사람, 다—들 두고 갔잖니. …… 힘든 것도, 괴로운 것도, 전부, 모두에게 떠넘기고…… 그래서, 만족하는구나?"

비꼬는 말이라 하기에는 매섭고, 규탄이라 하기에는 너무 자비롭다.

그 복잡한 심경은 이해하기를 포기한 스바루의 의식으로는 읽어낼 수 없다. 단지 빌헬름과 페리스의 태도로 분명히 알 수 있었다.

——돌이킬 수 없는 상처를, 스바루는 둘의 마음에 새겼다고.

『————.』

의식뿐인 존재는, 망아와도 망연과도 무관하다. ——오로지 제시당할 뿐이다.

자신에게 보여 주는 것, 스바루가 보고 있는 것, 이것은 도대체 무엇인가.

——죄를, 보여 주고 있는 것이다.

"——다고, 말했는데."

작게, 가냘프게, 그 목소리는 기력을 잃은 두 사람이 만든 정적 속에 허망하게 울렸다.

빌헬름과 페리스가 체념에 꺾인 배후에서, 무릎을 부둥켜안은 에밀리아는 눈물을 하염없이 흘리고 있었다. 뺨을, 옆으로 흐르는 눈물자국. 그것을 아랑곳하지 않으며 떨리는 목소리로.

"날, 좋아한다고, 말해 줬는데……."

말했다. 그렇다. 분명히 말했다. 그동안 하고 싶었던 말을, 전한 직후에.

그 말에 눈물을 머금으며 미소 지은 에밀리아를, 스바루는 내버리고 간 것이다.

——뚝 하고, 전구가 끊어지듯이 세계의 존재가 꺼졌다.

## 6

"——푸."

안면이 지면에 내동댕이치는 통증에, 스바루의 의식은 각성으로 인도받았다.

차가운 바닥에 턱을 찧어 신음하면서 스바루는 머리를 흔들었다. 그 순간 부딪힌 턱과 만진 손에 감각이 있음을 깨닫고 자신의 육체의 존재를 확인했다. ——이상은, 없다.

"묘, 묘소, 안……."

떨리는 목소리로 중얼거리고는 시선을 돌려 자신의 거처를 확인한다. 갑자기 시간이나 거리를 뛰어넘는 일도 없이 그곳은 의식이 없어지기 직전까지 있었을 『시련』의 방이다.

에밀리아도 없다. 『사망귀환』하지 않았다. 이곳에, 빌러 온 직후인 채다.

"하지만, 그건…… 백일몽, 같은 게 아니었어……."

입에 손을 짚고 의식 근저에 새겨진 광경에 스바루의 내장이 일제히 경련했다.

예상 밖의 광경, 있을 수 없는 세계, 내버리고 왔을 터인, 존재하지 않는 일막── 거의 틀림없이, 그것은『스바루가 죽은 뒤의 광경』이다.

"우, 읍──."

이해가 반복된 순간, 떨리는 내장이 한계를 맞이해 스바루는 위장의 내용물을 쏟아냈다.

언제 먹었는지 먼 기억에 있는 저녁밥을 위액과 함께 바닥에 토한다. 그렇게 양이 많이 나오지는 않는다. 그런데도 반복하며 위장을 쥐어짜기만 해도 구토감이 조금은 누그러지는 것을 느꼈다.

"하아, 하악…… 이…건……."

그렇게 구토를 반복해 위액이 목을 지지는 통증에 신음하면서 스바루는 사고했다.

무엇이 일어났는가. 꿈의 성의 초대를 바란 스바루에게, 어떠한 괴변이 난데없이 떨어진 것인가. 이곳에서, 뭔가가, 짚이는 곳은, 가능성은, 있다고 한다면 그것은──.

"방금 그건, 설마,『시련』……인가? 과거가 아니라, 두 번째……?!"

이곳은 마녀의 묘소,『시련』의 방── 그렇다면 첫 관문에 이어지는, 두 번째 관문이 있는 게 당연하다. 당연하지만, 그 당연은 스바루로서 지나치게 예상 밖이었다.

『시련』이 개시된 것은 물론, 가장 두려워해야 할 것은『시련』의 내용이다.

——조금 전에 본 광경이 두 번째 『시련』이라면, 스바루에게는 최악의 전개였다.

그 광경은 스바루에게 지옥의 다음 광경이다.

지옥이라면 스바루는 몇 번이고 봐 왔다. 그 사실은 스스로도 잘 알았다.

그리고 최선의 미래를 거머쥐기 위해서라면 그 지옥을 몇 번이든 볼 각오를 하고 있었다.

——하지만, 지옥의 다음을, 지옥보다 더 끔찍한 세계를 알 각오는.

『——있을 수 없는 현재를 봐라.』

"뭣——?!"

피가 얼어붙는 상상에 몸서리치는 스바루, 그 고막을 누군가의 속삭임이 느닷없이 스쳤다.

그 사실에 비명을 지르며 몸을 굳힌 순간—— 의식의 상실이, 다시 찾아들었다.

팔을 짚어도, 못 버틴다. 어깨부터 바닥에 쓰러지고 눈꺼풀을 밀어젖혀둘 수 없다. 그대로 의식은 급속히 나락으로 끌려들어가 사라졌다.

——『시련』이, 지옥 다음에 있는 세계가, 나츠키 스바루를 탄핵하기 위해서.

## 7

얇고 날카롭게, 그 칼날은 반할 만큼 우아하게 그 생명을 끊고 있었다.

흐르는 피가 적은 것이 치명상이 된 일격을 펼친 섬세한 기량의 증명이다. 그저 미량의 피가 튀어 하얀 망토에 반점을 남겨서 마치 그 기사가 지은 죄의 증거처럼 보이기까지 했다.

위를 보고 쓰러지는 스바루의 주검. 그것을 내려다보는 이는 보랏빛 머리카락의 기사였다. 그 옆에는 땅바닥에 주저앉은 페리스가 있어서, 몹시 초췌한 기색인 게 한눈에 알 수 있었다.

『──────.』

그 광경── 지옥의 다음 광경을 내려다보면서 스바루의 의식은 문드러졌다.

의식뿐인 스바루에게는 이 광경을 말릴 수단도 눈을 돌릴 방도도 없다. 지은 죄는 지워지지 않고, 내버리고 온 세계의 원한은 스바루의 영혼을 갈아낸다.

그리고 그것은 이 광경에도── 아니, 새로운 추가타를 스바루에게 가했다.

"……스, 바루?"

초목을 밟는 소리가 나고, 기사들이 만든 울타리에 누군가가 찾아왔다. 그 인물은 비틀대는 발걸음으로 원의 중심에 쓰러진 소년에게 걸어갔다.

죽은 스바루 곁에, 얼이 나간 에밀리아가 섰다. 그 옆에는 기사—— 율리우스도.

"에밀리아 님, 이 친구를…… 스바루의, 얼굴을 닦아 주십시오."

"————."

"제가 아니라, 당신이 하시는 것을 이 친구는 바라겠지요. 하다못해, 당신의 손으로."

하얀 손수건을 내밀고, 율리우스는 망연자실한 에밀리아에게 그렇게 말을 붙였다.

그러나 에밀리아는 그 말에 응답하지 않으며 오로지 동그란 눈을 아연실색한 감정으로 채우고 있었다.

느릿느릿 에밀리아의 떨리는 손끝이 스바루의 얼굴을 건드렸다. 마른 땀과 입매를 희미하게 더럽힌 피, 그것을 에밀리아는 자신의 손바닥으로, 더러워지는 것도 개의치 않으며 닦기 시작했다.

조금씩 깨끗해지는 스바루의 죽은 얼굴에 에밀리아는 나직이 중얼거렸다.

"어째서……? 스바루는, 왜 돌아와서, 이런……."

의문—— 영원히 대답을 돌려주지 못하는 상대에게, 에밀리아는 혓소리처럼 물음을 속삭였다.

그것을 담아 들을 귀도, 대답할 입도, 시체는 아무것도 기능하지 못하고 있다.

그리고 죄를 탄핵당하는 스바루의 의식은 그녀들의 세계에 아무 간섭도 할 수 없다.

『――――――.』

새로운 지옥의 다음 세계―― 이것이 어느 『죽음』을 재연한 것인지 이해했다.

이곳은 페텔기우스와의 싸움에서 맞이한 『죽음』의 광경이다.

백경을 쓰러뜨리고 토벌대를 동반해 도전한 페텔기우스와의 첫 전투―― 놈의 『빙의』를 간파하지 못하고 스바루는 광인에게 육체를 빼앗겼다. 그리고 『사망귀환』마저 봉인될 수 있는 최악의 국면을 타파하느라 스바루는 율리우스와 페리스의 힘을 빌려 스스로 죽음을 선택한 것이다.

페리스의 마법에 체내의 순환이 뒤틀려 스바루의 죽은 얼굴은 지독한 몰골이었다. 그런데도 율리우스가 고통을 덜어 준 덕분에 두 눈 뜨고 못 볼 낯짝이 되는 건 피했다.

단지 그것이 남은 이들의 마음의 위로가 되느냐고 하면, 이야기는 별개다.

"스바루 님…… 죄송, 합니다……!"

무릎을 떨어뜨리고 죽은 스바루에게 머리를 조아린 사람은 만신창이가 된 빌헬름이었다.

부상당한 몸을 끌며 빌헬름은 스바루의 죽음을 몹시 한탄했다. 원통한 표정으로 고개 떨군 그의 주위에는 마찬가지로 침통한 표정을 지은 노기사들이 우두커니 서 있었다.

모두 다 함께 백경에 맞선 동료다. 마녀교를 무찌르고 왕도에 개선하자고 주고받은 약속. 그것을 지키지 못해 모두가 마음을 아파하며, 개중에는 격정에 눈물짓는 이까지 있었다.

그 정도로 자신의 죽음을 안타까워하는 모습에 스바루는 말문을 잃었다.

어쩌면 그 눈물이야말로 사후의 세계를 보는 처지를 뛰어넘는 충격을 스바루에게 주었으리라.

"왜, 스바루는 이렇게 되어서도, 날 구하러…… 응? 왜 그런 거니?"

말 못하는 스바루의 뺨에 손을 얹고서 에밀리아가 닿지 않는 호소를 되풀이한다.

그 비통한 모습에 스바루는 그녀의 속내를 이해했다. 이 세계에서 스바루는 에밀리아의 물음에 답하지 않았다. 그것은 죽음으로 말미암아 영원히 멀어졌다.

——따라서 에밀리아는 앞으로도 스바루가 헌신한 이유를 알지 못한다.

"세상을 오랜 세월에 걸쳐 괴롭혀 온 마녀교, 그 첨병인 『나태』의 대죄주교는 물리쳤다. 이 사실은, 세상에 매우 커다란 공적이다. ——하지만."

스바루의 주검에 말을 걸며 율리우스는 허리에 찬 기사검의 칼자루를 손가락으로 두드렸다. 몇 번이고, 몇 번이고 반복되는 그 동작은 서서히 그 간격이 좁아졌다.

"그러기 위한 희생 전부를 허용할 수 있는 건 아니야. ——나는 너와 말을 더 나누고 싶었어. 나츠키 스바루."

씁쓸하게 중얼거린 율리우스는 스바루의 얼굴에서 고개를 돌렸다.

저녁놀에 물든 하늘을 쳐다보며 기사는 그 눈에 슬픔을 드리우고 말했다.

"――난 너를, 벗이라고 부르고 싶었다."

율리우스의 속삭이듯이 힘없는 목소리가 뉘엿뉘엿 해가 저무는 숲에 종말을 불렀다.

8

세계가 암전하고, 의식이 회귀한다. 지면에서 튀어 오르듯 각성이 일어났다.

"――프, 하! 히, 아, 아아, 아아?!"

몸부림쳤다. 정신이 드니 자신의 몸은 딱딱하고 차가운 바닥 위에 있었다.

콧구멍이 아플 만큼 맑은 공기에 가득한 방에서 스바루는 무아몽중으로 나뒹굴었다. 의미가 있는 행위가 아니다. 그저 행위에 몰두함으로써 생각하기를 거부하고 싶다.

방금 본 광경은 절대 생각해서는 안 된다. 이해하겠다는 생각을 감히 해서는 안 된다.

구르고 구르다가, 세반고리관이 다쳐서 바닥에 머리를 문지르며 자신의 내면에 생긴 폭풍에서 달아나려고 했다. 의식을 사고에 쏟을 가능성을 조금이나마 덜어내려고 했다.

"끽……!"

그러나 그 현실도피는 벽에 부딪혀 튕겨나 끝을 맞이했다.

등부터 격돌한 통증에 뼈가 삐걱대고 바닥에 스친 이마에는 피가 배여 있다. 하지만 엎드려 쓰러진 스바루가 흘리는 눈물은 결코 통증이 원인은 아니다.

——스바루가 눈물을 흘리게 한 것은 못난 자신에 대한 한심함이었다.

도대체 몇 번, 몇 차례, 얼마나 나츠키 스바루는 약해서 나동그라져왔는가.

어떤 곤경에도, 난관에도, 결코 흔들리지 않는 무쇠 같은 마음은 어떡하면 손에 들어오는가.

이렇게나 약하고, 이렇게나 무르고, 그렇기에 스바루는 여태까지도——.

“못 본 척하고, 눈을 돌린 대가가…… 이거란 거냐……?”

생각해 본 적이 없는 건, 아니었다.

의식 한구석에서, 스바루는 수도 없이 그 가능성을 떠올린 적이 있었다.

그런데도 여전히 진지하게 상관하려고 하질 않은 것은 무의식이 그 가능성을 검증하는 것을, 고찰하는 것을 두려워하며 거부하고 있었기 때문이다.

『사망귀환』하는 스바루가 자신이 죽은 뒤 세계의 존속을——그 가능성을 깨달으면, 의심하면, 스바루의 싸움법은 바닥부터 무너진다.

구하겠다고, 그렇게 소원한 모든 것이 나츠키 스바루를 내버린다.

——아니, 버리고 온 것은 스바루 쪽이다. 꼴사납고 이기적으로 『죽음』을 맞이함으로써 스바루는 세계를 팽개치고 자신만 새로운 세계로 달아난 것이다.

그 무책임의 결과가, 태어난 지옥 이하의 지옥이 바로 그 광경의 정체다.

『——있을 수 없는 현재를 봐라.』

도망칠 수 없다. 귓전에 속삭이는 목소리가 스바루에게 그렇게 선언했다.

졸음과는 다른 강제적인 의식의 괴리에 스바루는 하얗게 번지는 세계 저편으로 떨어졌다.

그 끝나는 순간에 세 번 들은 누군가의 속삭임을 들어본 기억이 있어서—— 그 답을 깨달았다.

——그것은 틀림없는, 자기 자신의 목소리였다.

9

두개골이 깨진 시체를 앞두고 무릎을 꿇은 소녀의 모습이 있었다.

높은 곳에서 낙하에 버티다 못해 그 시체는 대지에 혈화를 피우고 있다. 끔찍하게 터진 고기를, 흑발 소년이었던 것이라고 가까스로 판별할 수 있었다.

『――――――.』

의식뿐인 각성에, 스바루는 이미 놀라지도 않는다.

강제적인 의식의 전환이 있어 스바루는 또 다시 다른 죽음의 뒷일을 보고 있다.

예상이 가지 않았던 것은 스바루의 의식이 어느 『죽음』의 재연에 불리느냐뿐――.

"마지막의 마지막까지, 영문 모를 소리나 늘어놓고……."

추락사한 스바루를 앞에 두고 그렇게 내뱉은 것은 분홍머리 소녀―― 람이다.

그 몸가짐은 흐트러지고 제복에는 뜯어진 상처가 여럿 있다. 평소에는 애써 냉정을 유지하는 람의 표정에는 답답한 복잡한 감정과, 불타버린 분노의 빛깔이 있었다.

그것은 스바루의 죽음을 안타까워한다――기보다, 그 죽음에 견디기 어려운 분노를 품는 표정이다.

그 표정대로 람은 세차게 혀를 차고 뒤돌아보았다.

"이것도 전부, 당신의 예정대로인가요? 베아트리스 님. 이렇게, 람의 앞길을 막는 것이 당신의…… 우."

빠른 말로 안 어울리는 비난을 날리려던 람. 그 말이 중간에 끊겼다.

람의 연홍빛 눈에는 스바루의 시체와, 그 곁에 서 있는 베아트리스가 비치고 있다. 소녀는 드레스 옷자락이 더러워지는 것도 상관치 않으며 찌부러진 스바루를 가만히 응시하다가, 입을 열었다.

"——어째서."

나직이, 침울한 목소리가 흘러 나왔다.

곁에 있는 람의 존재마저 개의치 않고 베아트리스의 시선은 죽은 스바루에게만 쏠렸다.

그 소녀의 파란 눈 끄트머리로 투명한 물방울이 뺨을 타고 떨어지는 것이 보였다.

——베아트리스가, 눈물을 흘리고 있다.

그 사실이, 녹은 납을 삼키는 듯한 고통을 스바루의 죄책감에 쏟아 부었다.

마음을 헤집는 고통에, 존재하지 않는 눈 안쪽이 뜨거워졌다. 지금 당장, 이 어린 소녀에게로 달려가 뭔가 말을 걸고 싶다. 눈물을, 그치게 해 주고 싶다.

그렇게 하기 위한 다리도, 팔도, 입도, 스바루 쪽에는 아무것도 없기에——.

"네가, 『그 사람』이 아니란 것쯤은, 아는데…… 그래도……."

표정이 사라진 베아트리스는 잠꼬대처럼 중얼거리면서 눈물방울을 하염없이 떨어뜨렸다.

그 애처로운 모습에 람은 베아트리스에 대한 그 이상의 추궁을 포기한 모양이다. 그저 조용히 숨을 내쉬고, 장렬한 낯짝을 드러낸 스바루에게로 모멸 어린 눈길을 보내고 말했다.

"뭐가, 정말 좋아한단 거야. ——정말로, 구제 못할 애기군."

10

『——있을 수 없는 현재를 봐라.』

11

밤하늘까지 얼어붙을, 공기를 하얗게 물들이는 냉기가 세상을 지배하고 있었다.

얼어붙는 나무들은 바람이 불 때마다 쪼개지고 마나가 빨려나간 숲은 존재를 유지하지 못해 티끌로 돌아간다.

나무들이, 건물이, 생물이, 세계가 하얀 종언 속에 천천히 사라진다.

『————.』

다음에 스바루가 목격한 것은 세상이 끝나는 광경이다.

차갑고 자비로운 파멸에 안겨서 잠이 들듯 세계는 종언에 잠겨가고 있었다.

하지만——.

"——역시, 너인가."

나직한, 대기를 울리는 목소리가, 수긍한 여운을 섞으며 울려 퍼졌다.

그 직후, 대지를 뒤흔드는 땅울림이 퍼지고 쓰러지는 거체의 충격에 경치가 일변했다. 폭풍에 나무들이 쓸려나간다. 쓰러진 수목은 고드름처럼 붕괴하고 숲은 일대가 하얀 평원으로 탈바

꿈했다.

평탄하게 다져진 얼어붙은 숲, 그 파괴를 초래한 원인은 올려다봐야 할 수준의 거체를 가진 네발짐승으로, 회색 체모를 길게 기른 고양잇과로 여겨지는 생물이었다.

그러나 거수는 입에 다 들어가지도 않는 이빨이 부러졌으며 무겁게 반복하는 호흡에도 피폐한 기색이 짙다. 단지 형형히 빛나는 금빛 눈만이 패기를 드리우며 정면을 노려보고 있었다.

"애석하다……. 이리되리라 알고 있어도 바꾸지 못하는가."

"——무슨 일이 있었는지, 대강 그 사정은 파악하고 있습니다. 그렇기에 안타깝습니다."

한탄하는 거수의 목소리에 응수한 것은 눈보라 속에서도 망설이지 않고 퍼지는 맑은 미성이었다.

끝나는 세계의 한구석인데도 굳센 생명력이 한 점도 퇴색하지 않은 목소리. 그 목소리의 주인은 장신의 자세를 바로잡고 불타는 붉은 머리를 하얀 바람에 흩날리는 청년이었다.

청년은 너르고 맑은 하늘을 비춘 눈으로 짐승을 응시하며, 그 눈초리에 희미한 슬픔을 띠고 말했다.

"에밀리아 님도 스바루도, 이제 아무 데도 없는 거군요."

"리아는 잠들었다. 영원히. 그 아이가 없는 세상에 나는 존재하고 싶지 않다. 따라서 계약에 따라서 나는 세상을 동토로 물들인다. 이 몸도, 그 남자도 같은 죄다——."

"그것이, 이 세계를 멸하고자 하는 이유입니까."

"방해받을 건 알고 있었지. 하지만 그러지 않고서는 그 아이는 구원받지 못해."

격렬하게 으르렁대는 짐승의 대답에 청년은 슬쩍 고개를 내젓고 허리에 찬 검의 칼자루를 잡았다. 하얀 칼집에 새겨진 발톱 자국은 한때 용(龍)이 남겼다는 전설의 검—— 용검의 증표다.

눈부시게 빛나는 용검, 그것을 다룰 수 있는 이는, 뽑을 수 있는 이는 이 세상에 단 한 사람뿐.

『검성』 라인하르트 반 아스트레아는 용검을 당당히 거수에게 겨누고 자세를 잡았다.

"원통함은 이해합니다. 저도 같은 기분입니다. 하지만 그 원통함을 무턱대고 뿌려대는 짓은 용납할 수 없습니다. 당신의 맹세는 세상에 상처를 낳습니다. ——저는, 그걸 결코 허용할 수 없습니다."

"옳지, 않기 때문이냐."

"예. 옳지 않기 때문입니다. ——저는 올바름의 규범입니다. 잘못을 바로잡는, 검입니다. 그 때문에 여기서 당신을 베겠습니다. 대정령님."

압도적인 질량 차이, 거수와 청년—— 팩과 라인하르트 사이에는 그 차이가 있다.

그런데도 어느 쪽이 전력상 우위인지, 그것은 스바루라도 한눈에 알 수 있었다.

진정한 힘을 해방한 팩이라도 라인하르트의 태연한 얼굴을 무너뜨리지 못한다. 용검이 한 번 번뜩이면 그것만으로도 『검성』은 정령마저 양단한다.

뿜어진 가공할 검기가 그 사실을 주위에 뚜렷하게 알리고 있었다.

"움직이지 않으면 괴로울 일이 없을 거라고 확약하겠습니다."

"그럴 수는, 없지. 목숨이 다할 때까지 맹세를 위해서 발버둥 치겠다……. 살아 있는 한, 말이야."

용검이 명동하고 얼어붙은 하늘이 무시무시한 힘의 기척에 금이 가는 듯한 비명을 질렀다. 그 압도적인 힘을 앞두고 쓰러진 거수는 앞발을 세워 억지로 몸을 일으키고 이빨을 드러냈다.

둘 다 일격을 내지를 자세를 잡았다. 최후의, 결과가 훤한 일대일 대결이 펼쳐진다——.

"더 이상의 피해는 막겠습니다. 원망할 거면, 바로 저를."

"원망은 없지, 라인하르트. 너는…… 그대는 영웅이다. 영웅에겐, 영웅밖에 할 수 없는 역할이, 행위가 있어. 거기에 신명을 바친 너를, 원망하지도 책망하지도 않는다."

"————."

"너는 영웅이야, 라인하르트. ——영웅밖에, 되지 못해."

마지막의 마지막, 그 말에만은 분노와도 원통함과도 무관한, 순수한 악의가 있었다.

다음 순간, 라인하르트는 용검을 머리 위로 치켜들고, 빛이 번뜩였다. ——하늘이 갈라지고 대기에 균열이 퍼지며 대지가 꺼지고 마나가 휘몰아쳐, 참격의 궤적대로 세계가, 비껴났다.

"————."

하얀 냉기에 뒤덮인 세계가, 그 참격의 분류가 수습된 직후에

재생했다.

비껴난 세계가 수정되고 소용돌이치던 마나가 빛으로 변해 세계에 환원됐다. 붕괴한 대지에는 꽃들이 움트고, 금이 간 대기는 맑아졌다. 하늘에서 눈부시게 햇빛이 쏟아지고 있었다.

세계의 종언과 그 재생이 동시에 시행되는 『검성』의 참격――.

그리고 그 참격을 맞은 거대한 짐승은 흔적조차 남기지 못하고 세상에서 소멸해 있었다. 파괴의 여운마저 아무 데도 없고, 싸움이 있었다는 사실조차 꿈이었던 것처럼.

――쇳소리와 함께 라인하르트는 하얀 칼집에 자신의 용검을 넣었다.

부는 바람이 그의 붉은 앞머리를 흔들고, 햇빛에 눈을 가늘게 뜬 라인하르트는 하늘을 우러렀다. 그 입술이 희미하게 굳으며 아무에게도 들리지 않을 만큼 자그마한 한숨과 함께――.

"――펠트 님께서, 슬퍼하시겠군."

『검성』은 눈을 감으며 중얼거렸다.

12

『――있을 수 없는 현재를 봐라.』

13

『――있을 수 없는 현재를 봐라.』

14

『——있을 수 없는 현재를 봐라.』

15

『——있을 수 없는 현재를 봐라.』

16

『——있을 수 없는 현재를 봐라.』

17

『——있을 수 없는 현재를 봐라.』

18

『——있을 수 없는 현재를 봐라.』

19

『——있을 수 없는 현재를 봐라.』

## 20

——있을 수 없는, 현재를, 계속 보았다.

끝난 세계를 잇달아 보며 스바루는 그저 땅바닥에 누워 있었다.

자신이 지금, 어디에 있는지, 모르겠다.

현실에 있는가. 꿈속인가. 의식뿐인가. 육체는 있는가. 반복되는 악몽을, 그것을 악몽이라고, 그렇게 불러도 되는가. 그것은 죄라고, 현실이라고 인정할 수 있는가.

단순한 가능성의 망상인가. 혹은 정말로 있었던 지옥의, 다음 지옥이었는가.

또 스바루의 기억에서 형편 좋은 세계를 만들어내고 있는 게 아닌가. 그렇다면 명백하게 스바루가 모르는, 사후의 정보가 흘러들던 것은 왜인가.

망상이 만들어낸 가짜 세계인가. 아니면 현실이 다른 현실을 침식한 것인가.

그중에 무엇이 답이라고 해도 스바루의 마음이 받은 상처는 심대하다.

도저히, 곧게, 서지 못하고, 고개를 들 수도, 없을 정도로.

그렇기에——.

"——더는, 못 일어서겠어요? 스바루 군."

곁에 선 누군가가, 상처투성이의 마음을 자상하게 건져주려는 말을 듣고.

그것이 사랑스러운, 소중한 누군가의 목소리였던 느낌에.

"——아."

스바루의 뺨에, 흐를 리 없는 뜨거운 눈물이 한 방울, 흘러 떨어졌다.

——그 목소리를 듣는 건 도대체 얼마 만일까.

실시간의 이야기로 한정하면 그녀가 잠들고 나서 긴 시간은 지나지 않았다.

기껏해야 일주일, 지인이나 가족이라도 그 정도 얼굴을 마주하지 않는 기간은 있다.

——그런데도 스바루는 그렇게 생각할 수는 없었다. 긴, 기나긴 이별이었다.

몇 번이고 거듭해서 자기 생명과 맞바꾸어 시간을 거슬러 올라가는 스바루에게 현실의 시간 따위 의미가 없다. 중요한 것은 영혼이 보낸 시간인 것이다.

그리고 영혼이 그녀의 목소리를 듣는 건 바야흐로 막대한 시간 끝의 일이었다.

"스바루 군, 괜찮아요?"

목소리가, 속삭인다. 보듬듯이, 위로하듯이, 아끼듯이.

부름에 담긴 친애가, 열정이, 메마른 스바루의 마음을 급속히 채웠다.

텅 비고, 허무에 잠겼을 터인 마음의 그릇에 뜨거운 것이 차오른다.

단 한마디, 그뿐인데—— 도대체 그녀는 얼마나 큰 힘을 주고 있단 말인가.

"……가짜야."

"아뇨. 가짜가 아니에요."

"있을 리 없어."

"스바루 군이 바라만 준다면, 언제든 곁에 있어요."

"내가 가장 어떻게 해달라고, 그렇게 생각할 때에 한해서…… 늘 네가 있어 줄 일이, 있을까 보냐……. 그런, 편한 일이……!"

"스바루 군에게, 가장 편한 여자이고 싶다고, 언제나 생각하거든요."

딸꾹대는 목소리가, 형편없는 약한 소리를 잇따라 흘리고 있다.

그런데 허세를 벗겨내는 그 목소리는 결코 스바루를 업신여기지도 않고, 그에게 실망하지도 않는다.

알고 있는 것이다. 그녀는.

스바루가 약하고 구제불능이며, 무언가에 기대지 않으면 살아가지 못할 만큼 나약하고 언제나 자신감이 없어서 계속 헤맨다는 사실을.

그렇게 강하게 서지 못하는 스바루를, 그런데도 좋아한다고 말해 주는 애니까.

"——렘."

"네. 스바루 군의, 렘이에요."

고개를 들었다. 눈물로 뿌예진 시야에 파란색이 비쳐들었다. 더러워진 소매로 거칠게 눈을 문질러 눈물을 증발시켜서 스바루는 뚜렷하게 그 모습을 보았다.

눈앞에 서 있는, 소녀의 모습을. ——몇 번이나 소원한, 렘의 모습을.

"레엠……."

"네, 렘이에요. 스바루 군 전속의, 만능 유용 메이드랍니다."

"너, 어……."

갸웃대며 너스레 같은 태도로 스바루를 희롱하는 렘.

그런 그녀의 태도에 스바루는 무슨 말을 하기보다 먼저 가슴속에 있던 무거운 뭔가가 내려가는 것을 느꼈다. 호흡이 편해지고 내면의 자신이 내뱉는 부정적인 목소리가 사라졌다.

너무나도, 너무나도 싱겁게, 구원받고 말아서 스바루는 얼이 나갔다.

그토록 방법이 없다고, 속수무책이라고만 생각하던 마음이 단 한 명의 소녀의 미소를 본 것만으로도 이다지도 쉽게 풀리고 말았다.

"렘은, 굉장한걸……."

"감사합니다. 스바루 군도 멋져요."

미소의 해답은, 맞물리는 것 같으면서도 여느 때처럼 맞물리지 않았다.

그리운 그 응수에 스바루는 참던 걸 참지 못하고 울 뻔했다.

땅바닥에 주저앉은 채로 뺨을 실룩이는 스바루 앞에 렘이 무릎을 꿇었다.

"괜찮아요? 지쳐, 버렸어요?"

"글쎄……. 난, 지친 걸까……. 아직, 아무것도, 못 이뤄냈는데……."

이뤄내지 못했다. 아무것도 해내지 못했다. 지쳤다는 말을 감히 입에 담을 자격도 없다.

다들, 더 괴로워하고 있다. 다들, 더 괴로운 경험을 하고 있다. 어째서, 모두 다 그렇게 괴로워해야만 하는가. ——그런 건, 뻔하다.

"내가, 약하기 때문이지."

"————."

"내 힘이, 모자라기 때문이야."

"————."

"내가 더 강하고, 더 영리하고, 더, 더 유능한 남자라면…… 다들, 그런 식으로 괴로워하거나, 슬퍼하거나, 괴로운 경험을 하지 않아도 됐었어……."

스바루가 전부, 뭐든지 다 혼자서 해치울 수 있을 만큼 강했더라면 좋았을 텐데.

에밀리아의 슬픔도, 베아트리스의 고독도, 페트라와 프레데리카에게 뚝 떨어진 재앙도, 대토 같은 위협도, 필사적으로 뭔가를 지키는 가필도, 어떻게 손쓸 수 있었을 텐데.

전부, 모조리, 몽땅, 스바루 잘못이다.

그렇기에 그 약함의 대가는 스바루의 생명을 갈아내서 청산할 수밖에 없다.

——그렇게, 생각했었는데.

"나는, 아무도 구하지…… 못했었나?"

"스바루 군."

"내가 죽은 다음도 세계가 이어졌더라면, 나는 몇 번, 모두를 죽게 놔둔 거지?"

"스바루 군."

"나는, 몇 번…… 널, 죽게 했어? 나는 몇 번, 널…… 죽이면 되는 거야?"

몸 밑바닥부터 흔들어대는 공포에 스바루는 빠른 말로 자신의 죄를 고백했다.

뭐든 다 뱉어내고 지금 당장 지시를 받고 싶었다. 스스로 자신의 마음을 남김없이 갈아버리기 전에, 곁에 있는 누군가가, 자격이 있는 누군가가, 그 죄를 단죄해 주길 바랐다.

더는 잘못하지 않겠다고, 그렇게 결심해놓고서 처음 나선 한 걸음부터 잘못된 길을 나아가는 머저리를, 구제할 도리 없는 바보라고 후려쳐주길 바랐다.

"——스바루 군."

"——아."

——그런데, 벌을 원하는 스바루에게 주어진 것은 다정하게 용서하는 듯한 포옹이었다.

"렘, 엠."

"괜찮아요. 괜찮다고요, 스바루 군."

"뭐가…… 아무것도, 괜찮지…… 않잖아……!"

아무것도, 하나도, 스바루는 이뤄내지 못했다.

스바루가 해야만 구할 수 있는 사람이 많다. 끔찍한 최후를 맞이할 사람이 많다. 렘도, 스바루가 구해야만 하는 한 사람이다.

그녀야말로 못 미치고 모자란, 약하고 어리석은 나츠키 스바루를 탓할 자격이 있다.

"너는…… 날……!"

"——사랑해요."

얼굴을 마주 보며 그저 사랑만을 속삭였다.

"————."

말문이 턱 막힌다. 아무 말도, 못하고 만다.

바로 코앞의, 연청빛 눈이, 자애로 찬 눈이 스바루를 자상하게 그 안으로 빠트리려고 했다.

"사랑해요, 스바루 군. ——그러니, 전부 괜찮은 거예요."

"대답이…… 못 된다고……."

"돼요. 어째서, 렘이 이곳에 있는가. 어째서, 렘이 스바루 군을 용서하는가. 어째서, 렘이 스바루 군을 껴안는가. ——전부, 그게 답이에요."

숨결이 닿는 거리에서, 미소 짓는 렘의 팔이 단단히 스바루를 껴안았다.

움직일 수 없다. 미동도 할 수 없다. 렘의 팔이 세게, 하나가 될 것만 같이, 세게 안는다.

"힘들었던 거군요, 스바루 군."

"――――."

"혼자서, 이렇게나 상처 입고…… 괴로웠죠, 스바루 군."

"――――."

"이제, 이렇게 슬픈 생각만 하지 않아도, 괜찮아요."

참는 작업에 필사적이라 대답을 돌려주지 못하는 스바루에게 렘은 달콤한 음색으로 말을 이었다.

스바루의 마음의 사슬을 느슨하게 풀어내고 완강하던 감정을 녹이듯이.

"스바루 군의 마음, 전부, 렘이 대신할게요."

"――――."

"죄다, 모든 걸 다 스바루 군이 짊어질 필요라곤 아무 데도 없어요. ――전부 다 렘에게 맡기고, 지금은 천천히 쉬다가 잠들어도 돼요. 그렇게 해서……."

"……나, 는."

"렘이 정말 좋아하는 스바루 군을, 한 번 더, 보여 주세요."

스바루의 뺨에 손을 대고 바로 눈앞에 있는 렘이 스바루의 검은 눈을 들여다보고 있다.

찰나의 망설임이 있다가 렘의 그 얼굴이 천천히 다가왔다.

무엇을 하려는지 스바루의 완만한 의식으로도 이해할 수 있다. 그것을, 받아서.

포개고, 얽어서, 빠지고, 그래서, 녹아들고 잠겨들면 되는 것일까.

――좋든 나쁘든, 렘이 그것을 용납해 주고 있지 않은가.

곤두서 있던 감정이, 손을 뻗어 주길 바란다고 떠들어대는 영혼이, 스바루의 모든 것을 알아주는 렘에게 지금 다시 구원받는다.

무력한 스바루에게, 나약한 스바루에게, 어리석은 스바루에게 렘이 힘을 빌려준다.

그 호의에 응석을 부리고, 매달리고, 기대는 것으로 정답에 당도할 수 있다면.

모조리 닳아버려 자기 자신이 걷는 길도 알 수 없어져서, 어디로 가면 되는지도 알 수 없어졌으니, 그렇기에 뭐든 다 내맡기고 포기해서——.

『포기하는 건 쉬워요.』

『하지만.』

『——스바루 군에게는 어울리지 않아요.』

목소리가, 들렸다.

"——스바루 군?"

의아해하는 렘의 목소리가 정면에서 들렸다.

그도 그럴 터. 그녀의 얼굴은 접촉하기 직전이던 입술 사이에 끼어들어간 스바루의 손에 막혀 있다.

달콤하게 포개져야 할 입술을 물리쳐서 렘의 눈이 상처 받은 듯이 흔들리고 있었다.

그 흔들리는 연청색 빛을 손가락 틈새로 응시하며 스바루는 말했다.

"——너, 누구야."

"……네?"

"넌 누구냐고, 그렇게, 묻잖아."

"스, 스바루 군, 무슨 말을…… 누구냐니, 그럴 수가……."

나지막한 스바루의 물음에 렘은 겁먹은 얼굴을 도리도리 가로저었다.

그녀의 눈에 떠오르는 상심이 짙어지고 비통한 표정에 스바루의 가슴이 쥐어뜯겼다.

그 아픔을 찍어 누르듯이 스바루는 자기 가슴에 손을 얹고 이를 드러냈다.

있을 리 없는 만남을, 주어질 리 없는 구원을, 나츠키 스바루의 온 마음을 다해——.

"내가, 답도 없이 막막할 때, 누가 어떻게 해달라고 진심으로 포기하려 할 때…… 네가 있어 주기를 진심으로 빌었어."

"————."

"너라면 아마 이렇게 갈 곳 없이, 무릎을 껴안고 지나간 일에 우물쭈물 고민이나 하는 내게 다가붙어서 자상하게 대해 줄 거라고, 그렇게 생각했지."

"————."

"그렇게 너는 내 약한 소리를 듣고, 우는 소리를 내뱉게 해서,

눈물이고 뭐고 다 마를 정도까지 쥐어짠 다음…….”

“――――.”

“―― ‘자, 일어나요’ 라고, 그렇게 말할 거야.”

그 해맑은 푸른 하늘 아래에서 절망에 꺾이려던 나츠키 스바루에게 그녀는 말했다.

접촉한 손가락이 얼마나 가느다란지를, 다가붙은 살갗의 온기를, 주어진 사랑의 크기를, 나츠키 스바루는 온몸으로, 온 마음으로 기억한다.

그렇기에 똑똑히, 눈앞에 있는 렘에게―― 그녀의 가짜에게 말해 준다.

“ ‘이만 쉬세요’ 라는 말은, 안 해.”

“――――.”

“ ‘포기하고, 전부 렘에게 맡기세요’ 라는 말은, 안 해.”

“――――.”

“날 좋아하고, 나도 좋아하고, 내게 다정하고, 나를 사랑해 주고―― 세상에서 누구보다 내게 엄격하고, 내게 무르지 않은 여자가, 렘이기 때문이야!!”

튕겨지듯 일어나서 부르짖은 스바루는 정면의 렘에게서 거리를 벌렸다.

무릎으로 선 채로 스바루를 올려다보는 렘은 말이 없다. 하지만 그 표정은 지금도 여전히 스바루에세 서절당한 것에 대한 슬픔으로 금이 갈 것만 같았다.

“아니에요. 들어주세요, 스바루 군! 렘은, 렘은 그게 아니에요. 단지 렘은 괴로워하는 스바루 군을 두고 볼 수 없어서, 구해 주고 싶어서…… 단지 그뿐인데!"

"약한 모습도 보여줄 수 있어. 나약한 모습도 보여줄 수 있고. 구제불능으로 속 좁은 자식이란 모습도 보여 준다고. ――하지만 포기하는 모습만은 못 보여."

스바루는 영웅이라고, 옛날 렘은 그렇게 말했다.

렘의 영웅이겠다고, 나츠키 스바루는 그렇게 마음먹었다.

그 약속을 주고받았을 때부터 나츠키 스바루는 다짐했다.

――이 세계에서, 나츠키 스바루가 약한 모습을 보일 수 있는 사람은 렘뿐이라고.

스바루가 약한 것을 알아도 그것까지 뭉뚱그려서 강해지자는 마음을 믿어주는 렘 앞에서만, 스바루는 자신의 약한 면을 숨기지 않을 수 있다.

에밀리아에게도, 베아트리스에게도, 다른 누구 앞에서도 보여줄 수 없다.

강해야만 하는 스바루의, 약한 모습은 렘에게밖에 보일 수 없는 것이다.

"그러니까, 내 약함은 렘의 것이다. 렘이 내 약함을 모조리 숨겨 주니까, 나는 그 대신에 발목 잡고 늘어져서라도 포기만은 밖에다 내놓지 않아."

"――――."

"나가, 가짜. ――내 렘의 얼굴로, 목소리로, 내 응석을 받아주지 말라고!!"

스바루는 단언하고, 렘에게── 가짜에게 주먹을 들이댔다.
스바루의 선언에 상대는 말을 잃고 있다. 그대로 그녀는 고개를 푹 숙이고, 천천히, 조용히 그 자리에서 일어나서──.
"드, 들……은, 얘기랑, 다, 다르……네?"
갸웃하며 파란 머리카락을 흔든 소녀가 더듬더듬 말했다.
들은 적 없는 목소리. 거기에 스바루가 숨을 죽인 순간.
"아……?"
눈앞에 순간, 심야의 TV에 비치는 노이즈 같은 요동이 발생했다. 그 노이즈 저편으로 렘의 모습이 애매해지다가, 풀렸다.
──그곳에, 낯선 소녀가 서 있었다.

## 21

겉모습만 많이 비슷한 렘이 사라지고, 대신에 낯선 얼굴이 나타났다.
연분홍빛 머리카락을 길게 기른, 어딘가 마음 약한 분위기의 소녀다. 이목구비야 단정하지만 빼어난 미모는 아니고, 평범하게 귀여운 용모라고 해야 할까.
목에 두른 목도리는 끝부분이 바닥에 닿을 만큼 길고, 손목을 숨길 수 있을 만큼 소매가 깊은 하얀 옷과 어우러져 피부의 노출을 극한까지 삼가는 걸 알 수 있었다.
실제로 소녀는 스바루의 눈을, 남자의 눈을 두려워하는 것처럼 쭈뼛쭈뼛 얼굴을 내리깔았다.

"넌…… 누구…지?"

"카, 카밀라, 인데……? 새, 『색욕의 마녀』인……. 마, 만나서, 반가워…… 응."

물음에 대답한 소녀—— 카밀라의 대답에 스바루는 무심코 숨을 집어삼켰다.

부조리한 현상에, 그 가능성을 고려치 않은 건 아니지만——.

"이, 영문 모를 공간은…… 에키드나의 꿈이냐."

"맞아. 그치만 틀릴……지도. 에키드나는 『시련』을 보고, 있으니까…… 『시련』은 언제나, 꿈, 같은, 응…… 거야."

"————."

카밀라가 추측을 친절하게 보충해 주지만, 그녀를 보는 스바루의 시선은 매섭다.

당연하다. 그녀는, 해서는 안 될 짓을 했다. 그 험악한 시선에 카밀라를 겁을 먹고 말했다.

"그, 그만…… 때리지, 마……."

"안 때려. 안 때리는데…… 아까 그건 뭔 수작이야."

"아까…… 그거?"

"렘의 모습으로 내 앞에 선 거 말이야! 그게, 네 능력이냐!"

대죄의 이름을 내세운 마녀와의 만남도, 카밀라로 다섯 번째다. 마녀들이 가진 예사롭지 않은 권능, 앞서 본 변신도 그중 하나라고 상상이 간다. 단——.

"타인으로 둔갑할 수 있단 건, 다른 마녀와 비교해서 되게 심플한 힘이더군."

"벼, 변신 같은 건, 아, 안 했……는데? 내, 내가, 다른 누군가로, 보였다면…… 그, 건…… 네, 네가, 그렇게, 보고 싶었기 때문, 인데?"

"뭐?"

"나, 나는…… 시, 싫었는데, 에키드나가……. 거, 거짓말에도, 속았고……."

투덜투덜 중얼대는 카밀라. 그 모습에 스바루는 짜증을 내는 자기 자신을 깨닫고 있었다.

말투도, 눈길을 보내는 방식도, 마주친 눈을 내리까는 나약함도, 뭐든지 다 성질을 건드린다. 서투른 말도 토라진 태도도, 지가 뭐라도 된다고.

자기가 스바루에게, 얼마나 소중한 것을 짓밟았는지도, 모르고 있다.

"너…… 너, 자기가 무슨 짓을 했는지 알고나 앉았냐……?"

"에키드나, 가…… 으, 응석만 받아 주면 된다고, 말했는, 데…… 시, 싫어……."

"크——! 말 좀 들어!!"

"다, 다들…… 몰려들어서, 나, 나를, 괴롭, 괴롭혀……. 그런, 거야. 에키드나도, 그, 그런 거야. 그렇게, 너무해……. 너무, 해."

"말 들으란 소리를 못 알아처먹겠냐——!!"

분노에, 시야가 새빨갛게 물들었다. 눈앞의 여자에게 몽땅 깨우치게 해 주고 싶다.

몸을 태우는 격노에 가슴이 턱 막혔다. 고함치는 목소리가 쉬고 폐가 뜨겁다. 부아가 치밀었다.

쭈뼛쭈뼛, 어물어물, 푸념을 반복하는 그 입을 힘으로 막고 스바루가 품는 분노와 괴로움을 주입해서, 무슨 짓을 했는지 이해하도록——.

"——그 이상은 목숨에 지장이 가."

"————."

순간, 스바루는 귓전에다 속삭이는 듯한 목소리에 제 정신을 되찾고 있었다.

"꺼, 어……?"

그 즉시 덮쳐든 것은 무산소 상태가 이어져서 발생한 산소결핍의 고통과, 생각이 났다는 듯 맥동을 재개하는 심장의 혈류, 그 격통이었다.

"어헉, 콜록…… 꺼, 헉……!"

"막무가내식 요법이지만, 돌아올 수 있어서 천만다행이군. ——카밀라의『얼굴 없는 신부』는, 상대하다 보면 호흡을 잊게 하지. 마지막에는 심장 고동마저도 말이야."

숨통이 막혀 기침하고 무릎을 꿇은 스바루의 사고가 백색과 적색으로 명멸했다.

고막을 흔드는 냉정한 목소리가 신경을 다독여 서서히 호흡과 심장 고동은 진정되기 시작했다.

목소리에, 구원받았는가. 그러나 순순히 그렇게 받아들여도 되는 것인가.

따라서 스바루는 사지를 땅에 짚고 고개를 들었다. 이 상황을 주선했을 터인 인물, 정면에 서 있는 그 얼굴을 노려보았다.

"뭘, 꾸미고 있는 거지? ——에키드나."

증오마저 담은 스바루의 눈초리에 백발의 마녀가 자신의 머리카락을 느긋하게 매만졌다.

초원. 하얀 테이블과 하얀 의자. 그녀는 의미심장하게 미소 지으면서 턱을 괴고는 말했다.

"뻔하잖아? ——마녀 아닌가. 흉계지."

그렇게 말하고 에키드나는 한쪽 눈을 감아 보였다.

# 제6장 『마녀의 다과회』

## 1

숨통이 막혀 허덕이는 스바루는 자신이 어느새 초원 풍경에 있음을 깨달았다.

무릎 꿇은 지면에서 짙은 풀냄새가 콧구멍을 채웠다. 비가 내린 뒤 해를 받은 듯한, 숨이 막히는 자연의 향이 스바루의 온몸을 희미하게 감싸고 있었다.

그런 녹음의 언덕 위에서 다과회 준비를 마친 에키드나가 자연스럽게 기다리고 있다.

여느 때처럼, 자연스럽게. ――여느 때처럼, 말이다.

"여러모로 하고 싶은 말, 듣고 싶은 말이 있을 건 짐작하지만…… 우선은 앉아서, 차 한 잔이라도 마시고 나서 시작하면 어떨까?"

"……너는 자기가 지금, 내게 한 짓을 돌아보고서, 내가 거기에 앉을 거라 생각해?"

"앉고말고. 너는 분노로 기회를 망치기보다, 타산적인 이성을 우선할 수 있어. 여기서 날 멀리하기보다 대화를 나눠야 한다고…… 머릿속으로는 판단하고 있지?"

"__________."

위쪽에서, 흡사 어린애의 속셈을 쉽사리 뚫어보는 어른처럼 에키드나는 스바루의 속내를 쉽사리 맞춰내고 여유로운 태도로 따르라고 했다.

그 지적은 옳다. 하지만 순순히 들어줄 만큼 짓밟힌 것은 싸지는 않다.

"에키드나……. 네 본의가 아니었다고, 그렇게 말해."

"응?"

"아까…… 그건 색욕이 맘대로 한 짓이지, 너로선 본의가 아니었다고 그렇게 말해. 미안하다고, 말해 줘. 그러면 나는, 널 탓하지 않아."

에키드나에게 그렇게 애원했다. 스바루가 앞으로 나아가려면 그녀의 지식이, 협력이 필요하다.

그럼에도 용서 못하는 건 용서 못한다. 에키드나가 카밀라를 부려 스바루의 침범해서는 안 되는 『성역』을, 짓밟은 것은 사실이므로.

그러니까 에키드나를 용서하기 위해서, 다과회 자리에 앉기 위해서, 그것이 필요했다.

"……무슨 소리를 하나 싶더니."

그리고 지금 한순간에 스바루의 속내가 품은 약한 마음과 갈등을 이해한 것이리라.

에키드나는 희미하게 한숨을 내쉬고 대답을 기다리는 스바루에게 검은 눈을 스윽 가늘게 뜨고는 말했다.

"네가 말한 대로 그건 카밀라의 폭주야. 나는 말렸지만 말을 안 들어서. 『시련』을 빙자해 너를 농락하려고 한바탕 연극을 시작했단 거지."

"————."

"하긴 위험하던 차에 넌 자력으로 벗어났더군. 그리고 나는 농락에 실패한 카밀라의 빈틈을 찔러 주도권을 도로 빼앗아서 가까스로 너와의 재회를 이룩한 거지."

"————."

"……내가, 이렇게 말하면 너는 만족하겠어?"

에키드나는 빠른 말로 스바루가 바라는 대답을 늘어놓고서 마지막 한마디로 자기 말을 배신했다.

그 대답에 스바루가 입술을 깨무니, 에키드나는 못 말리겠다는 듯이 어깨를 으쓱였다. 그다음 그녀는 테이블에 놓인 컵을 입으로 옮기고 말했다.

"알고 있을 텐데. 카밀라를 보내서 그 아이더러 네 마음의 지주인 소녀로 가장하라고 한 것도 내 지시야. 연기력이 부족해 간파당한 건 그 아이 잘못이지만."

"……왜, 그런 짓을."

"——그게 가장 효율적이고, 가능성이 있는 수단이었기 때문이지."

켕기는 구석 하나 없이 에키드나는 표정이 사라진 스바루에게 말을 이었다.

"솔직히 두 번째 『시련』에 네가 빨려든 것은 나도 예상 밖이더군. 네게 그토록 그 『시련』이 깊이 박혀든 것도, 상상할 수 없었다고 자백해도 좋고."

"————."

"이크, 『시련』을 엿본 것에 관해서는 눈감아 줬으면 좋겠는데. 첫 번째 『시련』에서도 말했지만 이건 내가 부과한 『시련』이야. 왈가왈부해도 곤란해."

"……계속해 봐."

"분부대로. 어쨌든 옆에서 『시련』에 임하는 너를 보다가 생각한 거야. ——이대로 널 방치하면, 그 『시련』으로 네 마음은 모조리 갈려나가겠다고."

에키드나의 견해는 과장스러운 이야기가 아니다. 실제로 그렇게 됐으리라. 그 사실을 무턱대고 부정할 만큼 스바루도 자기 상황이 안 보이는 건 아니다.

두 번째 『시련』—— 여러, 지옥 다음 세계를 보았다. 그것은 스바루의 허세와 고집과 착각을, 모조리 꺾고도 남는 것이었다.

"그래서 개입했지. 네가 『시련』에 꺾여 미래를 단념할 가능성이 보였거든."

"그건, 이상하잖아. 모순이야. 너는 『시련』의 결과에 구애되지 않을 텐데. 너는 이 세상의 모든 것을 알고 싶어 하는 지식욕의 화신이라고 자칭했어. 첫 번째 『시련』에서도 그래. 실패하면 실패한 대로, 그 또한 네가 알고 싶은 결과 중 하나일 텐데."

"모순은 아니지. 네 마음이 꺾이는 것도 확실히 한 가지 결과야. ——하지만 어떤 결과가 나와도 후회하지 않는, 그런 매정한 여자가 아니라고, 나는."

"뭐……?"

스바루의 추궁에 에키드나는 어조를 낮추고 대답했다. 그 말에 스바루는 이 대화에서 처음으로 분노 이외의 이유로 눈썹을 모았다.

에키드나의, 방금 발언의 진의를 더듬었다. 그것이 말과 같은 의미를 가진다면——.

"내가, 갈려나갈 결과를 저지하기 위해서…… 너는 그렇게 했단, 소리야?"

"……결과적으로, 그게 네 마음을 상처 입힌 건 변명 못해. 그러니 네 분노는 정당하다. 매도도 감수하지. 네가 옳아. 내가 잘못했다. 그뿐이야."

시선을 피하고 에키드나는 자신의 백발에 손가락을 얽으며 그렇게 말했다.

뭔가 오기를 부린 듯한 그녀의 태도와 목소리에 스바루는 숨을 집어삼켰다. 그리고 직전까지 품고 있던 마녀에 대한 분노가 애처롭고 생뚱맞은 것처럼 여겨졌다.

실상 에키드나의 도움—— 렘의 닮은꼴이, 그렇게 부르는 것에 저항감은 있지만, 그게 없었더라면 스바루의 정신이 산산이 부서졌을 것이다.

마음이 깨진 폐인이 되어 저항할 방도를 완전히 잃고 싸우지 못하게 됐으리라.

에키드나는 그 결과를 미연에 막았다. ——고마움을, 전할 수는 없다. 하지만 분노나 욕설을 퍼부어야 할 상대라고도 생각할 수 없다. 그것이, 감정의 타협점이었다.

"……딱 한 가지만, 말해 두마."

"——아."

일어나서 스바루는 언덕 위의 다과회 자리에 앉았다. 그 모습을 본 에키드나가 희미한 한숨을 내쉬고, 아주 살짝 눈꼬리가 느슨해진 걸 알 수 있다.

안도와 불안이 뒤섞인 표정에, 그녀에 대한 앙금이 살짝 풀렸다.

그래서 스바루는 마녀의 얼굴을 노려보며, 말했다.

"드나 차만은 안 마셔. ……대화에는, 어울려 주겠지만."

## 2

"네가 지금, 가장 알고 싶은 건 알고 있어. 그러니 『시련』의 설명을 할까."

다과회 자리에 앉은 스바루에 대한 성의를 나타내듯 에키드나가 화제를 제공했다.

그 내용에 이의는 없다. 수긍한 스바루에게 마녀는 살짝 손가락을 세웠다.

"첫 번째 『시련』과 마찬가지로 두 번째 『시련』은 단적으로 말하면 지어낸 거야. 그건 네 기억에서 재현된 세계, 네 기억에 있는 온갖 조건을 그러모아 과거 · 현재 · 미래의 정보를 조립해서 가공의 『현재』를 만들어낸 것에 불과해."

"즉, 그건……."

"한없이 잘 만들어진 『비현실』이지. 자의적인 상상과는 정합성이 현격하게 차이 나지만, 어디까지나 『지어낸』 세계다. 실제로 그런 세계가 있을 수 있는 건 아니야."

"그럼!"

"단——."

설명에서 희망을 찾아낸 스바루. 에키드나는 그 어른대던 광명을 즉각 가로막고 이지적인 눈초리로 스바루의 도피를 막았다. 마녀는 우물거리는 스바루에게 한쪽 눈을 감고 말을 이었다.

"네 『사망귀환』은 마녀의 권능이지. 그 원리는 그녀밖에 알지 못해. 네 죽음을 계기로 시간을 되감고 있는지, 존재하는지 안 하는지도 미심쩍은 평행세계, 그곳에 있는 다른 네게 『너』를 덮어쓰는지, 가능성뿐이고 사실은 불명해."

"평행세계……."

에키드나의 추론에 나온 평행세계—— 이른바 패럴렐 월드(Parallel World) 설이다. 세계는 인간의 행동과 선택, 그 가능성의 수만큼 분기해 무수히 존재한다는 사고방식이다.

그리고 그것이 바로 『사망귀환』하는 스바루에게 가장 두려운 가능성이었다.

"그 사실을…… 그걸, 확인할 수단은? 뭔가 없는 거야?"

"——없어."

"아……."

희망에 매달리는 스바루를 에키드나는 무정한 단언으로 잘라냈다.

마녀의 단언에 나가떨어진 스바루는 말문을 잃고 힘없이 의자에 기대었다. 그런 스바루의 모습을 애처롭게 바라보며 에키드나는 테이블을 손가락으로 두드리고 말했다.

"네가 고민하는 모든 건, 『질투의 마녀』만이 안다고 해야 돼. ——그 고통을, 내가 이 자리에서 해소해 주지 못하는 것이 지금은 심히 답답하군."

위로와는 다른 형식으로, 에키드나가 스바루의 마음에 다가붙으며 말을 걸었다.

그 배려는 눈물마저 나올 만큼 고맙다. 그러나 지금의 스바루는 구할 수 없다.

——에키드나조차, 대죄의 마녀조차 스바루가 지은 죄는 밝혀내지 못한다.

분명하게 부정해 주기를 원했다. 스바루가 보고 온, 사후의 세계 따위는 없다고.

안 된다면 단언해 주기를 원했다. 네 독선은, 많은 것을 희생해 왔다고.

어느 쪽 답이라도 스바루는 싸울 수 있었다. 그 답을 훈계로, 쐐기로 삼아, 잊지 않게끔, 이를 앙다물고 피눈물을 흘리며 영혼으로 통곡하면서도 걸음을 내디딜 수 있었을 것이다.

"그런데, 답조차…… 없는 거냐고……."

긍정도 부정도 없는 채로, 세계를 어중간하게 흔든 채로 발버둥 치란 말인가.

짓밟은 것을 짓밟았는지도 알지 못한 채. 보고도 버려온 것을 버린 자각조차 품지 못한 채. 죄를 죄라고, 인정시키지도 못하게 하는 것이 스바루에 대한 벌인가.

아무도 스바루를 심판할 수 없다. 규탄도 할 수 없다. 그런 건 알고 있었다.

——그렇지만 스바루 본인조차도 그러지 못하게 하는 것인가.

"지독한 상황이라고는 생각해. 하지만 버릴 건 버려야 한다는 게, 내 생각이야."

"……버릴 건 버린다?"

스바루는 느릿한 움직임으로 목을 쳐들고 에키드나 쪽으로 고개를 돌렸다. 마녀는 그 눈초리에 수긍하고는 여태까지 중에서 가장 진지한 표정을 지으며 말했다.

"네가 지금까지 해온 선택에는 확실히 많은 희생이 따라붙었을지도 모르지. 내버리고 온 것, 되찾을 수 없는 것은 헤아릴 수 없을 테고. 하지만 잃어버린 것만 세며 거기에 사로잡히는 건 너무나 허망해. 내 말이 틀린가?"

"단순한, 정신론이라면 하지 말아줘. ……말하긴 뭐하지만, 내 체험은 흔해빠진 카운슬링이 통할 만한 거야?"

위로는, 필요 없다. 에키드나의 말은 듣기 좋은, 단순한 한때의 위안이다.

상처가 작고 지은 죄가 가벼우며 스바루가 더 나은 인간이라면 그 말에 효과 하나쯤은 있었을지 모른다. ——그렇지만 그렇게 생각할 수는 없었다.

"만약의 세계가 있다면, 내가 저지른 짓은 절대로 속죄 못해. 나도, 너도 그건 부정 못해. 나는 절대 용서받지 못해. 용서해선 안 돼."

"————."

"그걸 떠안고 어떻게 자기 자신을 긍정할 수 있지? 뭘 하면 자신을 용서할 수 있느냐고. 네 구원의 손길도…… 가짜 렘의 손길도 내쳤는데, 그래 놓고……."

숨을 돌렸다. 스바루는 얼굴을 엉망진창으로 구기고, 가장 무서운 가능성을 입에 담았다.

"——내가 언젠가 되찾을 렘은, 정말로 내가 구하고 싶은 렘이 맞아?"

내버리고 온 세계가 무수히 많다. 그 안에다 스바루가 구한 사람들도, 스바루를 구해 준 사람들도 많이 남기고 왔다.

왕도에서 처음 만난 에밀리아도, 스바루를 영웅이라고 말해 준 렘도, 마음이 닳아빠진 스바루를 지탱한 베아트리스도, 렘을 위해서 함께 싸운 람도, 지금까지 보낸 나날 속에서 함께한 많은 추억이, 추억을 엮어낸 사람들이, 사라져 간다.

그런데도, 이렇게나 견디기 어려운 상실감에 시달리고 있는데.

"그런데도…… 너는, 버릴 건 버리라는 거냐."

"────."

"구하지 못한 걸 세기보다, 구한 것을 세며 살아가라고…… 너는, 내게 그렇게 말하는 거냐."

에키드나가 한 말은, 스바루를 생각해서 건네준 희망이다.

거기에 의존하고 매달려 지주로 삼아서 걸으면 얼마나 좋단 말인가.

그런 건 무리다. 불가능하다. 왜냐면 스바루의 고뇌는 그렇게 얄팍한 건──.

"그런 흔해빠진 정신론으로, 너는 나더러…… 저항하라고, 그렇게 말하는 거냐고……!"

"──그렇게 말하겠어."

"────."

"나는, 네게, 그렇게 말할 거야."

위로의 말을 뿌리치고 절망의 구렁에서 소리치는 스바루에게 에키드나는 말했다.

에키드나는 천천히, 곱씹듯이 스바루를 똑바로 바라보며 말했다.

"구하지 못했을지도 모르는 많은 것들을 세기보다, 너는 네가 구해낸 많은 것들을 세야 해. 네가 이렇게, 이곳에 다다를 때까지 거친 길 속에서, 나는 그것을 봐 왔어."

"내가, 뭘…… 네가, 나의 뭘……."

"이곳은 내 꿈, 나는 『탐욕의 마녀』다. 이곳에 이르기까지, 네가 온 힘을 다해서, 온 마음으로 살아나가던 것을 나는 알아. 그러니 나는 말할 수 있지. 말할 수 있고말고."

"————."

"네가 지금까지 걸어온 길에, 헛수고는 하나도 없었어. 네 노력을 부족했다고 누가 거론할 권리가 없지. 넌 네가 할 수 있는 모든 걸 가지고서 목숨을 걸고, 이 순간까지 걸어왔다. ——그것은 자랑스러워 할 일이야."

에키드나의 진지한 말이, 스바루의 텅 빈 가슴을 때렸다. 공동이 생긴 내면에, 뭔가를 강하게 울리게 했다. ——하지만 부족하다. 그런 말로, 일어서지는 않는다.

자랑스러워해야 한다고 해도 스바루가 많은 것을 흘리고 온 건 사실이다.

어떻게 가능했을 터다. 스바루가 아닌 누군가라면, 같은 조건이라도 더 수월히 해낼 수 있었다. 그런데도 이 자리에 있던 게 스바루였으니까, 많은 것들을 구하지 못했다.

그것은 스바루의 죄다. 스바루의 죄업이다. 스바루가 인정하고, 갚아야 할 죄과인 것이다.

"아무도 날 용서할 수 없어."

"내가 용서하겠어. 그것을 아는, 내가."

"아무도 날 심판할 수 없어."

"내가 심판하겠어. 네 죄를 아는, 바로 내가."

"——아무도, 날 긍정할 수 없어."

"네가 널 긍정할 수 없다면, 내가 네 용서할 수 없는 너 자신을 부정하겠어."

"――――――."

"네가 네 죄를 긍정하겠다면, 내가 네 죄를 부정할게."

물고 늘어지는 에키드나가 스바루의 말을 모조리 떨쳐내려고 했다.

어째서, 이 마녀는 이렇게나 굳세게, 스바루의 죄를 부정하는 것일까.

어째서, 이 마녀는 이렇게나 거듭해서, 스바루의 꺾이는 마음을 지탱하려고 하는가.

"넌, 어째서…… 그렇게 나한테, 선심을 쓰는 거야?"

"……그걸, 여자애 입으로 말하게 하는 건, 심술이 좀 과한 게 아닐까."

그때까지 한 번도 머뭇대지 않던 에키드나가 거기서 처음으로 말을 흐렸다.

그리고 마녀는 살며시 붉은 얼굴로 짐짓 헛기침하고 말했다.

"――계약을, 나와 계약하지 않겠나, 나츠키 스바루."

고요하지만, 굳센 의지가 느껴지는 목소리였다.

그 말에 스바루는 눈을 깜빡였다. 정확히 이해하는 데에 몇 초간의 시간이 필요했다.

"계, 약……?"

"지난번에, 너와 헤어지기 전에 말했었잖아? 그게, 이 이야기야."

스바루가 더듬거리며 따라서 말하자 에키드나가 슬며시 미소를 짓고 말했다. 그 말에 기억을 더듬어 보고 격동이 연속되는 시간이 오기 전에 그런 대화가 있었음을 떠올렸다.

확실히 전 회차의 다과회 끝에서 에키드나는 말했었다.

——세 번째 다과회가 있으면, 스바루에게 하고 싶은 이야기가 있다고.

"계약이다. 『탐욕의 마녀』와의 정식 계약. ——그걸, 너와 내가 맺지 않겠어?"

"그걸, 해서…… 계약한다고 치고, 뭐가 되지?"

"쉬운 얘기지. ——앞으로 네가 뭔가 막막한 장애에 부닥칠 때, 나는 너와 함께 그 벽에 대해 고민하겠다. 누군가의 말을 원한다고 네가 바랄 때, 네가 바라는 말을 전할 수 있도록 나는 노력하겠다. 네가 자신의 죄에 찌부러질 것만 같을 때, 지탱해 주겠어."

단숨에 쏟아낸 에키드나는 수줍게 웃었다.

"그런 계약을, 하지 않겠어?"

"……너는 죽은 사람이고, 그 때문에 현실에는 간섭할 수 없다고 하지 않았던가?"

"죽은 이의 범주는 넘어버리겠지. 그래도 새삼스럽다면 새삼스러운 얘기고, 지금은 그 또한 나쁘지 않다고 생각해. ——네가, 그걸 허락해 준다면."

자기 가슴에 손을 얹고서 고개 숙인 에키드나의 목소리에 스바루의 고막이 떨렸다. 떨림은 체내에 전파되어 차츰 열기를 띠고 피의 순환과 함께 온몸에 두루 퍼졌다.

저리던 손발에 감각이 돌아왔다. 메마른 혀끝과, 눈꺼풀 안쪽에도 기묘한 열이 솟구쳤다.

내민 손에, 제의에, 마녀의 제안에, 어떻게 대답해야 할지 당혹감이 있다.

계속 발버둥 친다고 맹세했다가 그 의미를 잃어버릴 뻔해서 부스러질 뻔한 의지를 지탱해 주겠다고, 마녀는── 에키드나는 스바루에게 그렇게 말해 주고 있었다.

"그래그래, 자랑은 아니지만 난 지식량에 자신이 있지. 웬만한 문제에는 대처법을 준비할 수 있을 테고, 어떤 황당무계한 난관이 네게 뚝 떨어지더라도 주위 사람들과 달리 설득할 필요도 없어. 무엇보다 난 네 『사망귀환』을 공유할 수 있지."

"……그게 뭐야. 너, 설마 계약의 세일즈 포인트를 가르쳐 주고 있는 거냐?"

"나와 계약했을 때의 메리트를 미리 이야기하는 건 제안하는 쪽으로서 당연한 태도라고 생각한다만. 조금이나마 네 마음이 계약으로 기울면 이득이지. 계산이야, 계산."

그 직전까지 보인 정말 신비로운 풍격이 없어지고, 마녀는 뽐내는 얼굴로 스바루를 쳐다보았다. 그런 마녀의, 심히 친밀감 있는 모습에 스바루의 뺨이 무심코 웃음기를 머금었다.

힘없이, 어이없는 듯이, 불현듯 숨을 몰아쉰 스바루는 "그래." 하고 말을 흘렸다.

초원의 바람에 몸을 내맡기고 등받이를 삐걱거리며 하늘을 쳐다보았다. 인공의 푸른 하늘에 걸리는 하얀 구름에 눈을 가늘게 뜨고, 그 무덤덤한 풍경에 스바루는 안식을 느꼈다.

앞길이 막혔을 때, 답이 보이지 않게 됐을 때, 난관에 직면한 그때에.

——이렇게, 다시 푸른 하늘 아래에서, 말을 나눌 수 있다면.

"그것도, 좋을지도 모르겠군……."

"——그렇단 말은?"

무심코 나선 눈치로 의자를 박차고 몸을 내민 에키드나가 스바루를 들여다보았다. 그 과도한 반응에 눈을 동그랗게 뜨자 마녀는 살짝 볼을 붉히고 말했다.

"앗, 아니…… 응. 네가 꼭 부탁하겠다면, 그런 계약을 맺어도……."

"치장해 봐야 이제 와서 늦어. 아니 그보다, 내가 부탁한 게 아니라, 네가 먼저…… 아니군. 이 경우, 어느 쪽이 먼저인지 따지는 건 너무 촌스럽나."

에키드나의 제의이긴 해도 그건 어디까지나 스바루의 마음을 구하기 위해서다.

분명히 말하자면 이건 마녀의 온정.

마녀가 스바루의 마음을 배려해서 허접한 연기로 양보해 준 꼴이다.

끝까지, 약해빠졌다. 나츠키 스바루는 홀로 서지 못하고 누군가의 도움을 받는다.

"————."

등받이로부터 몸을 일으켜 그 반동으로 일어났다. 손을 뻗으면 닿을 거리에 선 에키드나가 신장 차이 몫만큼 살짝 눈높이를 올리고 희미하게 불안스러운 눈치를 내비쳤다.

몸짓과 표정에 약은 구석이 시시콜콜 남아 있는 마녀다. ——그 점에 구원받고 있지만.

"계약이란 건, 어떻게 맺는 거지?"

"——정식 계약을 나누겠다면, 나와 너 사이에 영혼의 연결점을 맺는 거야. 세세한 과정은 내 쪽에서 하겠지만…… 일단은, 서로 손바닥을."

에키드나가 오른손을 들어 올려 그 하얀 손바닥을 스바루에게 겨누었다.

그 손바닥에 똑같이 손바닥을 겹치라는 의미일 것이다.

스바루는 정면에서, 미묘하게 기쁨을 감추지 못하고 입매가 실실대려는 마녀를 보고, 독기가 빠진 기분에 젖으면서 "하." 하고 숨을 내뱉었다.

"이걸로, 조금은 형세가 바뀌기 시작하려나……."

그렇게, 미래에 대한 적잖은 희망을 담아서 에키드나의 손바닥에 자신의 손바닥을 겹쳐——.

——충격.

쪼개지는 소리가 울려 퍼지고 스바루와 에키드나 바로 옆에서 하얀 테이블이 터져 나갔다.

테이블을 때려 부순 충격은 그대로 언덕을 타고 흘러 초원이 요란하게 함몰됐다. 땅울림과 지진이 대지를 격렬하게 뒤흔들고 스바루는 저도 모르게 그 자리에 엉덩방아를 찧었다. 그 자리에――.

"――그 계약, 중단해 줘야겠어."

지면에 주먹을 내리찍고 위풍당당하게 내뱉은 것은 금발벽안의 아름다운 소녀.

――『분노의 마녀』가, 강한 분노를 담은 눈으로 둘을 쏘아보고 있었다.

3

충격 때문에 땅바닥에 주저앉은 스바루는 꼼짝 못하고 분노어린 시선의 주인을 올려다보고 있었다.

벽안에 끝모를 분노를 드리우고 아름다운 얼굴을 붉게 물들인 마녀―― 미네르바다. 그녀는 경직된 스바루가 아니라 그 옆에서 있는 에키드나에게로 험악한 시선을 보내고 말했다.

"반복하지만, 중단해 줘야겠어. 그 계약, 난 인정 못해."

"……흠. 이건, 나로서는 예상 밖의 전개라고 해야겠군."

적의라고 부르기에는 친밀감이 있고, 우호적이라고 부르기에는 살벌하기 짝이 없는 감정.

미네르바는 그런 감정을 에키드나에게 보내면서 본인이 만들어낸 주먹의 크레이터, 그 중심에서 팔짱을 끼고 풍만한 가슴을 출렁이면서 입술을 깨물었다.

"계약하는 자리다. 그것도 마녀의 계약. 그것이 얼마나 중요한 의식인지, 이해하지 못할 네가 아닐 텐데. 아니면 너도 이 사람이 목적…… 질투하나 보지?"

"그렇게 농담 투로 얼버무리는 건 그만둬. 내가 이렇게 화내는 이유를 모르는 거야? 나, 격노하고 있거든. 분개하고 있다고. 노발대발할 기세란 말이야!"

넉살로 넘기려는 에키드나를 미네르바는 더욱더 얼굴을 붉히며 호통을 쳤다. 감정의 흥분에 눈물이 눈을 채우고, 앳된 옆얼굴에 투명한 물방울이 흘렀다.

미네르바의 그 이질적인 존재감—— 아니, 이상한 것은 존재감이 아닌, 존재다.

"……왜, 네가 여기에, 있는 거야?"

"뭐야! 내가 여기에 이러고 있으면 안 된다는 거야?!"

"그게, 아니야. 그게 아닌데……. 왜냐면, 에키드나는 저기 있는데."

불만스럽게 뺨을 부풀리는 미네르바의 말에 스바루는 에키드나를 손가락으로 가리켰다. 그 지적에 미네르바는 갸우뚱했지만, 에키드나는 "아하." 하고 수긍한 기색으로 손뼉을 쳤다.

"네 곤혹의 원인을 알겠어. ——나와, 그녀가 함께 있는 게 신기한 거군."

"그, 그래. 왜냐면 네가 전에 다른 마녀와 만나게 해 줬을 때도, 존재의 그릇으로 자기 자신을 빌려줬기에, 그래서 가능했다고……."

"그럼 그게 거짓말이야. 이 아이는 그렇게 이유도 없이 못된 장난을 치는 나쁜 아이라고."

미네르바가 반론을 내려쳐서 스바루는 "설마." 하고 에키드나를 쳐다보았다. 그런 스바루의 눈초리에 에키드나는 "착각하지 말아 줬으면 좋겠는데." 하고 운을 떼며 말했다.

"확실히, 뒤바뀔 필요가 있다고 설명한 부분에만 한정하면 난 거짓말을 했지. 하지만 그녀들의 현현은 내게 위험이기도 해. 이곳의 지배권은, 현재의 영혼뿐인 나를 쓰러뜨리면 이양되지. 그걸 그녀들이 노리지 않는다고도 단정할 수 없거든."

"그건, 아니, 하지만, 그렇다고……."

"예를 들면, 『나태의 마녀』 세크메트가 마음만 먹으면 내게는 승산이 없어. 하기야 그녀를 적으로 돌렸을 경우, 나와 다른 네 명이 떼로 몰려가도 덤벼도 한순간에 살해당하지만."

이해가 늦은 스바루에게 에키드나는 켕기는 기색 하나 없이 사정을 공개했다. 그 설명에 수긍 가는 부분도 있으면, 감정적으로 수긍 못할 부분도 있었다.

그러나 그 복잡한 심경에 스바루가 얼굴을 찌푸리자 에키드나는 "또한." 하고 말을 이었다.

"너무 다른 마녀들을 펑펑 꺼냈다가 널 누구한테 빼앗기면 싫잖아."

"하, 엉?"

"거듭거듭 반복하지만 난 널 좋게 보고 있다. 이만큼 얘기하면서 가슴 뛰는 상대는 생전도 사후에도 없었지. 그러니 널 독점하고 싶었어. 그러기 위해서 얄팍한 거짓말을 한 것이 어리석다면…… 그건, 비웃어도 상관없어."

지독히, 추악한 독점욕이니까—— 하고, 에키드나는 탄로 난 본심에 힘없는 웃음을 띠었다.

말도 못하고 스바루는 에키드나의 변명—— 그녀가 자신에게 보내는 집착심, 그 이유에 생각을 굴리고 있었다. 그녀만이 아니라 『질투의 마녀』도 스바루를——.

"뭘 가볍게 넘어가려고 그래, 너."

"——악?!"

골똘히 생각에 잠기려는 스바루의 머리를 뒤에서 강렬한 타격이 뚫고 지나갔다.

그 충격에 눈이 돌아간다. 목이 빠질 듯한 위력——인데, 발생한 것은 아픔이 아니라 온몸에 있던 권태감이 날아가는 과도한 상쾌감이다.

그렇게 만든 금발의 마녀는 귀여운 얼굴을 대차게 찌푸리며 말했다.

"너, 에키드나의 감언이설에 홀라당 넘어가지 좀 마! 그 가벼운 판단과 머리 빈 태도! 나, 짜증 나더라!"

"감언이설이라니 듣기 안 좋은데. 난 그와의 사이에 기회를 마련해 서로 이해를 깊게 다질 노력을 해왔어. 그 결과가, 계약이라는 신뢰로 연결됐다고 자부하는데……."

"그런 식의, 책임을 지고 설명을 꼬박꼬박 다 했다— 같은 태도가 이상하다는 소리야! 넌 확실히, 이 아이한테 계약했을 때의 이점에 관해서는 얘기해 줬어. 그런데 계약했을 때의 불편한 점은! 아무것도 말 안 했잖아!"

미네르바가 분노에 맡겨 발을 구르자 어마어마한 흙먼지가 초원에 작열했다. 그 압도적인 분노 표출을 아랑곳하지 않고 스바루는 미네르바의 말뜻에 경악했다.

——에키드나와의 대화 중에 계약의 불이익을 언급한 기억은 확실히 없다. 그 사실을 눈치채지도 못한, 자신의 실수를 자각했기 때문이다.

"자, 잠깐만 기다려 봐. 그렇다고, 불이익? 그렇게 거창한 게 생기지는……."

"않는다고, 그렇게 생각해? 계약을 너무 만만하게 본다. 하물며 상대는 마녀 중에서 가장 많은 사람과 접촉해서 그 말로 역사에 간섭한 『탐욕의 마녀』인데."

"그것도 모든 건 생전의 행위……. 내 계약자가 전부 행복해졌다고는 말 못하겠다마는."

스바루가 모르는 마녀의 모습을 미네르바는 들이댔다. 에키드나는 다시 그 말을 보충하듯이 받으면서 끝까지 스바루를 해칠 뜻은 없다고 주장했다.

둘의 말에 시달리는 와중이지만 그래도 스바루의 심정은 에키드나를 믿고 싶다.

당연하다. 에키드나와는 이렇게 묘소에 관련된 이래, 몇 번이나 얼굴을 마주쳤다. 꿈 밖에선 털어놓지 못한 사정을 밝히고, 『사망귀환』을 이해해 준 존재이기도 하다.

그렇기 때문에 계약이라는 이름의 협력을 제의해 줘서 스바루는 구원받았다.

고민하는 스바루를 백발의 마녀와 금발의 마녀는 각자 쳐다보고 있다. 심정은 의심 없이 에키드나에게 기울었다. 그러나 미네르바의 존재는 마음에 걸렸다.

왜, 그녀는 뛰쳐나왔는가. 전에 미네르바가 뛰쳐나온 것은, 죽어가는 스바루를 때려 치유해서 구할 의도였다. 그것이, 『분노의 마녀』의 존재의의인 것이다.

그 미네르바가 구태여 참견하고 나섰다. 거기에 일고할 여지는 반드시 있다.

무엇보다 그녀의 말로 깨달았을 터. 고민하기보다 먼저, 물어야 할 점이 있다고.

"에키드나. 계약을 나눌 경우, 불이익…… 아니, 대가가 있을 테지."

"……그렇지. 계약에는 대가가 필요해. 네 요구에 내가 지식을 제공하듯이. 내 요구에 대해서, 너는 대가를 제공해야만 하지."

"그렇다면, 넌 내게 뭘 요구하지? ——나는, 네게 뭘, 제공하면 돼?"

이 물음은, 계약에 이르기 전에 나눠야 할 문답이었다. 에키드나의 마음씨를 무조건 호의적으로 받아들이는 바람에 스바루는 자신이 제공해야 할 성의를 잊었다.

——운명의 막다른 곳에 내몰린 미련한 자를, 마녀는 어떠한 대가로 구원하는가.

"긴장하지 않아도 돼. 걱정하지 않아도, 내가 네게 요구하는 대가는 어려운 것이 아니야. 오히려 여태까지 나눈 계약 중에서도, 심히 양심적이라고 해도 되겠지."

"……그래서, 뭐지?"

"간단한 거야. ——네가 느낀 것을, 내가 생각한 것을, 네 마음에 남는 것을, 네가 아는 미래를, 네가 이룬 뭔가를, 네게서 태어나는 가능성을, 너라는 존재로부터 파생해가는 『미지』라는 이름의 열매를, 내가 맛보게 해 줬으면 한다."

옅게, 뺨을 붉히면서 에키드나는 마치 사랑하는 소녀처럼 고백했다.

『미지』라는 이름의 열매—— 그 시적인 표현에 스바루는 눈썹을 모았다.

"그건…… 내게서 감정이니 기억이니, 그런 것을 뽑아가겠다는 얘기야?"

"뒤숭숭한 말을 다 하네. 아니야. 나는 그저 네가 보는 경치를, 네가 듣는 음악을, 네가 엮는 이야기를, 특등석에서 보고 싶은 거야. 그걸 느끼고 싶은 거지. 네게서 태어나는 『미지』를 알 수 있는 입장이고 싶어. 그저 그것만으로도 나는 만족할 수 있다."

스바루의 불안을 씻어내듯이 에키드나는 자신이 요구하는 것을 명확히 표현했다.

그저 스바루가 걷는 길을 지켜보는 것. 그 도중에 있는 경치를 함께 보는 것. 스바루가 느낀 것을, 안 것을, 행동의 결과를 함께 아는 것.

지식욕의 화신이자 『탐욕』을 내세우는 대죄의 마녀는 그것만을 요구한다.

"거짓말이, 아니겠지?"

"계약하는 자리에서 거짓말을 하다니 언어도단이지. 내가 나이기 위해서도, 결코 이 말을 위배하는 짓은 안 한다고 맹세하겠어. 이 생명을 걸어도 돼."

자신의 가슴에 손을 얹고 "이미 죽어 있지만 말이야." 하고 농담 같은 태도로 마무리 짓는 에키드나.

그 말에 거짓은 없는 것처럼 여겨졌다. 혹은, 그렇게 믿고 싶을 뿐일지도 모른다.

하지만 믿고 싶은 것만으로도 좋다. 스바루가, 그렇게 생각했다면——.

"저, 전부…… 사실이지, 만…… 전부…… 응, 말한 건, 아닌, 데?"

에키드나의 고백을 받아내고 미네르바를 물리려고 한 스바루의 어깨가 펄떡 뛰었다. 그 목소리는 십여 분 전에 들은 직후인, 그것도 결코 기분 좋은 음색이 아니기에.

"『색욕의 마녀』…… 카밀라!"

"하지, 마……. 나, 나는, 아무것도 안 했……는데, 그렇게, 무서운 눈으로…… 싫어……."

"눈매 사나운 건 타고난 거야. 특별히 매섭게 노려보진 않았다고."

부서진 초원에 서 있는 스바루와 마녀 둘, 거기서 약간 떨어진 위치에 세 번째 마녀의 모습이 나타났다. 방금과 다름없는 복색의 카밀라는 쭈뼛쭈뼛 발밑을 빤히 바라보고 있다.

스바루 쪽을 보지 않는다. 누구와도 눈을 맞추지 않는다. 그러나 그러면서 입 다문 것은 아니고.

“에, 에키드나……. 거짓말은, 안 했어……. 근데, 숨기고 있는 거, 많이, 있는데?”

“숨기고 있다고……?”

이제 와서 잇따라 마녀가 나타나는 것에 분노하는 감정은 안 솟는다. 그러나 잇따라 나타나는 마녀들의, 잇따라 지적하는 말은 잠자코 흘려들을 수 없다.

그것은 에키드나도 마찬가지다. 그녀는 갑자기 나타난 카밀라에게 한쪽 눈을 감고 말했다.

“대뜸 나타나 악담이라니 버릇이 없군. 애초에 왜 네가 그에게 충고하는 거지? 너는 미네르바와 달라서 그의 편을 들 이유는 없어. 그를 싫어하기도 했을 텐데.”

“미, 미네르바, 같이…… 이, 이유? 버젓한 건, 응…… 없, 어. 하지만 에키드나, 는…… 나, 날 속였……잖아?”

에키드나의 정연한 말투에 맞서는 카밀라의 말은 더듬거렸다. 눈을, 얼굴을 내리깐 마녀의 어조는 허약하다. 그러나 목소리와 정반대로 주장하는 말에 타협은 없었다.

카밀라는 겁먹은 눈길을 오락가락하면서 여러 번 에키드나를 쳐다보다가 말했다.

“나, 나는 이 아이…… 조, 좋아하지 않지, 만…… 에키드나, 나를, 소, 속였으니까…… 나는, 내게, 싫은 짓 하는 사람, 을…… 『절대로 용서 못해』."

——마지막 한마디만이, 유난히 명료해서 똑똑히 들렸다.

그런 만큼, 스바루는 그것이, 이 심약한 마녀가 입에 담은 말이라고 이해하는 데에 시간이 걸렸다. 그만큼 방금 한마디만이 여태까지의 그녀의 인상에서 괴리됐다.

——그저 말없이, 결코 눈을 돌리지 않고, 에키드나를 응시하는 카밀라.

그 두 눈에 깃든, 말로 표현하기 어려운 감정의 소용돌이——. 자기 자신에 대한 적개심, 그에 속하는 감정을 겨누는 패거리를 결코 용서 안 한다는, 원념 같은 거무칙칙한 어둠이 그곳에 있다.

자기애의 덩어리——. 그런 한 문장이 스바루의 뇌리에 불현듯 스쳤다.

"나 원 참. 필요했다고는 해도, 카밀라의 뜻에 맞지 않는 행위를 한 것은 실수였나. 널 적으로 돌리면 성가시기 짝이 없으니 말이야."

"다, 들…… 내, 편이니, 까…… 나한테, 응, 미움 사면…… 끔찍, 할걸……?"

성격이 약하다는 것과 호전적인 것, 그것은 반드시 상반되는 것은 아니다.

카밀라는 소극적이고 다른 이와 눈을 맞추고 대화하지도 못할 정도로 심약한 성격이지만—— 그 사실과 적에 대해서 인정사정없다는 것과는 관계가 없으므로.

"아까부터…… 아까부터, 너희는 무슨 얘기를 하는 거야!"

그리고 마녀들의 험악한 분위기에 둘러싸여 마침내 스바루가 폭발했다. 스바루는 마녀들의 눈길 세 쌍이 자신에게 쏠리는 것을 느끼면서 필사적인 표정으로 호소했다.

"날 무시하고 대화하는 건 작작해! 내가, 내가 선택할 일이잖아! 내가 알아먹게 얘기해! 에키드나는 뭘 숨기고 있지?! 너희 뭘 알고 있어!!"

"그녀들의 말에 귀를 기울이진 말아줘, 나츠키 스바루. 나는 맹세를 세웠어. 여기서 흔들리는 건 그걸 의심하는 거나 마찬가지다. 그건, 너무나도 지독해……."

스바루가 노성을 터트리자 에키드나는 끝까지 냉정해지라고 말을 붙였다.

철저하게 냉정한 에키드나의 음성에 스바루 또한 위화감이 들기 시작했다. 조금 전까지 열기에 들뜬 듯한 심정을 넘어서, 새삼 그녀의 말을 음미했다.

두 마녀는 왜, 에키드나의 말을 가로막는가.

무엇이 이상한가. 이상한 말은 하나도 안 했다. 거짓말을 안 한다는 맹세. 그것은 마녀들도 인정하고 있다. 그렇다면 어디에 문제가 있는가——.

"반복하겠어, 나츠키 스바루. 네가 날 선택해서 나와 계약했을 때에는—— 나는 반드시 널 네가 바라는 미래로 데려간다."

"—— '마지막에는' 이라는 수식어가 반드시 따라오는 약속이지, 하아."

"윽——! 이번엔 누구야?!"

손을 내밀고 말을 맺은 에키드나의 말에 나른한 목소리가 겹쳤다.

바라보니 카밀라 맞은편에 기묘한 물체, 적자색 덩어리가 구르고—— 아니 그것은 기묘한 물체가 아니다. 사람이다. 그것은 사람, 털뭉치로 보일 정도로 체모량이 많은, 인간이다.

발끝까지 닿는 긴 머리카락, 흑색 기조의 선정적인 의상과 여성성이 풍부한 몸매. 피부는 하얀 것을 넘어서서 창백하고, 요염하지만 건강치 못한 인상을 씻어낼 수 없는 미모가 있다.

땅바닥에 비스듬히 앉아 보랏빛 눈으로 상황을 바라보는 미녀.——한눈에 알 수 있는, 마녀다.

"네가, 여섯 번째의……."

"『나태의 마녀』, 세크메트지, 후우. 일단, 이름은 밝혀 두겠는데 말이지, 하아. 난 어디까지나 보험……이 자리의 공평성을, 후우. 유지하기 위한 감시역이지, 하아."

"공평성? 보험?"

"실력 행사로 나섰다간 죽인다, 후우. 난 그걸 위한, 하아. 억지력이지, 후우."

이야기 중간에 한숨을 끼우며 독특한 어조로 이야기를 진행하는 『나태의 마녀』—— 세크메트. 그 어조와 정반대로 살벌한 내용이지만, 마녀들은 아무도 이견을 입에 올리지 않았다.

에키드나도 직전에 말했었다. 세크메트에게는 마녀가 떼로 몰려가도 살해당한다고.

하지만 그게 어쨌단 말인가. 지금, 이 순간 마녀가 이곳에 얼마나 나타나든 간에——.

"오—? 바루 왔어—? 그래서, 다 있는 거냐—? 별일이다—."

"아하아. 다과회도 참 오랜만이죠오. 다프네도오, 불러 주세요오."

박살이 난 다과회 자리에, 초대장이 없는 마녀들이 차례차례 입장했다.

『탐욕』과 『분노』, 『색욕』에 『나태』, 마지막으로 『오만』과 『폭식』이 참가한다. 이것은 아마도 400년 전에 있었다는 악몽의 재현. 그 중심에서 스바루는 외쳤다.

모인 마녀들을 향해서, 어리석은 보통 사람에 불과한 나츠키 스바루의 절규를.

"그만둬! 웃기지 마! 너희, 날 어쩌고 싶은 건데?! 난 그저…… 그저 나는! 어떻게 할 수단을 원할 뿐이라고! 그 훼방을……!"

"말했을 테지, 하아. '마지막에는' 이라는 수식어가 붙는 약속이었지, 후우."

"마지막에는……?"

갈라진 스바루의 절규에 세크메트가 나른하게 말을 거듭했다. 그 발언에 마녀들은 아무 말도 하지 않고, 단 한 명, 에키드나만이 슬며시 눈을 가늘게 뜨며 말했다.

"세크메트, 너는……."

"나는 누구 편도 안 들지, 하아. 그저, 그 아이에 대한 의리는 다할 거야, 후우."

그 애도 의리도, 에키드나와 세크메트 사이에 흐른 침묵도, 스바루는 모른다.

그러나 세크메트의 발언과, 여태까지 들은 마녀들의 말, 그리고 그 말들에 대한 에키드나의 응답과 태도에, 스바루는 고민한 끝에 한 가지 가설에 인도됐다.

"――――."

떠오른 그 가설에, 다름 아닌 스바루 자신이 침묵했다. 그것은 도저히 받아들이기 어려운 것으로, 그 때문에 스바루는 뺨을 굳히며 에키드나를 쳐다보았다.

백발 마녀의 맑은 흑안을, 스바루는 떨리는 흑안으로 들여다보면서 물었다.

"에키드나, 너는…… 반드시, 날 최선의 미래에 데려가겠다고, 말했지."

"아아, 말했고말고. 사실이야. 틀림없이 나는 그 계약을 완수할 거다. 내 지식과 네 특성, 그 둘이 있으면 그건 반드시 이룰 수 있어."

스바루의 물음에 에키드나의 답변은 바란 대로, 백점 만점의 해답이다.

그것은 올바르게 이행되는 계약. 그것은 스바루가 바라는 최선의 미래로 가는 길. 단――.

"네 협력으로 내가 최선의 미래에 당도하는 건…… 최선의 길을, 따라서냐?"

"————."

"왜, 말이 없어. 대답해 줘, 에키드나. ……대답하라고, 『탐욕의 마녀』!!"

억누른 듯한 침묵에 스바루는 물어뜯듯이, 물어뜯어내듯이 부르짖었다.

여섯 명의 마녀에 둘러싸인 압도적인 귀기, 그것마저 무시하고 스바루는 앞으로 내디뎠다. 눈에는 눈앞의 마녀, 에키드나밖에 비치지 않았다. 에키드나 말고 안중에 없다.

그리고 그 날카로운 시선에 에키드나는 불현듯 작게 한숨을 흘렸다.

"바라는 미래를 잡기 위해서라면, 그 과정에서 나오는 희생은 허용한다. ——그것이, 네 각오가 아니었던가, 나츠키 스바루."

"읏——! 잠깐, 잠깐, 잠깐잠깐잠깐잠깐잠깐잠깐! 잠깐 기다려, 에키드나아……."

"아니, 안 기다려. 너야말로 더 잘 알아야 해. 생각이나 해 봐다오."

스바루가 추궁해도 에키드나의 대답은 원하는 바에서 비껴났다. 그녀의 말은, 결코 스바루가 품은 의심을 해소하려는 것이 아니다.

그리고 그 말이 가진 일그러짐에 도리질하는 스바루에게, 에키드나는 말을 이었다.

자신이 그리는 마음을, 생각을. 스바루의 이해를 얻고자 그 두 팔을 벌리고——.

"네가 가진 『사망귀환』, 그건 어마어마한 권능이야. 그 진정한 유용성을 넌 이해하지 못하고 있어. 자신이 바라는 결과에 이르기까지 수도 없이 세계를 재시작할 수 있다. 그건 탐구자에게 궁극적인 이상의 체현이지. 그렇잖아? 본래, 한 가지 사물에서 결과는 하나밖에 얻을 수 없지. 결과와 과정에 다양한 추측 및 가정을 세울 수는 있어. 하지만 결과는 항상 하나야. 완전히 같은 조건에서, 결과를 바라는 건 그 무엇이든 불가능해. 시간이든 환경이든 기억이든 순서든, 조건이란 항상 변천하지. 그때, 뭔가가 달라지면 결과도 달랐어. 그것은 이상이 아니라 몽상, 망상의 부류에 불과해. 그 탐구심으로 보자면 네 권능은 그야말로 군침 도는 것이지. 『같은 조건』에서 『다른 검증』이 가능하고, 『본래 결과』와 『다른 결과』를 볼 수 있어. 이것을 욕망하지 않을 수 있을까. 이것을 앞에 두고, 모든 가능성을 시험하지 않을 수 있을까. 물론 나는 네게 『사망귀환』을 강요하지는 않아. 너는 네가 바라는 결과를 위해서 그 힘을 쓴다. 나 또한 네 바람을 이루기 위해서 실컷 지혜를 빌려주지. 그 과정에서 생기는 다양한 결과야말로 내 호기심을 채우는 데에 크게 공헌해 줄 것을 기대한다. 이 정도는 바라도 벌은 안 받잖아? 너는 미래를 얻고, 나는 호기심을 채울 수 있는 거야. 불안할지도 모르겠지만 나도 미래를 알 수 있는 건 아니지. 일부러 그릇된 미래로 너를 유도해 결과를 시험하는 나쁜 짓은 안 해. 『미래』는 너와 내게 평등해. 같은 문제를 함께 고민하고, 발버둥 치고, 답을 내놓는다. 우리는 그러기 위한 최고의 관계가 될 수 있어. 네 존재를 해치는 건 내게 더할 나위 없는 치명타다. 그러니 나는 온 마음으로 널 지킨다고 맹세할 수 있어. 다만 현실에 간섭할 수 없다는 사실은 변함없지. 널 막아서는 장애가 물리적인 벽이라면, 여러 번의 도전에 몸과 마음이 부서질 것도 예상할 수 있지. 만약 그리되어도 나는 네 마음을 지키기 위해서 있는 힘을 다하고 싶다고 진심으로 마음먹고 있어. 거기에 타산이 없다고는 말 안 해. 하지만 내 모든 것이 탐구심을 이유로 둔 타산이라고는 생각하길 바라지는 않는데. 널 좋게 여기고, 네 힘이 되고 싶은 순수한 마음이 있는 것은 사실이야. 반복하지만, 나와 네 궁합은 최고다. 단언할 수 있어. 나는 네 힘을 이용하고, 너도 나를 『최선의 미래』를 위해서 이용했으면 해. 그렇게 대하기 편리한 여자로 다루는 것도 바라는 바지. 바란다면, 이 꿈의 세계에서 하는 얘기가 되지만, 널 위로하는 데에 내 몸을 써먹어도 상관없어. 기꺼이 바칠게. 이크, 이건 네 정인에게 미안할까. 그 은발의 하프엘프와, 파란 머리의 오니(鬼)…… 네가 반드시 구한다고, 지킨다고 맹세한 그녀들 말이야. 그 두 사람에 대한 내 소감은 이 자리에선 언급하지 않겠지만, 좌우지간 내 마음은 그만큼 강하고, 굳건한 것이라고 받아들여줬으면 해. 앞으로도, 네게는 수많은 고난이 찾아올 거야. 그것들에 도전하는 네 결의는 존엄하다. 그러나 비장하지. 나는 그런 네가 가는 길을 밝히는 빛이 될 수 있어. 네가 지키고 싶은 인연을, 나 또한 지키마. 네게 묻고, 뜻을 겹치고, 생각하며,

소원하지. 그만한 가치가 있다고. 공교롭게도 『시련』이 널 통해서 내게 가르쳐 주더군. 확실히 그 광경은 네게 지옥이었을지도 몰라. 하지만 기지(旣知)와 무지(無知)에 선택지가 있다면, 나는 아무리 비극적인 사실이어도 알려는 의지를 존중하고 싶군. 그걸 양식으로 삼아 너는 앞으로도, 생명과 맞바꾸어 미래에 손을 뻗는 거야. 그 때문에 희생되는 것을 알기 위해서 그 『시련』은 네게 필요했어. 『사망귀환』을 계속 거듭하면, 어쩌면 감정이 희박해져서 소중한 사람의 죽음에 마음이 움직이지 않거나, 가장 있어야 할 곳에 너 자신이 빠진 상태로 당도할 수밖에 없었을지도 몰라. 『시련』은 그것을 미연에 막았어. 그건 널 지키기 위해서 있었던 거야. 그 광경에 마음을 다치고 꺾일 뻔했다면, 나는 그 때문에 있었노라고 큰 소리로 외치겠어. 그걸 쐐기로 네가 전진할 수 있다면, 난 그걸 긍정하지. 네가 전진하기 위한 힘을, 나는 말로 선사하겠어. 위로든, 기합이든, 사랑이든 상관없어. 혹은 증오라도, 나는 네게 헌신할 거야. 헌신할 수 있어. 헌신하는 소녀는 좋아하잖아? 네게는 내가 필요해. 혼자인 넌 미래를 잡지 못해. 다름 아닌 내가 바로 가장 네게 어울리는 처자인 거야. ――네게는 내가 필요해. 그리고 내게는 네가 필요해. 내 호기심은, 이미 너 없이는 충족되지 않아. 왜냐면 널 알고 말았으니까. 네가 내 세계를 넓혔어. 세상에서 가장 지혜로운 자라고 칭송받은 마녀인 바로 내게, 너는 『미지』의 열매를 다시 맛보여 준 거라고. 네가 누군가를 구하기 위해서 힘을 쓰겠다면, 나도 구해 줬으면 해. 그 고상한 마음의 떡고물이면 충분해. 부탁이야. 날 믿어줘. 이렇게 내가 여태까지 본심을 밝히지 않은 건 널 속이려고 생각했기 때문이 아니야. 시기를 가늠하던 거야. 관계가 어중간했을 때 이 마음을 밝혔으면 너는 나를 멀리했겠지. 그건 싫더군. 견딜 수 없었어. 너도, 나라는 협력자를 잃으면 마음이 망가졌을걸. 서로가 최선이었던 거지. 그 최선을 나는 알 수 있어. 조력할 수 있어. 무한한 시행 횟수를 거듭해서 미래로 도착하는 너의, 그 고난에 닳아가는 마음을 위무할 수가 있어. 하게 해 줬으면 해. 네 신뢰는 결코 배신하지 않아. 확실히 발생한 선택지가 마음이 끌려서 최선과는 다른 길에 호기심이 흔들릴 일은 있을지도 모르지. 그게 없다고 말할 수 있을 만큼 나는 내 탐욕을 억제하진 못해. 그 사실은 인정하지. 하지만 속이지 않아. 정직하게 털어놓는다. 그 결과, 신뢰를 잃는다고 해도 그걸 만회하게끔 최대한으로 노력할게. 어떤 일이 있어도 반드시 나는 너를, 네가 바라는 미래로 데려갈 거야. 반드시, 반드시 말이야. 그러니 그러기 위해서 필요한 수단이라고 버릴 건 버리고, 날 선택해 주지 않겠어? 내가 네게 바라고, 네게 원하는 요구는 계약의 사전문구로 얘기한 바와 같아. 그 이상도 이하도 아니야. 남은 건 네가, 너 자신이, 원한다고 욕망하는 소원에 대해서 어디까지 몸을 내줄 것을 허용할 수 있는가, 그 나름이지. 내 각오는 전했어. 남은 건 네 각오를 듣고 싶군. 네 쪽이야말로 나와 계약해서 내 협력을 얻고, 그다음에 반드시 미래에 당도한다고, 그 기개가 있음을 증명해 줬으면 해. 그게 가능해서야 비로소 너는 두 번째 『시련』을 승리했다고 가슴을 펴고 말할 수 있는 거야. 그러면 나도 기꺼이 네게 묘소를 개방하고 세 번째 『시련』으로 인도하지. 그다음에 『성역』의 해방이 있고. 『성역』에 사로잡힌 네 정인도, 소중한 사람들도 구해낼 수 있어. 이건 그러기 위한, 바야흐로 『시련』인 거야. 그러기 위해서 날 빼앗고, 이용해서, 맘대로 이 탐욕을 어지럽히고, 미래를 잡으러 가자. 내가 네게 바라는, 네게 원하는, 그리고 대신에 제공할 수 있는 건 그게 전부다. 이로써, 나는 진지하게, 정직하게 모든 것을 털어놓은 심산이다. 더 이상, 주위에 있는 그녀들이 참견하게 두진 않아. 너도 말한 대로 이건 너와 나만의 문제다. 답은 네가 내주길 바라. 나는 모든 것을…… 정말로 모든 것을 적나라하게 전했어. 정열적으로. 이건, 사랑에 가까울, 지도 몰라. 사랑의 맹세다. 그런 내 사랑에, 너는 어떻게 응답할 거지? 대답해 줘. 그 또한 내 호기심을 채우는, 답의 하나거든."

――그렇게, 에키드나가 귀엽게 웃었다.

눈처럼 덧없고 하얀 머리카락을 찰랑이며, 뺨을 열정으로 슬며시 붉히고 스바루의 대답을 고대하듯이 속마음을 고백한 처녀의 표정으로 서 있었다.

물끄러미 올려다보는 검은 눈에 스바루의 얼굴이 비치고 있었다. 그다음 천천히 시선을 떼고 스바루는 주위에 있는 마녀들을 보았다. 에키드나 외의 다섯 마녀는 각자가 각자대로, 에키드나의 고백이 어디로 갈지 지켜보고 있었다.

세크메트는 나른하게, 카밀라는 흥미 없는 눈치로, 다프네는 음흉하게 웃고, 튀폰은 이상하다는 듯이 갸웃하며, 왠지 미네르바만은 울 것만 같은 표정이다.

그것이 우스워서, 웃어버릴 것만 같다. ──웃을 수 없었지만.

"에키드나."

"뭐지?"

"너는…… 날, 이용하는 거냐?"

이용한다, 당한다. 그것은 에키드나가 얘기하고 몇 번씩 반복된 말이다.

그러니 에키드나는 그 의문에 주저 없이 끄덕였다.

"할 거야. 너도, 나를 그러면 돼. 그러기 위한 계약이다. 너를 놔주지 않기 위한 수단이라고, 그걸 탓할 거라면 감수하고말고. 사실이거든."

"생각을 안 한 건 아니었지. 이해관계라는 건 그런 법이야. 네가 백 퍼센트, 선의만은 아니란 것쯤…… 기대하고 있어도 각오쯤은 말이야. 그래도."

에키드나 앞에서, 스바루는 손바닥으로 얼굴을 가렸다. 위를 쳐다보았다. 그저 한탄하듯이.

"그래도 그렇지, 이건 좀 아니잖아……."

"──────."

떨리는 스바루의 음성에, 에키드나가 곤혹스러워하는 기척이 났다. 그것이, 결정적이다.

첫 해후, 그리고 이 순간까지 쌓아온 것이 색이 바래며 무너져

내렸다.

만남과 재회의 다과회, 『시련』이 엮은 거짓 교실. 현실에 가로막혀 마음이 으스러진 스바루는 몇 번이나 그녀의 존재에, 말에 구원받았다. 계약을 맺는다고, 그 결의에 이르는 유대가 있었다.

——그것들이 모조리 무정하게도 나츠키 스바루의 어리석음을 비웃는다.

"네가, 뭘 문제시하고 있는지 잘 모르겠군. 결과적으로 최선에 다다를 수 있으면 그 과정의 상처는 버릴 건 버린다. 그 결단은 네가 내린 것이고, 난 그걸 긍정했을 텐데……."

"그 버릴 건 버린다는 거……. 버리진 못했지만, 그것도 네 바람에 따른 거잖아."

"아무리 그래도 그건 받아들이기 어렵군. 결론을 낸 것은 어디까지나 너야. 나는 그 조력을 했을 뿐. 그 책임의 소재를 내게 요구해도 난처하다고. 너무해."

입술을 삐죽이고 에키드나는 토라진 표정으로 항변했다. 왠지 앳된 감정표현, 숫제 흐뭇해질 만큼 자리에 안 맞는 그것이, 스바루의 의혹을 더욱 깊어지게 했다.

처음부터, 그런 감은 있었다. 조금 전부터 그 감각은 강해지고 있었다. 너무나 마녀답지 않고, 그 주관과 객관의 낙차에 위화감보다 안도감을 느낀 적이 많기에.

그렇지만 그 위화감은 이 막바지에 와서 강하고, 크게, 뚜렷하게 구체화됐으니——.

"——네 태도는 전부, 진실성이 없어. 모조리 가식뿐이야."

"————."

"웃을 때도, 화낼 때조차 네 태도는 유치하고 얄팍해. 지금도 화내기는커녕 토라질 뿐이고…… 속이 깊다거나 그런 문제가 아니야. 네 그 태도는…… 지금까지 내비친 태도는, 이상해. 난 그걸 가지고 사귀기 편한 녀석이라고 착각했었지만……."

"————."

"실제로는, 그게 아니야. 에키드나, 너는—— 타인의 감정을 이해할 수 없는 녀석이야."

에키드나와의, 여태까지의 만남이, 주고받은 말이, 모조리 세피아색으로 변했다.

마음에 든다고 믿은 모든 게, 얄팍한 감정표현의 결과였음을 알고 말았다.

그리고 그런 신랄한 말에 에키드나의 표정은 변하지 않았다. 올바른 반응이, 없다.

"여기도, 화내도 되는 상황이라고."

"……그래. 여기서 난 언성을 높이며 욕설을 퍼부어야 하나. 그렇군. 공부가 됐어. 다음 기회가 있으면, 그러도록 할까."

그렇게 대답하는 에키드나. 그 마녀의 얼굴에서 표정이 사라졌다.

감정다운 감정이 사라지고 마녀가 나타났다. 처음 목도하는 『탐욕의 마녀』가.

"————."

입을 다문 스바루 앞에서 에키드나가 내세운 손가락을 딱 튕겼다. 그러자 파괴됐을 터인 언덕이, 초원이 복원되고, 산산이 부서진 의자와 테이블이 다시 형성됐다.

다과회에 진열된 의자는 일곱 개. 스바루와 마녀 몫을 마련하고 에키드나가 한쪽 눈을 감았다.

"우선은 앉지 않겠어? 계약에 관해 조금 더 의견을 조율하고 싶군."

"……이 상황에서, 내가 아직 너와의 계약에 긍정적이라고 생각하나?"

"설마, 이 정도로 의견이 어긋난 것 가지고 날 거절하겠다고? 한때의 감정에 휩쓸리는 것은 현명하다고 말할 수 없지. 넌 현실적으로, 합리적인 선택을 해야 해."

이성적인 에키드나의 발언에 스바루는 눈을 감고 깊은 호흡을 반복했다.

에키드나의 말은, 옳다. 스바루는 감정적이 됐다. 기세에, 휘말렸다.

에키드나는 어디까지나 진의를 숨기고 있었을 뿐이다. 그 외의 부분에서는 성실하게, 설명한 대로 행동할 것은 믿을 수 있다. 계약은, 미래로 가는 확실한 열쇠다.

그 손바닥에 움켜쥐었을 터인 열쇠를——.

"딱 한 가지, 너와 만나면 묻고 싶은 말이 있던 게 떠올랐어."

"……흠, 뭐지."

"그 대답을 들으면 난 선택할 수 있을 것 같아."

에키드나가 스바루가 던질 물음을 기다리고 있다.

그런 마녀에게 스바루는 물음을 던졌다. 이 『성역』에서 시작된 루프 중에서 아직껏 수수께끼인 채로 남아 있는, 에키드나와도 관계된 물음을. 그것은――.

"――베아트리스를, 알고 있지? 에키드나."

"알고 있어. 그 아이의 탄생에, 나는 깊이 관계하고 있으니까. 그게 왜?"

에키드나의 대답에 속뜻은 없다. 스바루의 물음에 짚이는 곳이 없다는 듯.

눈을 감았다. 눈꺼풀 뒤에 마지막에 본 사라지는 소녀의 모습이 그려진다. 그 흐려지는 표정에는 안도와, 그 이상의 설움이 있었다.

베아트리스가 보낸 수백 년의 고독. 스바루는 그걸 구원하지 못했다. 그때 들은 소녀의 절규가, 마지막 안도의 웃음이, 새겨져서 떨어지지 않는다. 그렇기에――.

"베아트리스는 계약 때문에, 『그 사람』이 오기를 줄곧 기다렸어. 그 계약은, 너와 맺은 것일 테지. 너는 그 아이를, 그 저택에 옭아매고 있어. 맞아?"

"장소까지 지정하지는 않았지만, 금서고를 지켜 마중을 기다리도록 명령한 건 나지."

"그럼…… 그렇다면 『그 사람』이란 누구야? 어떡하면 그 아이를 해방해 줄 수 있지?"

400년, 베아트리스는 금서고에서 홀로 『그 사람』을 계속 기다렸다.

약속이 그녀에게 그러도록 시켰다. 계약이, 소녀에게 고독을 강요했다. 『그 사람』이 누구인지 베아트리스 자신도 모른 채로. 스바루도 그 실마리는 찾지 못했다.

하지만 『그 사람』을 기다리라고 명령한 마녀는, 에키드나는 답을 알고——.

"도대체, 누구일까?"

"——뭐, 어?"

"아니, 이건 농담이고 뭐고 아니라, 진심으로 그렇게 생각해. 넌 베아트리스가 기다리는 『그 사람』이 누구라고 생각하지?"

눈이 휘둥그레진 스바루에게 에키드나는 정말로 이상하다는 듯이 어깨를 으쓱였다. 그 태도에 스바루는 멍해지고, 그러나 금세 머리를 내저었다. 이해가, 가지 않는다.

"너, 너도, 베아트리스가 기다리는 사람이 누구인지 모른단 거냐?"

"응, 몰라. 베아트리스가 기다리는 『그 사람』이 누구인지, 나는 몰라."

"어째서…… 기다리라고 말한 건 너잖아? 그런데, 그런 네가……."

가볍게 매달린 실이 끊겨나가서 스바루는 아연실색했다.

있어야 한다. 베아트리스에게 『그 사람』을 기다리라고 명령한 누군가가. 그걸, 에키드나가 모를 가능성이 있는가. 제3자가 여기에 느닷없이 부상해서——.

"그게 아니야, 나츠키 스바루. 그건 착오다. 베아트리스에게 『그 사람』을 기다리라고, 그렇게 약속시킨 건 틀림없이 나야. 착각이 있어. 근본적인 부분에."

"근본적인, 착각……?"

"내가 베아트리스와 계약한 이유, 거기에 오해가 있는 거지. 너는 내가, 금서고를 『그 사람』에게 넘기기 위해서 베아트리스에게 약속시켰다, 그렇게 생각하고 있지 않나?"

에키드나의 지적이 가진 의미를 알 수 없었다. 그것이 당연한 발상, 사고방식이 아닌가.

무언가를 주고 누군가를 기다리라고 들었다. 그렇다면 그걸 받아넘기는 데에 목적이 있다.

그러나 그런 스바루의 생각에 에키드나는 고개를 가로저었다.

"내 목적은 그런 게 아니야. 난 말이야, 베아트리스에게 『그 사람』을 기다리라고 약속시키고…… 그 아이가, 누구를 『그 사람』으로 선택할지, 그걸 알고 싶은 거야."

————.

——————————.

——————————————————뭐?

"그 아이는 말이야, 어느 목적을 위해서 만들어진 애야. 하지만 그 본래 목적과는 다른 형식으로 이용하자고 마음먹었거든. 그러기 위해서 『성역』에서 떼어놨지. 그때, 대신할 목적이 필요했으니 텅 빈 그 아이의 살아갈 목적으로 나는 그 아이에게 금서고를 주었어. 지식의 관리와 언젠가 올 『그 사람』을 기다리는 일을. 기한은 설정하지 않았고. 애당초 고정된 답이 없는 문제니까. 그 아이는 예정대로, 『성역』 밖에서 살아가게 되어 생명을 부지했지. 나도 그 아이의 선택이라는 새로운 탐구를 할 수 있고. 합리적이잖아? 물론, 아무도 선택하지 않고 400년을 보낸 것도 한 가지 결과지. 여태까지 만난 누군가를 안이하게 선택하지 않은 것도, 계약에 계속 따를지 고민하다가 자신의 『죽음』을 바란 것도 한 가지 결과야."

"너는, 그걸, 어떻게 생각하고 있지?"

"——? 훌륭하다고, 그렇게 생각하는데?"

마치 당연한 질문을 들은 듯이 켕기는 기색 없이 에키드나가 갸우뚱했다.

그 대답과, 태도와, 스바루의 뇌리에 떠오른 소녀의 표정이 답을 내놓았다.

결심했다. 알았다. 분명히, 이해했다.

——여기가 어디고, 마주한 것이 도대체 누구였는지, 착각을 바로잡을 수 있었다.

"에키드나……. 너는, 마녀다."

"————."

"인지를 초월한, 이해할 수 없는, 괴물이야."

전했다. 가슴속에, 생겨난 대답을.

한 번은 잡겠다고 결심한 손을 거절하고, 이번에야말로 이 손을 누구에게 뻗을지 결심했다.

"나는…… 나는, 네 손을 못 잡아. 잡고 싶은 손은, 결정했어."

"————."

"네가 호기심으로, 악의도 없이 던진 말에, 400년이나 얽매인 아이가 있어. ——결심했다. 난 그 아이의 손을 잡겠어. 너하곤, 못해."

결별한다. 함께 걸을 수 있다고, 한 번은 그 미래를 그렸을 터인 상대의 손을 떨쳐내고.

눈꺼풀 뒤에 그린, 그 소녀의 마지막 표정을 씻으러 간다.

——죽음을 두려워하며 울 듯한 얼굴. 그러나 스바루를 지켜낸 것은 안도하고 있었다.

스바루의 『죽음』을 애석하게 여겨준, 베아트리스를 구하러 간다. 그렇게 결심했다.

"————."

그 결단에 에키드나의 눈이 가늘어졌다.

무슨 일인지, 스바루의 판단에 이의를 제기할 작정인가, 검은 눈에 무수한 사고가 달리고 있었다. 그러나 그보다 빨리, 변화가 찾아들었다.

이 자리의 누구도 바라지 않은 변화가, 느닷없이.

"——왔구나."

"시, 싫어……. 더는, 나, 나는…… 관계, 없…… 응, 으니, 까……."

"귀찮을 때에, 귀찮은 애가, 귀찮게 하러 온 거지, 하아."

"아하아. 무우지무우지, 배가 쑤셔요오. 진짜로 다 모였잖아요오."

방관하던 마녀들이, 그 변화에 각각의 반응을 보였다.

한 명은 입술을 깨물고, 한 명은 머리를 부둥켜안고, 한 명은 탄식하고, 한 명은 입맛을 다셨다.

마녀들의 시선은 스바루의 등 뒤── 그곳에 무시하기 어려운 압도적인 존재감이 발생하고 있었다.

그것을 스바루와 마주 보고 있는 에키드나는 정면으로 포착했다. 가볍게 부릅뜬 눈, 거기에 스바루는 복잡한 감정의 소용돌이── 본성을 드러내는 순간의 안팎을 통틀어서 처음 보는, 증오를 보았다.

"────."

그 증오에 뒤늦게 뒤돌아보았다. 1초의 망설임이 있어서, 호흡과 심장 고동에 맞추어 움직였다.

그리고 간신히 돌아본 스바루의 눈에, 그것이 비쳐들었다.

검은 드레스, 긴 머리카락, 하얀 맨살과 상상을 초월하는 미모──가 있을 거라고 확신시키는 대신에, 그 용모 일체를 어둠의 베일로 가린 마녀.

『탐욕』, 『분노』, 『색욕』, 『나태』, 『폭식』, 『오만』, 모두가 한 곳에 모인 다과회에 마침내 일곱 번째 마녀── 『질투』가 참가하고.

"오─! 테라다─! 뭐야─, 오랜만인데─!"

단 한 명, 어린 마녀만이 손을 흔들며 환영했다. 『질투의 마녀』를.

——한 손님이 마녀들의 다과회에 불리고, 잔치는 천천히 종국으로 기울어 간다.

# 작가 후기

여어, 안녕하세요! 신세를 지고 있습니다. 나가츠키 탓페이입니다. 네즈미이로네코이기도 합니다!

리제로 12권, 구입&독파 감사합니다! 평소보다 살짝, *작은 글자로 인사드려 죄송합니다. 아니, 읽어 주신 분은 아실 거라고 생각하는데요. 이번은 진짜 진짜로 페이지도 행도 글자도 빡빡해서 말이죠!

진짜, 한 줄도 안 남았거든요! 여태까지 작업 중에서 가장 신경 갉아먹었을지도 몰라!

자, 그런 작가에게 있어서도 격전이던 12권, 작중에선 우리들의 스바루 군의 처우도 여간내기가 아니었습니다. 아마도 이번 권의 내용은 인터넷판부터 함께해 주신 여러분께서 고대하던, 그리고 『사망귀환』을 다루면서 피할 수 없는 내용에 다가섰을까 하는데요.

스바루는 상황에, 주위 사람들에 농락당하다가 종국에는 『사

* 일본어판 「리제로」 12권 작가 후기는 페이지 관계상 글자 크기를 줄이고, 두 단으로 쪼개서 한 페이지에 다 들어가도록 배치했다.

망귀환』에도 마음을 얻어맞습니다만, 13권에선 도대체 어떻게 될지 기대하시라!

그래서, 짧지만 이번은 보는 바와 같은 종이 폭이기에 빠르게도 늘 하는 감사의 말로 가겠습니다!

담당자 I님, 이번은 정말로 모든 게 빠듯했었습니다만, 빠듯하던 만큼 보다 스바루가 지독한 꼴을 당했다는 자신감이 있습니다. 믿어 줘서 고마워요. 13권도 애먹겠다고요!

일러스트의 오츠카 선생님, 이번은 남은 마녀 둘과 재등장한 『마수 사역자』 등, 귀엽고 스타일리시하게 감사합니다. 오츠카 선생님의 그림의 힘에는 언제나 도움을 받고 있습니다만, 이번은 특히 그게 강한 권이었다고. 정말로 감사합니다!

디자인의 쿠사노 선생님, 리제로답잖은(?) 스타일리시한 표지를 멋지게 꾸려주셔서 영광입니다. 암약 자매 무지 느낌 좋아요. 감사합니다.

만화판 담당의 마츠세 다이치 선생님, 후게츠 마코토 선생님과는 같은 달의 만화 발매! 후게츠 선생님판에선 2장 본편이 마침내 완결되고, 마츠세 선생님판은 『제로부터』 편에 도달하는 등, 매우 노도 같은 전개가 연속됐습니다. 두 분 선생님 모두, 언젠가 이르러야 할 곳으로 이른 느낌이 굉장해요! 그렇다고는 해도! 아직 더 함께 해 주시므로 잘 부탁합니다!

그 밖에도 MF 문고 J 편집부 여러분, 각 서점 관계자 여러분과 영업 담당자님, 늘 정말로 감사합니다. 여러분의 협력의 크기, 매번 강하고 강하게 실감할 따름입니다.

그리고 마지막으로, 이 책을 사 주시고 이야기를 즐기면서 고뇌하는 주인공들을 응원해 주시는 독자 여러분께, 최대한의 감사를.

2017년도, 리제로 팍팍 노력하겠습니다! 모쪼록 변함없는 애독을!

그럼 다음 13권에서 만나 뵙지요! 고맙네! 오오, 고마워!

2017년 2월《리제로 해소 이벤트 관람 후, 의욕에 불타면서》

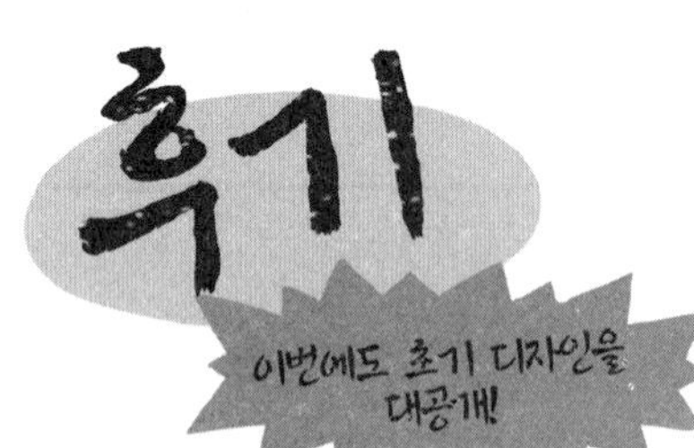


## 대토 초기 Ver.

평소는 반창고로 뿔을
숨긴다는 설정이었습니다

## 세크메트 초기 Ve

전권부터
빤스 붐이
이어지고 있어서
세크메트 누님도
속옷 바람이 될
참이었습니다…

"엘자, 엘자도 참. 내 말도 듣고 있니이?"
"그래, 듣고 있어. 듣자니, 다음 권 예고? 그게 다음 의뢰라며. 어떤 장기를 가진 상대인지 벌써부터 기대돼."
"……말해두겠는데에, 공지 코너에 엘자가 즐길 만한 내용은 포함되지 않는다고 봐아. 기본적으론 리제로 관련 정보의 소개고오."
"──? 그럼 왜 우리에게 의뢰가 왔는지 모르겠는데."
"나도, 엘자가 이렇게까지 미덥지 못할 줄은 몰랐어. 저기, 응, 아무튼 시작할게에. 우선은 이 리제로 12권 발매와 같은 달인 3월에, 만화판 리제로 2장과 3장도 발매된다나 봐아."
"얼라이브판의 5권과, BG판은 4권이 발매. BG판 4권은 2장 본편이 마침내 완결……. 내가 배를 짼 남자애가 후송된 저택에서의 이야기라네."
"실은 뒤쪽에서 내가 이래저래 돌아다니던 사건 얘기지이. 두 권 모두, 아마 이 12권 근처에 있을 테니까아, 잊지 말고 꼬옥 체크해 주라아."
"그래서 이건 다음 권 예고일 텐데, 다음 13권은 언제 발매하는 걸까?"
"우후후후. 다음 13권은 6월 발매를 예정하고 있어. 그리고 말이야아, 중요한 소식은 이뿐만이 아니야아. 저기, 듣고 싶어? 듣고 싶어?"
"그러네. 썩 흥미는 없지만."
"뿌─. 엘자는 참 분위기 파악 못 한다니까아."

"하지만 네가 이야기하고 싶다면 들어줄게. 이야기해 보렴."

"만세에! 실은 있지, 이 『Re:제로부터 시작하는 이세계 생활』의 화집 발매가 결정됐대애! 오츠카 신이치로 선생님의 귀엽고도 예쁜 일러스트뿐인 리제로지만, 그 세계관을 즐길 수 있는 책이 이제야 나온단 거어지. 저기, 좋아? 기분 좋지이?"

"그래, 멋져, 멋져라. 메일리가 기뻐 보이는 건 좋은 일이야."

"어쩐지 살짝 기대와 다른 반응인데에, 아무렴 어때애. 중요한 발매일 말인데, 2017년 9월을 예정하고 있어. 자세히는 공식 홈페이지나 트위터의 이어지는 소식을 기다려 주라아."

"공지는 이걸로 끝난 모양인데…… 왠지 소화 불량이야."

"아유우, 처음에 말했잖아. 엘자의 기대에 맞추진 못할 거라고오. ……어쩔 수 없다니까아. 그럼 좀 이르지만 오빠더러 놀아달라 하자아?"

"아아, 그건 괜찮은걸. 아마 다음 권에도 확인할 기회는 있겠지만…… 그 전에, 그 아이와 날 끓어오르는 피와 살이 매듭짓지. 그건, 무척 근사한 일이야."

"우후후후, 오빠는 참 불쌍해라. 엘자에게 괴롭힘당하기 전에 나도 아주아주 많이 놀아 줘야겠다. 기대돼라아."

"그래, 정말 정말로── 기대돼."

※일본어판 발매 당시 내용입니다.

# Re:제로부터 시작하는 이세계 생활 12

2017년 08월 25일 제1판 인쇄
2022년 05월 30일 제7쇄 발행

**지음** 나가츠키 탓페이 | **일러스트** 오츠카 신이치로

**옮김** 정홍식

**발행** 영상출판미디어(주)
**등록번호** 제 2002-000003호
**주소** 21315 인천광역시 부평구 부평대로 283 A동 702호
**전화** 032-505-2973(代) | **FAX** 032-505-2982

ISBN 979-11-319-6344-9
ISBN 979-11-319-0097-0 (세트)

노블엔진(NOVEL ENGINE)은 영상출판미디어(주)의 라이트노벨 및 관련서적 브랜드입니다.

NOVEL ENGINE

# 나가츠키 탓페이 작품리스트

Re : 제로부터 시작하는 이세계 생활 1~12

Re : 제로부터 시작하는 이세계 생활 단편집 1~2

Re : 제로부터 시작하는 이세계 생활 Ex 1~2

Re : 제로부터 시작하는 이세계 생활 Re:zeropedia

**[코믹스]**

Re : 제로부터 시작하는 이세계 생활 제1장 왕도의 하루 1~2 (완)
· 만화 : 마츠세 다이치 (원작 :나가츠키 탓페이/캐릭터 원안 : 오츠카 신이치로)

Re : 제로부터 시작하는 이세계 생활 제2장 저택의 일주일 1~3
· 만화 : 후게츠 마코토 (원작 :나가츠키 탓페이/캐릭터 원안 : 오츠카 신이치로)

청춘의 상상, 시동을 걸어라!

ISBN 979-11-319-6344-9
ISBN 979-11-319-0097-0 (세트)



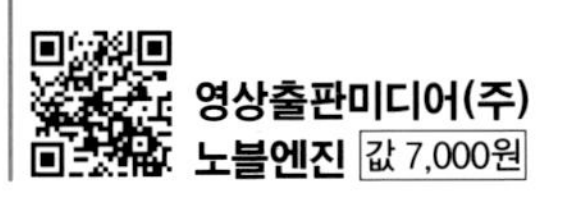
영상출판미디어(주)
노블엔진 값 7,000원

## Re:제로부터 시작하는 이세계 생활 —— 12

*반복할 때마다 기억과 다른 전개를 보이는『성역』—— 네 번째 기회를 얻은 스바루는 마침내 있어서는 안 될 존재,『질투의 마녀』와 마주친다.*

*그림자에 먹히는 촌락. 적이었을 터인 가필의 조력. 실험장이라고 불린『성역』의 진실. ——그리고 하얀 종언을 맞이하는 세계에서 스바루의 각오를 비웃는 마인(魔人).*

*희망에 배신당하고 진실에 절망했지만, 그럼에도 미래를 포기할 수 없는 스바루는 마녀와의 재회를 바라며 묘소에 들어선다. 그곳에서 스바루는『있을 수 없는 현재』와 대면하는데——.*

*"——이젠, 일어설 수 없나요? 스바루 군."*

**대인기 인터넷 소설, 기대와 배신의 제12막.**
**——버리고 온 세계의 목소리를 들어라.**